404
Nele will leben

Rolf Freiberger

1. Auflage 2019

ISBN 978-3-947706-10-5 (Taschenbuch)
ISBN 978-3-947706-11-2 (e-Book)

Bibliografische Information der Deutschen Nationalbibliothek:
Die Deutsche Nationalbibliothek verzeichnet diese Publikation in der Deutschen Nationalbibliografie, detaillierte bibliografische Daten sind im Internet über https://portal.dnb.de

https://www.plattini-verlag.de

Lektorat: Luise Deckert - Magdeburg
Umschlaggestaltung: Tom Jay - Gundelsheim
Layout: LoreDana Arts- Erftstadt
Druck:WIRmachenDRUCK GmbH - Backnang

Printed in Germany

ISBN 978-3-947706-10-5

9 783947 706105

13,00 EUR (D)

404
Nele will leben

Zum Buch

404 ist die Nummer eines Krankenzimmers, eines Sterbezimmers. Hier liegt die 13-jährige Nele. Leukämie im Endstadium. Vielleicht darf sie noch zwei Wochen leben, wer weiß das schon. Ihre beste Freundin Lara will ihr die letzten Lebenstage verschönern und denkt sich gemeinsam mit ihrem Onkel Andreas einen ungewöhnlichen Plan aus. Nele soll sich in eine Silbermöwe verwandeln und aufregende Abenteuer erleben. Wird die Macht der Fantasie sie vergessen lassen, dass sie bald sterben muss? Lara und Andreas setzen alles daran, damit ihr Vorhaben gelingt. Doch wird Nele dem Zimmer 404 entfliehen können?

PROLOG

Jedes Jahr erkranken mehr als 30.000 Menschen allein in Deutschland an Blutkrebs. Über 6.000 von ihnen überleben die Erkrankung nicht. Chemotherapie und bei manchen Patienten zusätzliche Bestrahlung führen in vielen Fällen zur Heilung. In manchen Fällen hilft nur eine Hochdosis-Chemotherapie mit anschließender Stammzelltransplantation. Bei Geschwistern sind die Voraussetzungen für eine erfolgreiche Stammzelltransplantation am höchsten. Für die Stammzellenübertragung ist eine Übereinstimmung der Gewebemerkmale zu annähernd einhundert Prozent notwendig, um Abstoßungsreaktionen zu vermeiden. Von besonderer Bedeutung sind die HLA-Merkmale (humane Leukozyten-Antigene). Es sind Erkennungszeichen auf den Körperzellen, die dem Immunsystem mitteilen, ob es sich um körpereigenes oder körperfremdes Gewebe handelt. Häufig ist die Übereinstimmung aber selbst bei Geschwistern nicht hoch genug und es muss ein passender Fremdspender gefunden werden. Die Übereinstimmung der HLA-Merkmale für eine Stammzellentransplantation gelten natürlich auch für Fremdspender. Deshalb kann es sehr lange dauern, bis der passende Spender gefunden wird.

Nach der Übertragung der Stammzellen wird eine Immunsuppression durchgeführt. Die körpereigene Abwehr wird dabei medikamentös unterdrückt. Eine Abstoßung des körperfremden Gewebes würde zu einem Rückfall (Rezidiv) führen. Die Stammzellen produzieren neue Blutzellen, die roten Blutkörperchen (Erythrozyten), die weißen Blutkörperchen (Leukozyten) sowie die Blutplättchen (Thrombozyten). Hergestellt werden diese Blutzellen vor allem im Knochenmark.

Die Heilungschance beträgt bei Jugendlichen bis zu 80 Prozent. Nach einem Rezidiv liegt die Wahrscheinlichkeit nur noch bei 30 Prozent.

Eine bis heute nicht restlos erforschte Tatsache ist die spontane Selbstheilung. Sie kommt in bis zu zehn Prozent schwerwiegender Erkrankungen vor. Bei der Leukämie sind es nur etwa zwei Prozent.

Flieg, verwundete Seele,
flieg zu den Sternen
in die Unendlichkeit des Alls.
Lass Angst und Schmerz zurück,
befreie deine Gedanken
von jeglichem irdischen Leiden.
Werde eins mit dem Universum,
spüre die Kraft der göttlichen Schöpfung.
Frage nicht nach einem Sinn!
Er offenbart sich dir ungefragt,
bist du dazu bereit,
das Wunder zu erfahren.
Flieg, flieg. Nichts hält dich mehr auf!

R. F.

»Lara, träumst du schon wieder?«, faucht Frau Heisterkamp wie ein gereizter Tiger.

Lara sitzt gedankenverloren über ihren in eine fragwürdige Kunstlandschaft verwandelten Tisch gebeugt. Ihr unsteter Blick scannt unentwegt wieder und wieder die gleichen Kritzeleien und Ritzmuster, die Schüler in die Tischplatte graviert haben. Zeugnisse von Frust, Übermut, Aggression und heimlichen Wünschen. Alle pubertären Gefühlsschwankungen haben diese Tischplatte in eine Landschaft aus Aggression und Trostlosigkeit verwandelt. Mit dickem blauem Filzstift hat sich die Wut auf die Schule oder vielleicht auch nur einen Lehrer oder eine Lehrerin in den Worten *Fuck Schule* entladen. Halb verdeckt davon verrät ein fein geritztes Herz mit dem Bekenntnis *M und K* eine Freundschaft, vielleicht eine erste Liebe? Die Rillen sind mit rotem Fineliner gefüllt worden. Ein obszönes Gruppenkunstwerk dominiert zentral die Platte. Ein vielleicht enttäuschter Junge hat einen Fisch stilisiert und mit der Inschrift *kalt wie Kim* versehen. Ein Schädel mit gekreuzten Knochen, findet sich ebenso wie der Namenszug *Manuel Neuer.* Etliche unkoordinierte, nur dem Drang nach Zerstörung folgende Rillen und tiefe Kerben sollen dem Betrachter offensichtlich Aufmerksamkeit abnötigen.

Die vor Wut bebende Stimme der Lehrerin reißt sie aus ihrem Tagtraum. »Ich sage es dir nicht noch einmal. Ich muss wohl mit deinen Eltern reden.«

Obwohl Frau Heisterkamp den Lärmpegel in der Klasse nur mit Mühe überwinden konnte, traf Lara die scharfe

Stimme wie ein Donnerschlag. Sie zuckt erschreckt zusammen und starrt ihre Geschichtslehrerin mit weit aufgerissenen Augen ängstlich an.

In ihrer Erregung schüttelt Frau Heisterkamp so heftig den Kopf, dass der Pferdeschwanz ihr den Nacken peitscht. Lara hätte dieser zierlichen Frau mit den warmen Augen und den mit dezentem Rouge betonten seidigen Wangen diesen cholerischen Ausbruch nicht zugetraut. Frau Heisterkamps Gesichtsfarbe ist von einem vornehmen Hellrosa zu einer von feinsten Äderchen ziselierten Röte gewechselt. Einzig ihre Nasenspitze scheint blutleer zu sein.

Ihre Mitschüler nutzen spontan die Chance zur Unterrichtsunterbrechung und ergießen sich in hämischem Gelächter.

»Hoffentlich fragt sie mich jetzt nichts«, schießt es Lara durch den Kopf.

Der Unterricht ist heute wie eine von einer schwachen Meeresbrise am Horizont vorbeigetragenen Wolke an Lara vorübergezogen und Frau Heisterkamp hatte sie schon öfter vergeblich ermahnt. Lara geht sonst gern zur Schule. Heute sitzt sie jedoch neben ihrem Gehirn, das gerade selbstständig Achterbahn fährt. Ihre Gedanken bewegen sich mühsam immer in die gleiche Richtung, in ein weiß tapeziertes Zimmer mit einer weiß lackierten Tür, die die Nummer 404 trägt. Dieses Zimmer ist der Ort, an dem Laras beste Freundin Nele wieder gegen den Krebs kämpft. Die Krankheit fesselt sie seit Monaten an das Bett in dem Zimmer mit dem spröden Krankenhauscharme. Nele hat Leukämie. Wieder. Ihre

Überlebenschancen werden von den Ärzten als minimal eingestuft. Sie ist laut Medizin-Jargon austherapiert. Austherapiert. Für Lara klingt das wie ein Todesurteil für einen Massenmörder. »Aber sie ist kein Massenmörder, sie ist dreizehn und meine liebste Freundin. Das darf Gott nicht zulassen«, denkt Lara.

***

Nele schläft. Wieder einmal reicht ihre Kraft nicht für die Teilhabe an ihrer trostlosen, überschaubaren Welt aus. Die Schmerzen erlauben ihr keine Erholungspausen. Sie erwacht nach kurzem Erschöpfungsschlaf, doch sie verweigert ihren Augen den Blick auf die Realität. Warum sollte sie sie öffnen? Sie kennt jedes Detail ihrer Umgebung. Dieses Bild ist in ihrem Gedächtnis eingefroren. Das nervige Piepsen von Messgeräten versucht sie zu ignorieren und streift mit den Augen den Ständer, von dem die Infusionen mit den verhassten Medikamentencocktails in ihren Körper gespült werden. Das über ihrem Kopf schwebende, an einem Lederband befestigte Edelstahldreieck benutzt sie, um sich ein paar Zentimeter von ihrem Bett hochzuziehen und ihre starre Haltung für wenige Sekunden aufzulockern. Nun öffnet sie die Augen doch.

Auf ihrem Nachttisch steht ein Sammelsurium von Medikamenten neben einem Teller mit frischen, von ihren Eltern gepflückten Erdbeeren. Unangerührt. Neles Eltern nutzen jede noch so kleine Gelegenheit, um ihr eine Freude zu bereiten. Ein fetter Marienkäfer als Glücksbringer teilt sich mit einem weißen Schutzengel mit goldenen Flügeln und Robbi den verbliebenen Platz auf dem Nachttisch.

Die Robbe mit echtem Fell ist ein Geschenk von Lara. Sie ist gerade so groß, dass Nele sie mit ihrer Hand ganz umfassen kann, und das weiche Fell vermittelt ihr ein warmes Glücksgefühl. Nur der Kopf darf aus der geschlossenen Hand ihre Welt beobachten und Nele sieht ihr dabei in die schwarzen Knopfaugen. Sie nimmt die Robbe oft in die Hand, ganz zärtlich, und streichelt mit den Fingern ihr Fell. Sie steht hier als Zeichen für Laras Verbundenheit mit Nele. Lara konnte sich im Zoo nie an der Leichtigkeit sattsehen, mit der Robben wie Artisten oft blitzschnell das Wasser durchkämmen, als würden sie widerstandslos im luftleeren Raum schweben. Diese Leichtigkeit wünschte sie auch Nele.

Durch das Fenster sieht Nele auf ein rot geklinkertes Krankenhausgebäude und eine kräftige alte Linde, unter der zwei Bänke die Patienten zur Rast einladen. Sie empfindet das als eingeschränkten Blick ins Leben. »Es findet jetzt ohne mich statt«, hat sie mal zu ihren Eltern gesagt.

Nele versucht, sich an schöne Erlebnisse zu erinnern, doch immer wieder heften sich ihre Gedanken an die kräftezehrenden Chemotherapien, deren Qualen ihr inzwischen sinnlos erscheinen. Jede noch so zaghafte Bewegung fordert sie. Sie spürt ihr von Medikamenten zerfressenes Skelett, kann sich nur unter äußerster Kraftanstrengung bewegen und verflucht das ständige Martyrium in ihrem geschwächten Körper. Spaß und Herumalbern sind Vergangenheit. In Neles Situation erfordert ein Lachen unmenschliche Kräfte, die sie nicht mehr aufbringen kann.

Sie zieht sich die Bettdecke über den ganzen Körper, als wolle sie sich vor der Krankheit verstecken, und beschließt, noch ein bisschen zu schlafen.

***

Vor zwei Jahren ist die Krankheit wie ein böser Traum über Nele hergefallen und hat sie seither nicht mehr aus ihrem Würgegriff gelassen. Nach einer Schwächeperiode und einem plötzlichen Zusammenbruch brachten Blutuntersuchungen die schreckliche Wahrheit ans Licht. Nele hatte Leukämie. Niemand konnte und wollte sich vorstellen, dass die elfjährige Nele diese schreckliche Krankheit hatte. Zunächst gelang es, sie durch eine hohe Anzahl qualvoller Chemotherapien zu heilen.

Vor einem Jahr dann der Schock, Nele bekam ein Rezidiv. Die Übelkeit, den Haarausfall, die Magenkrämpfe und das ständige Übergeben hatte sie mutig ertragen. Auch die quälenden Schmerzen, die Knochenmarkpunktionen und die Fieberschübe hatte sie tapfer über sich ergehen lassen. Sie stellte sich mit ihren gerade einmal elf Jahren mit geradezu monumentaler Stärke der Krankheit in den Weg. Neles Körper war zu diesem Zeitpunkt noch in einem kampfbereiten

Zustand. Heute ist das völlig anders, die lange Zeit erfolglose und belastende Therapie haben sie gezeichnet.

Vor fünf Monaten hat sich ein passender Stammzellspender für Nele gefunden. Zwei Wochen später lag sie im Sterilbereich des Knochenmarkzentrums. Mittels Bestrahlung und Chemotherapie wurden ihre Blutzellen auf null reduziert. Dann war es endlich so weit. Die Transfusion mit den Stammzellen des Spenders spülte innerhalb einer halben Stunde die lebensspendenden Träger eines neuen Immunsystems und Keimzellen für gesündes Blut in ihren schwachen Körper. Würden sie überleben oder abgestoßen werden?

Nele bekommt jetzt eine Immunsuppression, damit eine mögliche Abstoßungsreaktion verhindert wird. Werden neue Blutzellen produziert? Werden die Stammzellen oder die alten Restzellen den Kampf um die Vorherrschaft gewinnen? Wurden wirklich alle Krebszellen abgetötet? Die ganze Hoffnung ruhte jetzt auf einem schnellen Anstieg der Blutzellen. Nach ungefähr zwei Wochen konnte bereits ein deutlicher Anstieg der Leukozyten nachgewiesen werden. Zusätzlich wurden Nele Thrombozyten gespritzt. Schon wenige Tage später waren die Blutzellen schon über vierzig Prozent angestiegen. Zu Beginn der Erkrankung hatte die Anzahl der Erythrozyten, die normalerweise neunundneunzig Prozent der Blutzellen ausmachen, weniger als fünfundzwanzig Prozent betragen.

Auch wenn Nele nicht alles versteht, was die Ärzte ihr erklären, hat sie die Nachricht voll und ganz erfasst, die für sie wichtig ist. »Es geht mir besser. Ich werde endlich gesund«, flüstert sie.

***

Zwei Monate später. Nele ist wieder zu Hause, trifft sich mit Lara, geht ins Kino, genießt Pizza, Döner und Pommes, trinkt Cola und macht alles, was ihr Spaß bereitet.

Mit ihren Eltern fährt sie für ein Wochenende nach Zeeland in den Niederlanden. Sie lässt sich vom strammen Westwind zerzausen, spürt das Leben in vergessenen Dimensionen. Das Brausen des Meeres empfindet sie als Musik und liebt die ausgedehnten Spaziergänge in den Dünen. Am Brouwersdam, der die Nordsee vom Binnenmeer trennt, beobachtet sie aufmerksam die unzähligen bunten Surfsegel und zum Teil akrobatischen Manöver der Surfer auf dem Grevelinger Meer. Sie bewundert die Waverider und Profi-Windsurfer auf der Nordseeseite, wie sie mit ihren zackigen Turns den Wellenkamm erklimmen, sofort wieder zurückdrehen, um eine besonders geformte Welle abzureiten und das Spiel von vorne zu beginnen. Einige schießen meterweit über den Wellenkamm hinaus und springen Loopings. Die scheinbar der Schwerkraft entronnenen Kitesurfer beeindrucken Nele mit ihren haushohen Sprüngen am meisten.

Barfuß über den Nordseestrand zu stapfen, Sand in die Luft zu werfen und das Salz der Meerluft zu schmecken, lässt sie das Leben wieder intensiv spüren. Sie wirft die Arme hoch und brüllt ins tosende Meer: »Ich bin wieder da und ich will bleiben.« Sie rennt eine Weile kreuz und quer über den Strand, um zum Schluss auf ihre Eltern zuzustürmen und sie vor Glück und Liebe zu umklammern. Dieser Moment brennt sich unlöschbar in ihr Gedächtnis ein. Sie ist wieder glücklich mit ihren Eltern vereint.

Neles Mutter legt ihre Handflächen aneinander, schaut zum Himmel und Nele sieht, dass sie leise spricht.

»Warum faltest du deine Hände?«, will Nele wissen.

»Ich habe mich gerade für etwas bedankt.«

»Und für was?« rutscht es Nele heraus. Sie ist neugierig, vielleicht möchte ihre Mutter es aber für sich behalten.

Ihre Mutter scheint den Gedanken an Neles Gesicht abzulesen. »Nein, Nele, du kannst ruhig fragen. Ich habe mich dafür bedankt, dass du wieder gesund bist. Lass uns alles vergessen, was davor war. Jetzt zählt nur noch die Zukunft. Unsere Zukunft.«

***

Doch das vermeintliche Glücksgeschenk währt nicht lange, es war nur geliehen. Die Zeit der unbeschwerten Freude über das wiedergewonnene Leben ist nur kurz. Eine routinemäßig durchgeführte Blutanalyse offenbarte eine Verschlechterung der Blutwerte. Eine Knochenmarkpunktion bestätigt die Befürchtung des Arztes, die niemand zu denken wagt.

Der Arzt, der eine Weile wortlos in den Laborergebnissen geblättert hat, sieht kurz hoch und beugt sich nach vorne zu Neles Vater, so als wolle er ein Geheimnis verraten. Ein Geheimnis, das nur zwischen ihm und Neles Vater existiert. Er versuchte, an Nele vorbeizublicken, als er sein Wissen preisgibt. »Wir müssen mit einem Rezidiv rechnen. Es wurden wieder Krebszellen nachgewiesen.«

Neles Gehör schaltet irgendwann auf Stand-by. Sie bemüht sich nicht, zu verstehen, was da besprochen wird. Sie will das alles auch gar nicht mehr wissen. Sie hat nur den Wunsch, so schnell wie möglich nach Hause zu kommen.

Auf der Rückfahrt vom Krankenhaus spricht niemand ein Wort. Nele hat ihren Kopf auf die Schulter ihrer Mutter gelegt. Die Arme ihrer Mutter umschlingen sie wie ein Python. Nele erwidert die innige Umarmung. Sie hat Angst, dass sie ihrer Mutter entgleitet und ins Bodenlose stürzt, wenn sie locker lässt.

Nele sieht auf die Straße, als befände sie sich in einem Traum, aus dem sie gleich erwachen würde. Wie in einer Filmszene ziehen Autos, Radfahrer, Fußgänger, rote Ampeln, grüne Ampeln an ihrem Flatscreen auf der linken Seite der hinteren Sitzbank vorbei.

Ein kurzer Ruck. Neles Vater hat den Wagen vor der Garage zum Stehen gebracht und schüttelt den Kopf. »Lasst uns reingehen«, sagt er dann, stoppt den Motor und verlässt den Wagen. Er löst wortlos seine Tochter aus den Armen seiner

Frau, hebt Nele zärtlich hoch und trägt sie ins Haus.

Nele wird beim Anblick des Hauses wehmütig, denn sie soll schon am nächsten Tag stationär aufgenommen werden. Sie fleht ihre Eltern an: »Bitte lasst mich erst mal eine Woche hierbleiben. Ich will das nicht wieder.«

Neles Mutter drückt Nele an die Brust und antwortet mit schwerer Stimme: »Nele, es ist eine Woche, in der du nicht behandelt wirst. Das wäre Leichtsinn. Lass uns auf einen Tag einigen.«

»Zwei Tage.«

Neles Vater mischt sich ein: »Nele, wir möchten dich für immer hierbehalten. Du weißt aber, dass ohne Behandlung eine rapide Verschlechterung eintritt. Das können wir nicht riskieren. Sei vernünftig! Wir bringen dich übermorgen zum Krankenhaus.«

***

Nele sitzt mit ihren Eltern in der Patientenaufnahme. Sie wird für die Weiterbehandlung im System angemeldet und bekommt eine Mappe mit Informationen. Danach gehen sie auf die Station und betreten das offene Schwesternzimmer.

»Du musst Nele sein.« Eine Schwester geht lächelnd auf sie zu. »Ich bin Schwester Andrea.« Dann blickt sie Neles Vater an. »Die Mappe können Sie mir geben, Nele bringe ich jetzt erst mal auf ihr Zimmer.«

Vor der Tür mit der Nummer 404 am Ende des Flures bleibt Schwester Andrea stehen, klopft an und betritt mit Nele und den Eltern den Raum.

Im Bett neben dem Eingang liegt eine junge Frau. Das Bett am Fenster ist leer und frisch bezogen.

Schwester Andrea geht auf die junge Frau zu. »Sandra, das ist deine neue Nachbarin, Nele. Nele, das ist Sandra. Ich lasse euch jetzt erst mal allein, damit du es dir bequem machen kannst, Nele. Wenn du etwas brauchst, dann drücke auf den Klingelknopf an deinem Bett.«

Nele hat Schwester Andrea kaum zugehört, sondern Sandra interessiert gemustert. Als Erstes blieb ihr Blick an der grünen Kurzhaarfrisur haften. Sie hat noch nie jemanden kennengelernt, der eine solche Frisur trägt.

Sandra streckt ihr den rechten Arm entgegen.

Doch statt die Hand zu schütteln, betrachtet Nele weiterhin ihre Zimmergenossin. Ein lückenloses, den Arm umlaufendes farbiges Tattoo bedeckt ihn wie ein Blusenärmel. Es ist ein undefinierbares Fantasiemuster. Ein akkurat gestochener Engel mit ausgebreiteten Flügeln ziert jedoch den Innenarm. Der Umriss umfasst nur eine weiße Fläche. Dieses dominierende Bildnis wirkt zunächst verstörend, wie noch nicht fertiggestochen. Bei genauer Betrachtung fällt Nele aber auf, dass der weiße Engel in dem chaotischen Farbenrausch bedeutend intensiver wirkt als ein kolorierter Engel. Er scheint nicht zu Sandras Erscheinung zu passen, ein Engel auf einem Ausbruch und Widerspruch ausstrahlenden Körper. Was verbindet sie damit? Im linken Nasenflügel steckt ein Piercing. Mindestens sechs auffällige Ringe zieren Sandras etwas kurz und dick geratenen Finger. Nachdem sich Neles Augen mit dem ungewohnten Anblick vertraut gemacht haben, wandern sie zu den zweifarbig lackierten Fingernägeln. Grün scheint Sandras Lieblingsfarbe zu sein.

»Grün wie meine Augen und die Komplementärfarbe dazu ist Magenta. Solche gegensätzlichen Farben passen besonders gut zusammen«, klärt Sandra sie auf und lächelt.

Nele ist irritiert von Sandra, deren schrilles Aussehen überhaupt nicht zu ihrer offenen und natürlichen Art zu passen scheint. Sandras samtweiche Stimme erreicht ohne Umweg über die Ohren das Gehirn und erzeugt bei Nele ein Gefühl von Seelenmassage. »Was bedeutet der Engel?«, will Nele wissen.

»Der ist mir zugeflogen und hat gemeint, er wäre mein Schutzengel.«

»Und wo war er vorher?«, fragt Nele.

»Er hat Scheiße gebaut und nicht aufgepasst. Exitus. Mit mir soll er rehabilitiert werden. Jetzt muss er sich aber mal mächtig ins Zeug legen.«

Nele ist von Sandras eigenwilligem Humor überrascht und sieht Sandra fragend an.

Sandra fügt hinzu: »Weißt du, wenn er einfach so ziellos umherfliegt, dann verliert er mich vielleicht aus den Augen oder wird unaufmerksam. Ich habe ihn auf meinen Arm gesetzt, damit er mich nicht verlassen kann.«

»Du glaubst an Engel? Das hätte ich nicht gedacht«, entfährt es Nele verdutzt.

»Tue ich auch nicht«, entgegnet Sandra. »Aber wenn ich das hier nicht packe, möchte ich gerne einer sein und auf jemanden aufpassen … Vielleicht auf dich.«

»Glaubst du, du schaffst es nicht?«

»Ich weiß es nicht. Ich weiß auch nicht wirklich, wofür ich es schaffen soll.«

Sandras letzte Worte haben Nele verwirrt. »Wie meinst du das? Macht dir das Leben keinen Spaß? Vermisst dich niemand? Vermisst du niemanden?«

Sandra erwidert nachdenklich: »Ich liebe das Leben und gleichzeitig hasse ich es. Es wärmt mich und lässt mich frieren, es macht mich glücklich und traurig, stark und schwach, es ist fremd und vertraut. Es fällt mir schwer, etwas zu definieren, auf das ich nicht verzichten möchte.«

Nele ist schockiert darüber, dass Sandra sich bereits vom Hier und Jetzt zu distanzieren scheint. »Ich möchte nicht, dass du mein Schutzengel wirst, damit ich überleben kann. Ich will definitiv überleben, aber nicht auf Kosten eines anderen.«

Sandra sieht sie forschend an, erwidert aber nichts. Was sie wohl denkt?

Das Gespräch mit Sandra stimmt Nele sehr nachdenklich und hinterlässt bei ihr das Gefühl, einen unumkehrbaren Fehler gemacht zu haben. Wie lange kennt sie Sandra nun? Sie hat eine Kategorie geöffnet, in die sie Sandra einordnen konnte. Doch sie musste feststellen, dass sie die junge Frau falsch eingeschätzt hat. Beschämt über ihr vorschnelles Urteil gewinnt Nele eine wichtige Erkenntnis. Die äußere Erscheinung eines Menschen ist kein Spiegelbild seiner Seele. Sie lässt nicht auf seinen Charakter, seine Wünsche, seine Ziele und schon gar nicht seine Empfindungen schließen. Um das Spiegelbild einer Seele zu erkennen, muss man ihm sehr nah sein. Aus der Distanz offenbart sich nur ein Zerrbild bis hin zur Unkenntlichkeit.

Nele schweigt verunsichert.

Sandra fragt vorsichtig: »Du siehst so zerknirscht aus. Was ist los?«

Nele ist dankbar für die Unterbrechung der Stille, möchte Sandra aber dennoch nicht ihren Irrtum gestehen. Deshalb sagt sie nur: »Ich habe gerade bemerkt, dass ich einen großen Fehler gemacht habe.«

»Nicht dass ich auch nur die geringste Idee hätte, wovon du sprichst, aber es scheint dich zu beschäftigen. Willst du es mir erzählen?«, antwortet Sandra.

Nein, das möchte Nele nicht, denn es ist ihr immer noch peinlich. Deshalb beschließt sie, das Thema zu wechseln. »Was willst du eigentlich mal beruflich machen?«, fragt sie.

»Ich möchte Philosophie studieren.«

»Gibt es dafür einen bestimmten NC?«, hakt Nele nach.

»Ja, den gibt es an einigen Unis. München ist zurzeit mein Favorit. Da gibt es bis jetzt noch keinen NC. Kann sich aber ändern. Ich mache mir dennoch keine Sorgen, mein Abi-

Schnitt ist 1,1. Meine Mutter ist schließlich Lehrerin. Mein Daddy ist Beamter, den mag keiner. Der arbeitet beim Finanzamt.« Sandra lacht auf und steckt Nele an.

Sie albern noch eine Weile über das Thema Steuern herum.

Dann möchte Nele wissen: »Wieso gerade Philosophie?«

»Ich habe mich schon intensiv mit den alten Philosophen beschäftigt, die meiner Meinung alte Antworten auf alte Fragen parat haben. Ich vermisse Überlegungen, die die jetzige Zeit betreffen. Was bedeutet es für uns, wenn die von Menschen erledigten Tätigkeiten bis hin zur Chirurgie und Bildung von digitalen, emotionslosen Ersatzgeschöpfen praktiziert werden? Was ist der wirkliche Wert eines Menschen? Warum glauben Menschen, gegenüber anderen Lebewesen einen Sonderstatus zu haben? Welche Rechtfertigung gibt es dafür? Muss die Ausbeutung der Ressourcen im Hinblick auf die nachkommenden Generationen geduldet werden?«

Nele sieht Sandra mit großen Augen an und ist von den Fragestellungen überwältigt. »Ich bin mir absolut sicher, Sandra, dass du die Antworten darauf finden wirst. Du hast ja auch gute Voraussetzungen. Du kannst doch bestimmt gut mit deinen Eltern über solche Themen reden.«

»Ja, Nele, du hast recht. Ich bin auch ganz glücklich damit. Ich lebe geborgen und gut versorgt. Meine Eltern lieben mich und ich liebe sie. Manchmal geht mir dieser bürgerliche Habitus aber auf den Senkel. Ich habe das Gefühl, wir sind Spießbürger.«

Sandra unterscheidet sich ganz eindeutig von anderen in

ihrem Alter, das ist Nele schnell klar geworden. »Sie kommt mir vor wie eine große Schwester, die mir die Welt erklärt«, denkt Nele. »Ich würde sie als meine Schwester lieben. Auch als Freundin mag ich sie sehr. Gut, dass ich jetzt nicht allein bin.«

»Warum bist du hier?«, fragt Sandra unvermittelt.

»Ich habe Leukämie, ALL. Ich war schon mal geheilt, aber sie ist zurückgekommen.«

»Mensch, Nele, das ist ja furchtbar. Ich habe auch ALL und jetzt lassen die die Chemos in mich reinlaufen. Da sitzen wir ja sozusagen in einem Boot.«

***

Am nächsten Morgen erwacht Nele mit schweren Magenkrämpfen und Übelkeit. Das sind bestimmt die Nebenwirkungen des Chemiecocktails, die sie gestern bekommen hat. Noch bevor sie das Bett Richtung Toilette verlassen kann, schießt ihr Mageninhalt unter einem rhythmischen Aufbäumen des Körpers begleitet von animalischem Röcheln auf den weißen Fliesenboden. Während der Kotzerei schnappt sie immer wieder verzweifelt nach Luft. Auf ihrer Stirn sammeln sich dicke Schweißperlen. Es stinkt fürchterlich im Zimmer und Nele schämt sich schrecklich für die Sauerei, die sie hinterlassen hat. Sandra drückt unverzüglich den Schwesternknopf und eine Schwester kommt umgehend ins Zimmer. Sie bringt Nele wieder ins Bett und reinigt ihr das Gesicht. Dann kümmert sie sich um den Mageninhalt. Sie reißt das Fenster weit auf, damit Nele nicht schon allein vom Geruch wieder schlecht wird. Trotz der besseren Luft muss Nele sich noch dreimal übergeben, nun aber in die Brechschale. Sie fühlt sich extrem schwach und hat Schmerzen in allen Gliedern. »Ich will nicht, dass dieses Gift noch mal in meinen Körper läuft. Wenn ich nicht an der Krankheit sterbe, bringt die Chemo mich um. Ich will auch keine Glatze mehr haben«, geht es ihr durch den Kopf. Nele weint bitterlich. Ihre Schultern beben und sie vergräbt ihren Kopf im Kissen. »Ich kann nicht mehr und ich will auch nicht mehr«, denkt sie in ihrer Verzweiflung.

Sandra kommt an ihr Bett und streichelt ihr mitfühlend über den Kopf. »Ich verstehe dich, Nele. Jeder auf der Station versteht dich. Wir Leukos sind hier unter uns. Wir wissen alle, was die Krankheit bedeutet und wie es einem geht. Es wird aber wieder besser. Wir haben nur zwei Möglichkeiten. Entweder diesen Scheiß hier mit der Aussicht auf Heilung oder wir sterben. Fürs Sterben sind wir noch zu jung. Wir zwei kriegen das wieder hin.«

Nele verzieht das Gesicht zu einem kleinen Lächeln und antwortet in einer Schluchzpause: »Okay.«

***

Sandra durfte vorübergehend nach Hause und Nele ist wieder mit ihren Ängsten und der Mutlosigkeit allein. Sandra hat jedoch versprochen, sie zu besuchen.

Am nächsten Tag steht sie schon nach dem Frühstück an Neles Bett. »Hi Nele, how goes it you?«, begrüßt Sandra sie und lächelt verschmitzt.

Ein Gefühl des Glückes durchströmt Nele. »Ich freue mich, dass du gekommen bist. Ich wusste nicht, ob du es mit dem Besuch ernst meinst.«

»Sehe ich so aus, als würde ich Versprechen nicht einhalten?«

»Nein, natürlich nicht, aber …«, antwortet Nele verdattert, ohne den Satz zu Ende zu sprechen.

»Aber? Ist es dir schon oft passiert, dass Versprechen nicht eingehalten wurden?«

»Nein, nicht oft«, gibt Nele beschämt zu. »Manchmal aber schon.«

»Und daraus schließt du, dass alle dasselbe tun?« Sandra sieht Nele herausfordernd an.

Nele spürt, wie eine Höllenglut ihren Brustkorb empor über den Hals und ihr Gesicht bis zu den Haarspitzen zieht. Bei ihr wächst der Eindruck, dass sie soeben ein neues Rot kreiert hat, die Farbe der Beschämung und des gleichzeitigen wortlosen Verzeihens. Sie könnte sich ohrfeigen für ihre Bemerkung und fühlt sich wie beim Verraten eines Geheimnisses ertappt. »Ja … Nein … natürlich nicht. Ich weiß auch nicht. Manchmal weiß ich nicht, was ich denken soll. Es tut mir leid, wenn ich dich verletzt habe. Ich freue mich riesig über deinen Besuch.«

Sandra schaut sie lächelnd an und Nele ist erleichtert.

Die junge Frau hat sich ganz in Schwarz gehüllt, trägt eine

hautenge Hose aus glänzendem Stoff, schwarze hochgeschnürte Stiefeletten und eine asymmetrisch geschnittene schwarze Strickjacke, die bis zu den Knien baumelt. Darunter trägt sie ein schwarzes T-Shirt, auf dem in grüner Schreibschrift die Worte *Ich bin, also denke ich.* aufgedruckt sind. Ihre Hose sitzt wie an ihrem Körper angeleimt. Trotzdem ziert ein breiter silberner Gürtel mit einer riesigen Schnalle sie, die an verknotete Schlangen erinnert. Um den Hals hat Sandra sich ein kunstvoll geschlungenes Seidentuch gelegt, das die grüne Farbe ihrer Haare und des T-Shirt-Druckes aufgreift.

Neles Augen heften sich an den Spruch auf Sandras T-Shirt. Sie zeigt darauf und fragt: »Was bedeutet das?«

»Der berühmte Philosoph René Descartes hat die Frage nach dem Sein mit *Ich denke, also bin ich* beantwortet. Viele Menschen sind, denken aber nicht.« Typisch Sandra. Sandra ist irgendwie Mittelpunkt. Völlig natürlich geht von ihr eine prickelnde Wahrnehmung aus, die jedoch kein Gefühl von Einflussnahme aufkeimen lässt. Sie legt ihre Ansichten logisch dar und Nele fragt sich, wieso sie noch nicht selbst darauf gekommen ist. Die Gespräche mit Sandra sind für Nele nicht nur eine willkommene Abwechslung, sondern bereiten ihr helle Freude. In den wenigen Tagen, in denen sie das Zimmer teilten, hat Sandra sie mit ihrer positiven Lebenseinstellung etwas aus dem Stimmungstief herausgeholt. Sie ist so herrlich unkompliziert. »Probleme gibt es nicht, nur ungelöste Aufgaben«, hat sie mal gesagt. Sie ignoriert ihre Krankheit und spricht von Partys, Disco, Döner, Kino, angesagten

Bands und, ihre Wortwahl, voll geilen Typen. Sandra ist so anders, ungewöhnlich. Oft sagt sie nur einen Satz, der aus einem komplizierten Zusammenhang ein Kinderspiel macht. Ihre direkte Art ist aber bestimmt nicht jedermanns Sache. Ihre kleinen Provokationen muss man verstehen lernen. Es ist eben ihr spezieller Humor.

Nele mag Sandra für ihre mitfühlende, verständnisvolle Art. Nele hat sie vom ersten Moment an gemocht. Sie denkt daran, dass sie sich ohne die verflixte Krankheit nie begegnet wären. Wie schön es ist, jetzt neben einer Freundin sitzen zu können.

»Freust du dich, wieder zu Hause zu sein?«, fragt Nele nach einer Weile.

»Einerseits ja, aber andererseits ist es Zeit, in der nichts geschieht. Ich sehe Krebszellen Freudentänze vollführen, aber die bekommen nur eine Galgenfrist. Irgendwann müssen sie doch dran glauben.«

»Wie geht es denn bei dir weiter?«, will Nele wissen.

»Ich bekomme vier Chemos im Doppelpack. Das wird ambulant gemacht, danach kann ich bis zur nächsten Infusion wieder nach Hause.«

Neles Blick fällt auf Sandras grüne Haare, auf die schon bei ihrem ersten Zusammentreffen ihre Aufmerksamkeit gelenkt wurde. »Was machst du ohne deine Haare? Besorgst du dir eine grüne Perücke?«

»Ich brauch keine Perücke, ich streich die Glatze mit Acryl.«

»Du spinnst«, sagt Nele. Das kann Sandra nicht ernst meinen.

Sandra lacht laut auf. »Ich verrate dir ein Geheimnis. Ich weiß noch nicht, was ich tun werde. Ich lasse es erst mal auf mich zukommen.« Dann wird sie ernst. »Nele, lass dich nicht unterkriegen. Zeig diesen kack Zellen, wer hier Master of the Universe ist. Du haust die in Grund und Boden. Die wissen das nur noch nicht. Aber ich weiß es.« Sie schaut auf die Uhr. »Ich muss jetzt los, hab jede Menge zu erledigen. Morgen bin ich wieder da. Und wehe, du hast schlechte Laune.«

»Werde ich nicht haben. Schön, dass du da warst. Ich drücke dir für alles die Daumen und freue mich auf morgen.«

Sandra ist schon an der Tür und schickt ein letztes Lächeln zu Nele, bevor sie wortlos hinausgeht.

Kaum hat Sandra den Raum verlassen, klopft es an der Tür und der Arzt betritt mit Schwester Julia den Raum.

Seit Sandra nicht mehr ihre Zimmernachbarin ist, langweilt Nele sich oft und ist für jede Abwechslung dankbar. Wenn die Ärzte kommen, haben sie aber meistens schlechte Nachrichten.

Neles Blutzellen sind wieder auf dem Weg in die Nullzone. Dafür geht es den Krebszellen unverschämt gut. Die Schmerzen durch die Chemo nehmen zu, ihre Mundschleimhaut ist stark angegriffen. Sie hat keine Lust zu essen, das Sprechen fordert sie heraus. Ihre Gedanken möchten fliegen, aber der zerstörte Körper ist nicht mehr fähig, ihnen die Freiheit zu schenken.

»Das sind die Nebenwirkungen der Chemo, das geht bald vorbei«, sagt Dr. Böding aufmunternd.

Schwester Julia versucht das mit einem Lächeln zu unterstreichen. Doch das löst den Knoten in Neles Magen nicht.

»Wir tun hier alles, was in unserer Macht steht. Wenn du etwas brauchst, dann sage es den Schwestern.« Dr. Böding dreht sich um und verlässt grußlos den Raum.

Nele vermeidet es mittlerweile, über ihre Krankheit mehr zu reden als unbedingt nötig, ignorieren kann sie sie aber nicht. Die quälende, andauernd veränderte Therapie und die zermürbende Warterei auf eine Verbesserung der Blutwerte begleitet von ständigen Rückschlägen haben ihr jeden Lebensmut genommen. Nach dem erneuten Rückschlag glaubt sie nicht mehr an eine Heilung. Nur noch ein Wunder kann Nele davon abhalten, sich gänzlich aufzugeben. Doch Wunder kann sie sich nicht wünschen. Wenn sie Glück hat, sehr viel Glück hat, geschieht es vielleicht.

***

Der ICE 614 jagt an Montabaur vorbei. Mit 290 Kilometer pro Stunde fliegen Bäume, Häuser, ganze Landschaften in unmittelbarer Nähe wie ein im Zeitraffer gezeigter Film vorbei. Das Fenster führt in eine Hochgeschwindigkeitswelt, in der Momente nicht mehr zählen. Keiner wirft noch einen Blick auf die Schönheit einer Baumkrone, die im Frühnebel schwebt, den schwerelos kreisenden Bussard oder das Reh auf der vom Tau glänzenden Lichtung in den Strahlen der aufgehenden Sonne. Reisen mit allen Sinnen tritt in den Hintergrund. So schnell wie möglich anzukommen, scheint das Motto zu sein.

In der ersten Klasse hat es sich Andreas bequem gemacht, der am Frankfurter Flughafen in den Zug eingestiegen ist. Er sitzt zwischen Geschäftsreisenden, die vermutlich die letzten Verkaufsprognosen oder Quartalsberichtszahlen in ihre superflachen, teuren Laptops tippen und unentwegt ihre Smartphones mit lautstarken Businessparolen malträtieren.

»Die Chinesen haben ihr Angebot noch mal um 7,5 Prozent reduziert.«

»Welchen Preis wollen wir bei hundertfünfzig Jato frei Haus machen?«

»Wenn wir nicht pünktlich liefern, können wir den Kunden vergessen.«

»Der EBIT ist um achtundzwanzig Prozent eingebrochen. Wir müssen effektiver werden.«

»Der Papi hat dich auch lieb. Kannst du mal die Mama ans Telefon holen?«

Früher hat Andreas den Gesprächsfetzen belustigt gelauscht, heute sieht er sich unfreiwillig in Geschäftsgeheimnisse eingeweiht, die von Wichtigtuern ohne jede Diskretion ausposaunt werden. Er liest gerne Biografien, diese mit verbalen Satzfragmenten angereicherte Lärmkulisse lässt jedoch keinen Lesegenuss zu.

Andreas sieht sich um. Die anderen Reisegäste tragen Designeranzüge. Ob seine Uniform auffällt? Die Ärmel seines dunkelblauen Zweireihers haben vier goldene Streifen am Unterarm. Seine korrekt gebundene, schlichte Krawatte hat Andreas sorgfältig auf seinem weißen Hemd ausgerichtet. Seine vom Beruf abverlangte Disziplin hat ihn zu einem Pedanten werden lassen.

Andreas ist Lufthansa-Kapitän. In den frühen Morgenstunden hat er einen Airbus A321 vom Fiumicino-Airport in Rom nach Frankfurt am Main gesteuert. Einige der Wichtigtuer im Zugabteil, die wahrscheinlich alle den Frequent Traveller Status haben und zum Teil die Vorzüge der Senator Card genießen, hat er vielleicht heute Morgen in Italien abgeholt.

Schon als Kind träumte er vom Fliegen und wiederholte ständig in unnachahmlicher Überzeugung seine Absicht. »Ich werde mal Pilot bei der Lufthansa.«

Seine Schwester Birgit fand die Idee großartig und jubelte begeistert. »Ja, und dann fliegst du mich und Mama und Papa durch die ganze Welt.«

Als Kinder spielten sie oft Pilot und Stewardess. Dazu stellten sie im Kinderzimmer zwei Stuhlreihen hintereinander auf. Die erste Reihe wurde mit größerem Abstand platziert und über die Lehnen hingen sie ein Tuch, sodass die erste Stuhlreihe abgetrennt war. Das war das Cockpit. Hier saß Andreas immer auf dem linken Stuhl. Birgit war manchmal Co-Pilotin, manchmal Stewardess. Ab und zu, wenn Freunde zu Besuch kamen, wurden sie von Birgit als Fluggäste zu ihren

Plätzen geleitet. Aus einer Auswahl alter Zeitungen und Zeitschriften konnten sie sich etwas zum Lesen aussuchen. Andreas hatte auf festem Papier in sauberer Druckschrift Platzkarten mit Flugnummer, Sitzplatz und Flugziel geschrieben, die die Fluggäste vor dem Betreten der Maschine bekamen und Birgit am Eingang vorzeigten. Andreas erinnert sich noch heute gern an diese Zeit.

Das Verhältnis zwischen Andreas und Birgit ist herzlich. Sein Schwager Roland ist ein guter Freund geworden. Eine ganz besondere Zuneigung verbindet Andreas mit Lara, der dreizehnjähriger Tochter der beiden. Sie saß früher oft auf seinem Schoß, erzählte ihm von ihren riesigen Problemen, wobei meistens einige Kullertränchen ihre Wangen hinabliefen, und ließ sich zum Trost Geschichten von seiner Fliegerei erzählen. Andreas' Zuversicht und sein Humor hatten Lara stets im Nu wieder ein Lächeln ins Gesicht gezaubert.

Er hat Lara seit mehr als einem Jahr nicht mehr gesehen und die Aussicht, sie gleich in die Arme schließen zu können, verursacht bei ihm eine erwartungsvolle Spannung. »Wie sie wohl jetzt aussieht? Ist sie noch so offenherzig und empfindsam wie früher oder haben sie die Hormone zu einer unausstehlichen Zicke mutieren lassen?« Welche Lara auch immer ihm begegnen wird, er fiebert dem Treffen entgegen. Er hat Lara versprochen, sie am Gymnasium abzuholen. Sein Zeitplan für heute ist engmaschig geknüpft, heute Morgen noch in Rom, jetzt von Frankfurt mit dem ICE, dem Rennpferd der Deutschen Bahn, bis Essen Hauptbahnhof. Die letzten

Kilometer wird er mit dem Taxi zurücklegen.

Eigentlich trägt Andreas seine Piloten-Uniform nicht in der Freizeit. Heute hatte er aber keine Zeit zum Umziehen. Seine Schwester und vor allem Lara bestehen allerdings sowieso immer auf die Pilotenuniform. Sogar die Pilotenmütze, die er nur bei der Arbeit außerhalb des Cockpits trägt, setzt er vor seinen Besuchen auf.

Andreas weiß, dass ihm die Uniform steht, und er wird oft angeflirtet. Natürlich hat er immer wieder Beziehungen, sein unregelmäßiger Dienstplan erschwert jedoch eine feste Partnerschaft sehr. Eine Familie zu gründen oder zumindest in einer dauerhaften Partnerschaft zu leben, ist ihm bisher noch nicht gelungen. Die fehlende Liebesbeziehung belastet Andreas zunehmend. Die Attraktivität seines Berufes kann das nicht aufwiegen. Umso glücklicher ist er, endlich wieder Zeit mit seiner Familie verbringen zu können.

Andreas' Gedanken sind bereits bei seiner Schwester Birgit. Sie hat ihn immer wieder nach seinen Eindrücken im Cockpit befragt. Wenn er dann so vor sich hin philosophierte, hing sie an seinen Lippen und ihre geweiteten Augen waren wieder die eines Kindes.

Häufig wiederholte Andreas: »Weißt du, Birgit, wenn du dich so nah am Himmel befindest, wird alles unter dir bedeutungslos. Mir wird dabei immer klarer, dass mein Schicksal und das der anderen Menschen in der Hand einer übermenschlichen Macht liegen. Das, was da unten alles passiert, die Kriege, die Naturkatastrophen, die Umweltzerstörung, das Unglück von Millionen Menschen, erscheint dir von oben absolut unverständlich. Die Schönheit dieser, unserer Welt ist unbeschreiblich und aus der Ferne betrachtet kann man gar nicht glauben, was es dort unten alles Böses gibt. Warum die Menschen es nicht schaffen, in Frieden zu leben und das, was die Erde für sie bereithält, gerecht aufzuteilen, versteht man da oben nicht. Warum Gott das zulässt, fragt man sich immer wieder. Aber würden wir von einem Gott gelenkt werden wollen, der uns zu willens- und handlungsunfähigen Wesen werden lässt, die keine Eigenschaft mehr besitzen, die man als menschlich bezeichnen kann? Die Existenz Gottes bleibt für uns Menschen stets ein Mysterium, das wir hinnehmen oder ignorieren können. Wir werden nie einen Beweis für Gottes Existenz erhalten. Wir können an ihn glauben oder nicht. Aber wenn du die Schönheit dieser Welt aus 11.000 Metern Höhe siehst, fällt es dir schwer, zu glauben, dass das alles ein Zufallsprodukt, die Folge eines Urknalls sein soll. Doch die Frage bleibt unbeantwortet, was oder wer ihn ausgelöst hat.«

Birgit hat ihm mal erzählt, dass sie nach solchen Gesprächen nachts noch lange wach liegt, bis ihr vor Müdigkeit die Augen zufallen.

Andreas ist sich sicher, dass es auch bei diesem Besucht wieder interessante Unterhaltungen geben wird. Bei dem Gedanken daran lächelt er.

***

Laras Gedanken kreisen um ein Ereignis, das sie zunehmend ablenkt. Sie wird nach langer Zeit ihren geliebten Onkel Andreas wiedersehen. Er wird sie von der Schule abholen. Lara fiebert dem Wochenende mit ihm entgegen, denn ein Besuch von Onkel Andreas ist für sie schon immer ein herausragendes Ereignis gewesen.

Er hat ihr unzählige unvergessliche Momente beschert. Oft war er ihr Rettungsanker, wenn ihre scheinbar unlösbaren Kindheitsprobleme nach einer schnellen wirkungsvollen Lösung verlangten. Er sah sie nur an und wusste anscheinend immer sofort, was sie brauchte, ohne dass sie ein einziges Wort sagen musste. Allein das stille Vertrauen, das sie verbindet, löst bei Lara die größte Verkrampfung. Nach einem kurzen Gespräch mit Onkel Andreas hatten sich ihre Probleme verflüchtigt.

Manchmal schämte sie sich aber dafür, ihn mit sinnlosen Nebensächlichkeiten zu belästigten. Auch das spürte er anscheinend, denn er sagte häufig: »Ein Satz, der aus falsch verstandener Rücksicht nicht gesprochen wird, wiegt schwerer als ein Satz, den man bereut.« Lara ist sich sicher, dass die coolen Sprüche ihres Onkels sie selbstbewusster werden ließen. Er hat ihr gezeigt, dass sie auch mal einen Fehler zulassen muss, um daraus zu lernen

Einmal hat sie Onkel Andreas gefragt, wie er es schafft, auf alles so ruhig und besonnen zu reagieren. Er hat ihr lächelnd geantwortet: »Weil ich es gelernt habe, Lara. Als Pilot trage ich eine große Verantwortung für viele Menschen und die Flugzeuge, die ich steuere. Wie du vielleicht schon gemerkt hast, gibt es im Leben immer wieder Situationen, die man nicht vorhersehen kann. Es kommt dann darauf an, dass man das Richtige tut, zur richtigen Zeit und in der richtigen Reihenfolge. Die Ruhe zu verlieren, könnte für mich und meine mir anvertrauten Passagiere den Tod bedeuten. Gott sei Dank kommen Probleme bei Flügen extrem selten vor. Ich muss trotzdem regelmäßig in den Flugsimulator, um so etwas zu üben. Selbst wenn ich dort alles falsch mache, kommt niemand zu Schaden. So kann ich mich auf schwierige Situationen vorbereiten. In Panik gerät man nur, wenn man von einem Problem überfordert ist, nicht weiß, was zu tun ist. So wie du an deiner Schule bei einem Probealarm lernst, wie du dich in Sicherheit bringst, bin ich schon zigmal mit einem brennenden oder ausgefallenen Triebwerk gelandet und konnte bei Problemen mit dem Seitenruder oder nicht ausfahrbarem Bugrad alle gesund nach Hause bringen. Bis jetzt waren alle meine Flüge sehr sicher. Ich musste das im Training Gelernte noch nie anwenden, ich bin aber jederzeit auf einen Ernstfall vorbereitet.« Die Zuversicht, die Onkel Andreas bei derartigen Erläuterungen ausstrahlt, ist nicht nur über jeden Zweifel erhaben, sie verleiht Lara auch eine Kraft, die sie über sich selbst hinauswachsen lässt.

Lara kommt es so vor, als säße sie in einem riesigen Wattebausch. Sie vernimmt dumpf und unklar Frau Heisterkamps Worte. Ihr Sinn erschließt sich Lara aber nicht. Sie will auch gar nichts verstehen, weigert sich, ihre Gedanken in eine andere Richtung als zu Nele zu lenken. Zu groß ist die Anspannung, die sie beherrscht. Lara ist so unglücklich wie noch nie in ihrem Leben. Seit sie weiß, dass ihre allerbeste Freundin Nele vielleicht bald sterben muss, befindet sie sich in einem Ausnahmezustand, der ihr logische Überlegungen erheblich erschwert. Sie zermartert sich das Gehirn, wie sie Nele vielleicht zum letzten Mal in ihrem Leben helfen kann.

Lara, ihre Eltern und viele Personen, die sie motiviert hat, Stammzellen zu spenden, ließen sich schon vor einem halben Jahr typisieren. Es fand sich aber kein passender Spender unter ihnen. Zum Glück erhielt Nele aber eine Spende von einem Fremden. Doch gebracht hat es nichts.

Auch wenn Lara die Realität nicht wahrhaben will, grübelt sie unentwegt, wie sie Nele wenigstens ihre letzten Tage erleichtern oder verschönern kann. Sie fühlt sich wie ein siamesischer Zwilling, der seine angewachsene Hälfte mit Gewalt entfernt bekommt. Ihr Zwilling ist zwar weit entfernt, aber untrennbar mit ihr verbunden.

Die Schulglocke reißt Lara aus ihren Gedanken. Endlich Schulschluss. Ungeachtet der glühenden Vorfreude auf das Wiedersehen mit Onkel Andreas packt sie zeitlupenartig ihre Schultasche und tappst gedankenverloren auf die halb geschlossene Doppeltür am Ende des Ganges zu. Die Freude auf den Besuch ihres Onkels hat noch nicht ihre Sorgen durchdrungen. Begleitet vom Lärm vieler hinaustobender Kinder bewegt sie sich über den Flur mit den sechseckigen

Fliesen auf die geöffnete Türhälfte zu. Kräftige Sonnenstrahlen treffen auf den Boden vor dem Ausgang. Die im Schatten liegenden Flächen sind von einem detailarmen Grau zugedeckt.

Plötzlich kommt Lara eine verrückte Idee. Sie ist so verrückt, dass sie abrupt stehen bleibt. Sie verwirft die Idee wieder, geht enttäuscht ein paar Schritte weiter, nur um gleich noch mal anzuhalten. Sie überprüft die Idee erneut. »Warum eigentlich nicht?«, flüstert sie. Mehr kann sie ohnehin nicht tun.

Es erwacht wieder ihre gewohnte Stärke. Von der Verzweiflung getrieben strebt sie jetzt zügig ins Freie. Bloß keine Zeit verlieren. Ein vages Lächeln huscht über ihr Gesicht.

Am Ausgang wartet schon ihr Onkel Andreas. Lara erfüllt jedes Mal Stolz, wenn er in seiner schicken Pilotenuniform eindrucksvoll die Szene beherrscht.

Lara hat ihre langen dunkelblonden Haare zu einem Zopf im Nacken geflochten. Sie hat einen grauen Filzhut mit schmaler Krempe tief ins Gesicht gezogen und muss den Kopf anheben, um zu sehen, was vor ihr ist. Lara trägt eine hautenge dunkelblaue Jeans und darüber ein weißes Oberteil aus fließendem Stoff, das leger bei jedem Schritt über ihren schmalen Oberkörper gleitet. Der dünne Stoff fliegt manchmal etwas auf, wenn ihn ein zarter Lufthauch trifft oder Lara ihre Schritte beschleunigt. So wie jetzt.

Onkel Andreas kommt auf Lara zu und sie fliegt in seine Arme. Obwohl sie ja mit dreizehn Jahren eigentlich cool sein und ihre Gefühle beherrschen möchte, kann Lara nicht das Herablaufen der Kullertränen über ihre Wangen verhindern. Einige davon rollen auf Onkel Andreas' Uniform-Jacke. Tränen der Sorge vermischen sich mit Freudentränen. Onkel Andreas nimmt Lara fest in den Arm und drückt sie an sich. Dieses wohltuende Gefühl von Zuneigung und Vertrautheit lässt Lara kurz in eine schon länger vermisste Gefühlswelt eintauchen.

Nachdem sie sich wieder etwas beruhigt hat, versucht sie verschämt, ihre Tränen von der Uniformjacke zu wischen. »Jetzt habe ich dich ganz vollgeheult«, sagt sie schluchzend, doch sie fühlt sich befreit.

»Das macht doch nichts.« Er lächelt sie an und flaxt: »Eine solch große Freude auf unser Wiedersehen habe ich jetzt nicht erwartet.«

Da ist er wieder, sein spezieller Humor, den Lara immer schon geschätzt hat. Auch jetzt nimmt seine Äußerung ihr die schwere Last von den Schultern und sie muss heftig lachen. Wenn den verletzlichen Zwerg von damals ein Problem quälte, heiterte Onkel Andreas Lara immer wieder mit seinen Späßen auf und im Nu war alles vergessen, was sie vorher bedrückt hatte. Jetzt geht es ihr wieder so. Doch Lara wird bei dem Gedanken an die Vergangenheit wehmütig. Als sie Onkel Andreas zum letzten Mal sah, war sie ein glückliches, lebensfrohes Mädchen. Zu dieser Zeit hat sie sich oft mit Nele getroffen und sie haben viel zusammen unternommen. In den drei Jahren, die sie schon befreundet sind, ist eine innige Seelenverwandtschaft zwischen ihnen gewachsen, in der es keine Tabus gibt, in der alles besprochen wird, was nicht einmal mit den Eltern diskutiert wird. Aber heut ist alles anders.

Onkel Andreas greift Lara um die Taille und verkündet: »Ich bring dich erst einmal nach Hause.«

Das erleichtert Lara und sie freut sich auf den Nachhauseweg, der glücklicherweise nicht lang dauert.

Lara wohnt in einem Reihenendhaus, das einen größeren Garten hat als die anderen Häuser. Wenn sie aus der Schule kommt, führt ihr erster Gang immer dorthin.

Das ist auch heute so. Nach der Begrüßung ihrer Eltern zieht Lara Andreas an der Hand zur Terrasse hinaus. »Komm, ich muss dir was zeigen.«

Laras Eltern haben ihr im Garten eine Experimentierfläche von etwa drei mal vier Metern zur Verfügung gestellt, wo sie nach Lust und Laune ihren Ideen nachgehen, Naturphänomene untersuchen oder Pflanzen kreuzen kann. Lara ist sehr naturverbunden und erforscht auf ihrer akribisch gepflegten Garteninsel Flora und Fauna. Zurzeit gestaltet sie sich einen Bonsaigarten. Jede freie Minute durchforstet sie das Internet nach Informationen zu diesem Thema. Wenn sie dann wieder vor ihrem Bonsaiparadies steht, erfüllt sie das Geschaffene mit Stolz. Fasziniert vor den unsichtbaren Kräften der Natur bewundert sie die Pflanzen, die auf das Kürzen der Wurzeln mit einer Verringerung der Blattgröße reagieren. »Sie lassen nur so viel wachsen, wie sie ernähren können. Die

Menschen könnten viel von den Pflanzen lernen«, denkt sie manchmal. Laras Beschäftigung mit den Pflanzen und ihr Respekt vor den optimal angepassten Bewohnern des Gartenbodens haben auch ihr Verhalten gegenüber ihren Mitmenschen verändert. Mit ihren dreizehn Jahren und am Beginn des Erwachsenwerdens hat sie schon gelernt, ihr eigenes Handeln zu hinterfragen.

Lara schiebt diesen Gedanken beiseite und erklärt Andreas stolz, was sie im Garten macht. In ihrer Begeisterung sprudeln die Beschreibungen förmlich aus ihr heraus. Sie wird albern. »Stell dir mal vor, ich würde hier ein neues Bodenlebewesen entdecken.«

»Da musst du aber sehr viel Glück haben, schließlich haben Tausende Biologen schon so ziemlich alles erforscht«, entgegnet Andreas.

»Na und? Kann doch sein.«

»Ich schlage vor, wir entdecken jetzt zuerst das Innere des Hauses«, antwortet Andreas schmunzelnd.

***

Andreas hat Lara versprochen, sie zum Krankenhaus zu fahren.

Als sie vor dem Klinikum ankommen, fragt er: »Wen gehen wir besuchen?«

»Meine Freundin Nele.« Lara steuert auf ein mehrstöckiges modernes Bauwerk zu. Sie betritt das Gebäude vor Andreas. Am Fahrstuhl angekommen zieht sie Andreas in die Kabine, wendet sich zielstrebig der Tastatur zu und drückt die Vier. Auf dem Schildchen neben der Vier steht *Onkologie, Hämatologie.*

Andreas bekommt einen gewaltigen Schreck und kann sich nicht vorstellen, dass ein Mädchen in Laras Alter dort liegt. »Wahrscheinlich hat nicht alles auf das Schild gepasst«, redet er sich ein, aber ein merkwürdiges Unbehagen beschleicht ihn trotzdem. Laras Gefühlsausbruch bei der Begrüßung an der Schule bekommt eine neue Bedeutung. Eine schmerzhafte Vorahnung ergreift ihn.

Das Öffnen der Fahrstuhltüren und Laras zittrige Stimme reißen ihn aus seinen Gedanken. »Wir sind da.«

Erst jetzt realisiert Andreas, dass sich der ursprünglich volle Fahrstuhl bis auf sie beide geleert hat. Während der Fahrt hat er sich die Hinweise auf der Fahrstuhltastatur eingehender angesehen. Doch erst jetzt wird ihm klar, welcher Zusammenhang zwischen Abteilung und Stockwerk besteht. Je schlimmer die Krankheiten, desto höher die Stockwerke mit den dazugehörigen Abteilungen. Die Onkologie liegt ganz oben. Hier geht es wohl ums Überleben.

Lara wendet sich nach links und öffnet die Tür mit der Aufschrift *Hämatologie.*

»Also doch«, denkt Andreas.

»Nele hat Leukämie … Blutkrebs«, sagt Lara zögerlich.

Andreas' feste Schritte stocken, werden langsamer. Er bleibt stehen.

Lara fasst seine Hand und zieht ihn hinter sich her. Andreas ist überrascht von dem festen Händedruck, der nicht zu Laras Zartheit passt.

Vor dem Zimmer mit der Nummer 404 bleibt Lara stehen, klopft kurz an und geht hinein, ohne auf eine Antwort zu warten.

Ein typischer Krankenzimmergeruch, der sich anscheinend in Wänden, Böden und Bettwäsche verewigt hat, schlägt ihnen entgegen. Angereichert mit den Gerüchen von abgestandenem Kräutertee, verspritztem Desinfektionsmittel und ausgeatmeter Luft lässt er einen Besucher die Luft anhalten.

Andreas spürt sogar Ekel aufkommen. Es ist das erste Mal, dass er immer Zimmer eines schwerstkranken Menschen steht. Er blickt zum Fenster und sinniert: »Geht dieser Geruch dem Tod voran?« Durch das geschlossene Zimmerfenster sendet die Sonne ihre letzten Strahlen. Sie färbt den Horizont blutrot und taucht das Krankenzimmer in ein unwirkliches Licht, das an einen Aufenthalt in einer Raumkapsel erinnert.

Lara stürzt auf das Fenster zu und öffnet es so weit wie möglich. Erst jetzt, nachdem sie den Lebensgeistern den Weg ins Zimmer gewiesen hat, wendet sie sich dem einzigen Bett in dem Zimmer zu.

Dort liegt zusammengerollt ein Bündel Mensch. Das muss Nele sein. Die sich unter der Bettdecke abzeichnende Silhouette erinnert an ein im Beutel zusammengefaltetes Gefrierhähnchen. Nele liegt unbeweglich da, lässt nicht erkennen, dass sie den Besuch wahrgenommen hat.

Lara eilt zum Bett und umarmt sie.

Nele hebt ihren Kopf etwas an, lässt ihn aber sofort wieder kraftlos ins Kissen sinken.

»Hallo, Nele. Wie geht es dir?«, versucht Lara, ein Gespräch aufzubauen.

Nele flüstert kaum hörbar: »Ich bin so schwach.«

Lara sieht ihre Freundin ängstlich an. »Gib nicht auf, Nele. Sie finden bestimmt noch einen Spender für dich.«

»Lara, die haben mich längst aufgegeben.«

Andreas sieht ergriffen zu, wie die beiden Mädchen in einer zärtlichen Umarmung versunken das unabwendbare Schicksal teilen. Die Situation irritiert ihn und er fühlt sich in diesem Raum überflüssig. Die beeindruckende Nähe zwischen Lara und Nele ergreift ihn allerdings. Er kann erahnen, wie die beiden Freundinnen auf einer übersinnlichen Ebene miteinander kommunizieren. Er war immer schon stolz auf Lara, jetzt aber ist er von dieser kompromisslosen Empathie überwältigt. Lara ist erst dreizehn, doch darf kein Kind mehr sein. Das wahre Leben hat sie zu einem Zeitpunkt erwischt, zu dem man eigentlich ungezwungen ins Erwachsensein hineinwächst, albernen Mädchenfantasien nachhängt, die Liebe entdeckt, sich den Konventionen widersetzt und seine Persönlichkeit entwickelt. Aber was mag diese Situation erst für Nele bedeuten, die sich damit abfinden muss, dass sie bald nicht mehr da sein wird?

Lara zieht ihren Onkel ans Bett und erklärt Nele: »Das ist

mein Onkel Andreas, weißt du, der Pilot. Ich habe dir schon von ihm erzählt.«

»Hallo«, sagt Nele schüchtern und so leise, dass man es kaum verstehen kann.

Andreas geht wieder ein paar Schritte zurück, um die Mädchen nicht zu stören.

Plötzlich wendet Lara sich ihm zu. »Ich muss mal was mit der Schwester besprechen«, sagt sie und verlässt eilig den Raum.

Nele liegt teilnahmslos auf ihrem Bett und wartet offensichtlich auf Laras Rückkehr. Andreas ist für sie wahrscheinlich ein Störenfried. Er betrachtet das blasse, ausgemergelte Mädchen mit dem Gesicht, in dem sich jeder Knochen abzeichnet. Die hellblauen Augen starren glanzlos aus tiefen Höhlen ins Nichts. Unter der verrutschten Baseballkappe steckt ein offensichtlich kahler Kopf.

Andreas versucht sich vorzustellen, es wäre seine Tochter, die hier läge. Ein grauenhafter Gedanke. Wortlos sitzt er da und wartet mit Nele auf Laras Rückkehr.

Als sie nach einer endlos langen halben Stunde noch immer nicht zurück ist, wird er unruhig. »Ich weiß nicht, wo Lara so lange bleibt«, sagt er zu Nele. »Ich gehe mal zur Schwester.«

Im Schwesternzimmer ist niemand zu sehen. Nach einer Weile kehrt er ins Krankenzimmer zurück und drückt den Rufknopf.

Nach kurzer Zeit öffnet sich die Tür und eine Frau tritt

mit den Worten »Guten Abend, ich bin Schwester Andrea. Ist etwas nicht in Ordnung?« ein.

Andreas erklärt, dass Lara sie angeblich aufgesucht hätte und er sich jetzt fragt, wo sie abgeblieben ist.

»Ja, sie war bei mir. Ich soll Ihnen ausrichten, dass sie schon nach Hause gefahren ist. Einen Grund für den plötzlichen Aufbruch hat sie nicht genannt.« Als niemand antwortet, verlässt sie das Zimmer wieder.

Die Eröffnung hat anscheinend nicht nur Andreas überrascht, auch Nele bewegt sich zaghaft und sieht die Schwester ungläubig an. Neles Gesicht gleicht einem großen Fragezeichen. Ihre Mundwinkel zucken leicht.

»Wollte sie etwas sagen und hat es sich dann anders überlegt?«, fragt Andreas sich.

Enttäuscht dreht Nele den Kopf zur Seite und umarmt einen Zipfel der Bettdecke.

Andreas ist hin- und hergerissen. Soll er einfach gehen? Wahrscheinlich ist sie jetzt sehr traurig. Er könnte auch noch bleiben und mit ihr reden. Ein starkes Mitgefühl erfasst ihn und er bringt es nicht übers Herz, das fremde Mädchen jetzt mit ihrem Leid und den traurigen Gedanken zurückzulassen.

Er setzt sich also neben ihr Bett, sodass sie ihn aus ihrer unnatürlichen Liegeposition ohne Mühe ansehen kann. »Da haben wir uns ja ein schönes Früchtchen ausgesucht, du eine Freundin, die geht, bevor sie eigentlich da war, und ich eine Nichte, die mir Rätsel aufgibt. So habe ich Lara noch nicht kennengelernt«, witzelt Andreas und lächelt gequält.

Neles Züge entspannen sich für einen winzigen Moment und Andreas glaubt, in ihrem Gesicht die Spur eines Lächelns gesehen zu haben. Oder hat er es sich nur gewünscht?

Andreas versucht, etwas Konversation aufzubauen. »Seid ihr schon lange befreundet?«

»Mmhh.«

»Geht ihr auf die gleiche Schule?«

Nele schüttelt unmerklich den Kopf.

»Und wie habt ihr euch kennengelernt?«

»Lara wohnt zwei Häuser weiter.« Die Antwort kam stockend, die paar Worte haben Nele sichtlich erschöpft.

»Möchtest du, dass ich gehe?«

Nele sieht schweigend zu Andreas herüber. Das Gespräch strengt sie offenbar an.

Andreas hat aber das Gefühl, dass sie nicht allein sein möchte. Er rückt noch etwas näher an ihr Bett heran. »Ich sehe Lara viel zu selten. Ich wohne in Heusenstamm bei Frankfurt und habe als Pilot sehr unregelmäßige Arbeitszeit. Lara ist ein wunderbares Mädchen. Sie hat mir erst heute davon erzählt, dass du ihre beste Freundin bist. Was geschieht hier mit dir? Kommst du bald wieder nach Hause?«, bemüht sich Andreas, das Gespräch in Gang zu halten.

Nele scheint nicht antworten zu können oder zu wollen. Er spürt, dass ihre Kräfte zu Ende gehen. Doch dann sieht sie ihn an und öffnet den Mund. »Ich komme nicht mehr nach Hause. Ich habe ALL«, erwidert Nele mit schwacher, aber bestimmter Stimme.

Andreas ahnt, was diese Antwort bedeutet. Er will diese fatale Aussage aber nicht stehen lassen. Vielleicht hat er sich auch geirrt? »Was meinst du damit?«, fragt er deshalb.

»Ich werde sterben. Bald.«

Mit solch einer Antwort hat Andreas nicht gerechnet. Nicht von einer Dreizehnjährigen. »Wer behauptet so was? Nele, du bist viel zu jung zum Sterben.«

»Die Ärzte.«

»Ärzte können sich irren. Was kann dir jetzt helfen?«

Nele scheint zu überlegen. Nach einer schier endlosen Pause antwortet sie trostlos: »Nichts. Game over.« Sie sieht Andreas nicht an.

Diese knappe, aber deprimierende Antwort schockiert Andreas zutiefst. Wie verzweifelt muss ein Kind sein, das solche Formulierungen gebraucht? Die letzten wenigen Worte Neles bahnten sich immer mühsamer und leiser ihren Weg. Andreas spürt, sie ist jetzt nicht nur körperlich, sondern auch mental erschöpft. Das Gespräch muss jetzt abgebrochen werden.

Sichtlich bewegt und sprachlos starrt er hilflos in das ängstliche Gesicht dieses vor wenigen Minuten noch unbekannten Mädchens. »Nele, ich kenne viele Hundert Menschen, bin Mitglied in der Pilotenvereinigung Cockpit, habe sehr viele Facebook-Freunde. Ich werde sie bitten, sich so schnell wie möglich als Spender registrieren zu lassen. Aber auch wenn kein passender Spender dabei ist, musst du wissen, dass der menschliche Körper alle Krankheiten selbst heilen kann. Die Medikamente und Therapien helfen ihm nur dabei, die Heilung übernimmt er jedoch selbst. Du musst ihm nur vertrauen und ihm mitteilen, dass du überleben willst.«

Andreas realisiert plötzlich, dass Nele vor Erschöpfung eingeschlafen ist. Was sie von seinen Ausführungen noch wahrgenommen hat, weiß er nicht.

Bevor Andreas geht, legt er eine Hand vorsichtig auf ihre abgemagerte kantige Schulter, darauf bedacht, dass sie die Berührung nicht spürt, und verweilt so für einen Augenblick. »Nele, halte durch! Kämpfe!« Er steht auf, verlässt mit gesenktem Kopf den Schicksalsraum und schließt geräuschlos die Zimmertür. Das Bild der kranken Nele verfolgt Andreas bis zum Haus seiner Schwester. Die Gedanken an das Gespräch mit Nele kreisen unablässig in seinem Kopf. Plötzlich läuft vor seinem geistigen Auge ein Video von einer verlöschenden Lebenskerze ab. Der aufkeimende Gedanke ist unerträglich: Nele stirbt Ihr bleiben vielleicht nur noch wenige Wochen. Oder Tage? Ihre kurze Lebenskerze hatte gerade einmal Wachs für dreizehn Jahre. Sie ist abgebrannt bis auf einen halbflüssigen Rest, der den Boden der Schale bedeckt, und den Docht, der begierig das verbliebene verflüssigte Wachs aufsaugt. Das Ende der Brennzeit kündigt sich schon durch das nervöse Flackern der unzureichend versorgten Flamme an. Bald wird sie endgültig verlöschen. Warum gibt es nicht jemanden, der am verlöschenden Licht noch schnell eine neue Kerze anzündet, selbst wenn es wieder nur eine kurze wäre?

Es macht Andreas nervös, sich in einer Lage zu befinden, die er nicht einschätzen kann. Worauf hat er sich mit dem Besuch bei Nele eingelassen? Das hat ihm Lara eingebrockt, ohne ihm davon zu erzählen, und er ist in ihre Falle getappt.

Natürlich hätte er auch einfach wieder gehen können, zumal Nele deutlich gemacht hatte, dass sie eigentlich nicht mit ihm reden wollte. Er brachte es jedoch nicht übers Herz, dieses unglückliche Kind allein zurückzulassen.

Als die Krankenschwester ihm sagte, dass Lara nach Hause gefahren ist, war er zunächst fassungslos. »Was mag sie sich nur dabei gedacht haben? Was war der Grund für ihr Verschwinden?«, überlegt er. Er kennt Lara aber zu gut, um zu glauben, dass es für ihr Verhalten keine Erklärung gibt. Sie hatte die ganze Situation inszeniert. Sie hatte ihn zum Komplizen für etwas gemacht, von dem er noch keine Vorstellung hat, was es ist.

Zwischen Bewunderung für Lara und einer gewissen Ratlosigkeit schwankend, geht Andreas zögernd und nachdenklich die paar Schritte vom Auto zur Haustür. Er verweilt noch einen Moment hier, bevor er den Klingelknopf drückt.

Die Tür wird geöffnet und Andreas blickt in das freudestrahlende Gesicht seiner Schwester Birgit. Sie ist seine einzige Schwester. Sofort sind Gedanken an Kindertage präsent, Wehmut erfasst ihn. Obwohl sie sich erst vor ein paar Stunden gesehen haben, hat er das Bedürfnis, sie überschwänglich zu begrüßen.

»Hallo, Lieblingsschwester. Wie schön, dich zu sehen.

Wenn ich dich ansehe, wird mir klar, ich werde mindestens hundert Jahre alt. Du wirst immer hübscher und bist kein bisschen gealtert. Ich hoffe, unsere Eltern haben mir das auch vererbt.«

»Du bist ein unverschämter, charmanter Lügner, aber von dir höre ich das Kompliment gerne.« Birgit geht einen Schritt auf Andreas zu und lässt sich von ihm in die Arme ziehen.

Küsschen links, Küsschen rechts, dann legt er seinen Arm auf ihre Schulter, um mit ihr ins Haus zu gehen. »Jedes Wort ist wahr, ich schwöre es.«

Ihr Strahlen wird zu einem verschämten Lächeln und eine leichte Röte überzieht ihr Gesicht. Sie knufft ihn mit der Faust vergnüglich in die Seite.

Roland, Birgits Mann, erscheint jetzt in der Diele. Auch er umarmt Andreas. »Hallo, Superman. Komm rein, jetzt trinken wir erst mal einen.«

Andreas folgt den beiden ins Wohnzimmer.

»Ich habe eine kleine Mahlzeit vorbereitet. Lara ist in ihrem Zimmer. Sie hat mir nicht gesagt, was los war. Sie wirkte jedoch – ich weiß gar nicht, wie ich es ausdrücken soll – irgendwie ruhelos, fast etwas ängstlich. Ich bin mir nicht sicher, ob sie irgendetwas verbockt hat, es kam mir aber so vor. Ich habe sie nicht gefragt, sie soll sich erst wieder beruhigen.«

Nach dem Essen geht Andreas mit gemischten Gefühlen und ein bisschen Groll im Bauch zu Laras

Zimmer. An ihrer Tür hängt ein Schild mit der Aufschrift *Gefahrenzone, Betreten auf eigene Gefahr.* Andreas schmunzelt unwillkürlich. Der Gedanke »Willkommen, Schrecken der Pubertät« drängt sich ihm auf. Er klopft an und ist gespannt auf Laras Erklärung.

Sie rührt sich nicht. Wahrscheinlich hört sie Musik.

Andreas versucht es mit einem energischeren Klopfen.

Lara öffnet nach kurzer Zeit und erscheint im Jogginganzug mit eingesetzten Kopfhörern und einem Smartphone in der Hand.

»Hallo, Onkel Andreas, komm rein und mach es dir in meinem Chaos bequem.«

Andreas tritt ins Zimmer und fragt sich, wo der Ort sein könnte, an dem es bequem ist. Sein Beruf, der ihm extreme Disziplin und an Pedanterie grenzende Ordnung abverlangt, beherrscht auch sein Privatleben. Sprachlos mustert er den vor sich liegenden Albtraum. »Hier lebt zweifellos ein Messie, aber doch nicht Lara, dieses wunderbare Mädchen«, denkt Andreas schockiert.

Ob der Boden mit Teppich, Fliesen oder Laminat bedeckt ist, lässt sich in diesem Wirrwarr nicht sagen. Da liegt ihre geöffnete Schultasche neben Büchern, Journalen, Kleidungsstücken und einer unzählbaren Ansammlung von Stofftieren. Auf einem weißen Stuhl thront ein lebensgroßer Seehund, der Himmel weiß, woher sie den hat. An den Wänden sind Poster von Greenpeace, dem BUND und anderen Umweltorganisationen mit Tesafilm an die Tapete geklebt worden.

Nicht zu vergessen das Bild von einer Raucherlunge mit dem Schriftzug *Ich rauche gerne*. Selbst auf dem Bett, auf dem Lara vorher wohl gelegen hatte, ist kein Platz für eine zweite Person.

Lara räumt jedoch schnell ein paar Stofftiere und Bücher ab und vertraut sie einem Stapel unterschiedlichster Gegenstände auf einem knallroten Sessel an.

Andreas setzt sich mit dem maximal möglichen Abstand neben sie. »Sie muss schon merken, dass ihr Verhalten mindestens fragwürdig war«, denkt Andreas. Er sieht sie eine Weile schweigend an, bis Tränen in Laras verängstigten Augen auftauchen. »Mensch, Andreas, sie ist dreizehn, ein Kind. Quäl sie nicht!«, fordert er sich selbst auf.
Aber ein bisschen Strafe muss sein. »Lara, du bist ein kleines Miststück.« Er weiß, dass er so etwas noch nie zu ihr gesagt hat, und registriert die Bestürzung auf ihrem Gesicht. Nach einer langen Pause, während der er sich krampfhaft bemüht hat, ein verärgertes Gesicht zu machen, spricht Andreas weiter. »Du bist aber das liebenswerteste Miststück, das ich je kennengelernt habe. Ich bin unendlich stolz auf dich und bewundere dein Engagement, auch wenn ich nicht weiß, was du im Schilde führst. Eine derartige Empathie und die Gabe, sich kreativ mit Problemen auseinanderzusetzen, sind für dein Alter ungewöhnlich. Ich schätze Menschen, die nicht aufgeben und Niederlagen als Herausforderungen sehen. Leider gibt es nur wenige, auf die das zutrifft. Die Charakterstärke, die du jetzt schon hast, ist durch die Erfahrung

von Leid und überwundenen Niederlagen erst möglich geworden. Ich wünschte mir, du hättest diese Erfahrungen zu einem späteren Zeitpunkt machen können. So, das musste mal gesagt werden«, meint Andreas und ein entspanntes Lächeln erfüllt sein Gesicht.

Lara ist bei seinen Worten in ihrem Bett versunken. Jedes Wort hat sie ein Stückchen schrumpfen lassen und zum Schluss ist Andreas sich sicher, dass sie sich wünscht, unsichtbar zu sein. Er sieht in ein verdutztes Mädchenantlitz, in dem ebenfalls ein Lächeln aufzieht, das aber die Tränen nicht verhindern kann.

Andreas nimmt sie in den Arm und sagt bestimmt: »Du musst mir mehr von dem erzählen, was in deinem wirren Köpfchen vor sich geht. Das verschieben wir aber auf morgen. Ich gehe jetzt wieder zu deinen Eltern. Ich wünsche dir eine gute Nacht, träum was Schönes.«

***

Andreas hat endlich Zeit, sich mit Birgit und seinem Schwager Roland zu unterhalten. Roland und seine Frau lieben gute Weine. Andreas hat hier schon manches leckere Glas Sauvignon oder Chianti getrunken. Heute will Birgit aus Freude über das Wiedersehen eine Flasche Champagner öffnen. Eine gute Idee, das intensive Prickeln wird die Sinne beleben.

Sie haben sich seit fast einem Jahr nicht mehr gesehen und

nur sporadisch telefoniert. Sein Beruf ist ein Traumjob, aber die Arbeitszeiten und Auslandsaufenthalte machen es Andreas sehr schwer, familiäre Bindungen und Freundschaften zu pflegen.

Jedes Mal wenn er nach Essen kommt, pflegen er und Roland ein Ritual. Sie fahren immer zum Baldeneysee zum Mittagessen. Danach schlendern sie am See entlang und philosophieren über Politik, Wirtschaft, die wachsende Armut oder ihre Hobbys. Beide lieben Motorräder. Roland fährt eine Yamaha Goldwing, Andreas eine alte BMW. Er fliegt zwar hochmoderne Technikwunder, sein Herz hängt aber an Oldtimern. Sie gehören einem kleinen Kreis von Motorradliebhabern an, die sich einmal im Jahr zu einer gemeinsamen Tour treffen. Ohne Frauen, wie Roland immer betont. Andreas kann so vom Berufsstress abschalten. In diesem Jahr wollen sie für ein paar Tage zum Lago Maggiore.

Nachdem sie sich eine Weile über die Reisepläne ausgetauscht haben, erzählt Andreas Birgit und Roland von Laras merkwürdigem Verhalten. »Sie hat mich offensichtlich in einen Komplott verwickelt. Wir haben aber noch nicht über Details geredet. Lara hat es riskiert, mit mir ernsthaften Streit zu kriegen. Da muss es schon einen wichtigen Grund geben. Ich nehme an, es hat mit Nele zu tun. Sonst hätte sie mich im Krankenhaus nicht mit ihr allein gelassen. Hätte sie mich vorher gefragt, wäre ich wahrscheinlich sogar darauf eingegangen. Ich mag sie viel zu sehr und schätze ihren Mut der Verzweiflung, der sie vielleicht zu dieser Tat getrieben hat.

Ich weiß tatsächlich aber noch nicht, was genau sie sich einfallen lassen hat. Sie wird es mir morgen sagen müssen.«

»Sie hat uns auch nichts davon erzählt«, erwidert Birgit verblüfft. »Lara ist oft sehr spontan. Vielleicht ist es ihr gerade erst eingefallen. Roland und ich sind auf die Erklärung genauso gespannt wie du.«

Nach einigen Gläsern Rotwein und fortgeschrittener Zeit ist Andreas todmüde. Er verabschiedet sich von Roland und Birgit, um schlafen zu gehen. Die Erlebnisse im Krankenhaus und seine Neugier lassen ihn jedoch noch nicht zur Ruhe kommen. Drei Buchstaben wollen ihm nicht mehr aus dem Kopf. Er weiß nicht, wie oft sie ihn schon bedrängt haben, er wird sie einfach nicht mehr los. ALL. »Ich muss wissen, was das ist«, raunt er. »Sonst mache ich kein Auge zu.«

Er holt sein Tablet hervor. richtet eine WLAN-Verbindung ein und öffnet den Browser. Dann öffnet er die Suchmaschine und tippt in das Suchfeld *ALL* ein. Andreas erhält mehr als 20 Milliarden Ergebnisse. Es ist aber nicht nötig, die Suche einzuschränken, denn unter den alternativen Suchanfragen am Ende der Seite findet sich bereits die wegweisende Alternative zu ALL und Leukämie. Die neuerliche Suche liefert unter den ersten Einträgen den Erfolg versprechenden Hinweis. Einer führt auf die Seite einer großen Gesundheitsorganisation. Hier erfährt Andreas, dass ALL die Abkürzung für *Akute lymphatische oder lymphoblastische Leukämie* ist. Er entnimmt der Seite, dass es eine Schwäche des Knochenmarks ist und die Blutbildung sich schnell verschlechtert. Die Anzahl von roten Blutzellen und Blutplättchen ist erheblich reduziert. Die Erkrankung wird standardmäßig mit Chemotherapie und zum Teil Strahlentherapie behandelt. Andreas liest ausführliche Informationen über Knochenmark- und Stammzelltransplantation und ist überrascht, dass es so viele Behandlungsmöglichkeiten gibt. Die für ihn wichtigste Information ist die Tatsache, dass mehr als achtzig Prozent der erkrankten Kinder geheilt werden können, denn er dachte bisher, dass Leukämie ein Todesurteil wäre.

Bei der weiteren Recherche wird ihm leider klar, dass die Heilungsaussichten bei einem Rückfall erheblich geringer sind. Das überlebt nur etwas mehr als ein Drittel der Personen. Andreas hat Nele nur kurz gesehen und ein noch kürzeres Gespräch mit ihr geführt, aber das Erlebte nagt an seiner Fassung. Die letzten Worte von Nele hallen noch in seiner Erinnerung nach, trommeln in seinem Gedächtnis und lassen ihn das unvorstellbare Leid eines sterbenden Teenagers erfahren, der sein Leben mit *Game over* umschreibt.

Er versteht zwar jetzt Neles Verbitterung, kann und will sie aber nicht akzeptieren. Er wird morgen ein ausführliches Gespräch mit Lara führen. Ob sie schon über alles Bescheid weiß? Während viele Gedanken noch auf Achterbahnfahrt in seinem Gehirn sind, fallen Andreas die Augen zu und er fällt am Schreibtisch in einen ohnmächtigen Schlaf. Um drei Uhr wird er wach, ist wie gerädert und lässt sich ins Bett fallen. Schon ist er wieder eingeschlafen.

Andreas erwacht erneut wie aus einer tiefen Bewusstlosigkeit. Es kostet ihn einige Überwindung, auf die Uhr zu sehen. Ihm schwant nichts Gutes. Licht dringt durch die Vorhänge und den schmalen Spalt unter der Tür. 10:45 Uhr. »Scheiße. Sie haben mich ausschlafen lassen«, flucht er erschreckt, aber dennoch ist er irgendwie dankbar.

Dann reißt es ihn hoch. Die Erlebnisse des gestrigen Tages dringen überfallartig in seine Erinnerung. »Nele!«, entfährt es ihm unwillkürlich. Das klärende Gespräch mit Lara wird heute stattfinden. Das Dröhnen in seinem Kopf bremst zunächst seinen Versuch, das Badezimmer aufzusuchen. Doch als Pilot muss er oft mit Jetlag fertigwerden und Disziplin ist die unabdingbare Voraussetzung für seinen Beruf. Sein Verstand besiegt wie immer den inneren Schweinehund und er geht zum Badezimmer. »Wer zu viel trinkt, darf sich über den Brummschädel nicht beklagen«, flüstert er dem schadenfroh grinsenden Spiegelbild entgegen. Andreas antwortet auf die Schmähung mit ein paar hässlichen Fratzen. Der Spiegel bleibt unbeeindruckt.

***

Lara erwacht nach einer unruhigen Nacht. Die Erlebnisse von gestern haben sie mächtig verunsichert. Sie stellt sich in Gedanken viele Fragen. »War es richtig, was ich mir ausgedacht habe? Was mag Onkel Andreas jetzt über mich denken? Hätte ich ihn doch besser fragen sollen, statt ihn zu überrumpeln?« Lara schämt sich für ihren Übermut und ihr graut vor dem Gespräch, das sie gleich führen wird.

Verlegen schleicht sie sie sich ins Esszimmer, in dem ihre Mutter gerade das Frühstück vorbereitet. Laras Vater und Onkel Andreas scheinen noch zu schlafen. »Gott sei Dank«, denkt Lara. Aufgeschoben ist aber leider nicht aufgehoben. Ihr ist mulmig zumute und am liebsten würde sie gleich wieder verschwinden.

Nachdem Lara und ihre Mutter gefrühstückt haben, hört man Geräusche in der Diele, die sich bei jedem Besuch von Andreas so oder in ähnlicher Form vernehmen lassen.

Laras Mutter witzelt: »Die Herrschaften scheinen von den Toten auferstanden zu sein. Sie vergessen offenbar immer wieder, dass auch sie älter geworden sind. Leider vergessen sie nicht, wie man neue Weinflaschen aufkorkt.«

Die witzigen Bemerkungen ihrer Mutter nehmen Lara ein bisschen die Anspannung, verschaffen ihr noch eine willkommene Atempause.

Endlich tauchen zwei unrasierte Mannsbilder mit verquollenen Augen im Esszimmer auf. »Morgen«, verkünden sie unisono mit belegter Stimme.

»Ich brauch erst mal Kaffee. Was ist mit dir, Andreas?« Laras Vater stöhnt.

Sofort meldet sich ihre Mutter zu Wort. »Oh, *Es* spricht. Dann wird es wohl nicht so schlimm sein.«

Laras Vater gibt einen undefinierbaren Grunzlaut von sich und angelt sich die Kaffeekanne. Ohne Andreas' Antwort abzuwarten, gießt er ihm schwarzen Kaffee ein.

Das Gespräch beim Frühstück bleibt einsilbig.

Lara blickt wie zufällig zu Andreas' und stellt fest, dass der übliche Glanz in seinen Augen verschwunden ist. Seine Augenlider erinnern an die eines Boxers nach einer Niederlage durch K. o. Ihr Vater unterscheidet sich nur marginal.

Plötzlich richtet sich das klägliche *Es* auf und sagt: »Weißt du was, Andreas, nach dem Frühstück gehen wir ein bisschen spazieren. Die frische Luft wird uns guttun.«

»Prima Idee«, murmelt Andreas und hält sich den wahrscheinlich dröhnenden Schädel. »Du hast recht, Roland. Ich brauche gleich unbedingt einen klaren Kopf.«

Der Spaziergang ist Musik in Laras Ohren. Sie bekommt noch eine Galgenfrist und verabschiedet sich in ihr Zimmer. Sie wirft sich auf das ungemachte Bett, das ziemlich zerwühlt aussieht. Es könnte das Spiegelbild ihres aktuellen Gemütszustandes sein.

Sie hatte sich so sehr auf den Besuch von Onkel Andreas gefreut. »Gut, er war heute Morgen schlecht drauf, aber er hätte mich mal anlächeln können, wie er es sonst auch immer tut. Was wird jetzt aus dem Plan? Was wird aus Nele?«, denkt sie verbittert. Sie macht sich Mut und fleht in Gedanken: »Du machst es doch, nicht wahr, Onkel Andreas? Du lässt mich nicht im Stich. Ich kenne dich doch. Du wirst mich gehörig ausschimpfen, aber am Ende sagst du Ja zu meinem Plan. Ganz bestimmt sagst du Ja«, Lara umarmt Zweite Seele, so heißt ihr flauschiger Stoffaffe, dem sie schon seit Jahren alle ihre kleinen und großen Probleme anvertraut. Seit sie in der

Pubertät ist, sind es vermehrt die großen. Ihm kann sie alles sagen, denn er kann ja nichts weitererzählen. Natürlich ist Lara schon zu alt für Zweite Seele, er ist uncool, aber sie braucht ihn jetzt.

Eine Träne tropft auf seine Nase. »Fuck, ich will nicht schon wieder heulen«, schimpft Lara vor sich hin. In Gegenwart ihrer Eltern darf sie das F-Wort nicht benutzen. Es ist ihr einfach so herausgerutscht. Am liebsten würde sie es wieder zurückschieben, zusammen mit den Tränen.

Zweite Seele schaut sie mit seinen Plastikknopfaugen trotzig an, als würde er sagen: »Stell dich nicht so an. Du hast es so gewollt. Jetzt ziehe es durch.«

»Danke, Zweite Seele, ich mache es.«

Lara setzt die Kopfhörer ein, wählt ihre Lieblingsmusik auf dem Smartphone aus und legt sich bäuchlings aufs Bett. Die Musik glättet die Wogen in ihrem Verstand, der in stürmische See geratenen ist. Sie schließt die Augen, sperrt die Umwelt aus und wird langsam ruhiger.

Plötzlich spürt sie, wie sich eine Hand auf ihre Schulter legt. Sie zuckt zusammen, dreht sich um und blickt in das Gesicht von Onkel Andreas.

Bevor sie etwas sagen kann, ergreift er ihre Hände und sagt: »Ich freue mich, dich nach so langer Zeit wiederzusehen. Endlich können wir mal etwas Zeit miteinander verbringen. Wie geht es dir? Gestern war ja wohl nicht dein Tag, oder?«

»Stimmt. Ich möchte mich für gestern entschuldigen. Was ich gemacht habe, war nicht in Ordnung«, antwortet Lara zerknirscht.

Ihr Onkel schmunzelt. »Was hörst du da?« Er zeigt auf die Kopfhörer.

Lara ist von der Frage völlig überrascht. Sie hatte eigentlich mit einer Auseinandersetzung gerechnet. Und jetzt geht ihr Onkel einfach darüber hinweg? »Da kommt doch bestimmt noch was«, denkt Lara. Sie versucht, ihre Sorge hinter einem Lächeln zu verstecken. »Tim Bendzko, *Unter die Haut*. Er beschreibt in dem Lied das Gefühl, nicht allein zu sein, und wie es ihm unter die Haut geht.«

»Hört sich gut an. Ich glaube, dir geht im Moment auch einiges unter die Haut. Was ist denn los? Stimmt das mit deiner Freundin?«

Lara schluckt. »Ja, Nele muss sterben. Sie hat so viel gelitten, doch alles war vergebens. Ich will nicht, dass sie stirbt«, sagt sie laut, während sich ihre Augen mit Tränen füllen. Schon rollen sie über ihre Wangen.

Andreas nimmt sie in den Arm und wischt ihr die Tränen weg. »Lara, manche Dinge kann man nicht ändern. Man sollte jedoch das Beste daraus machen. Du kannst sicher etwas für Nele tun. Was hast du dir ausgedacht? Du hast doch bestimmt einen Plan.«

Lara denkt an Zweite Seele. Er hat gesagt: »Ziehe es durch.« Vorsichtig formuliert sie ihr Ziel in ihrem Kopf, bevor sie es ausspricht. »Wenn Nele schon sterben muss, dann soll ihre letzte Zeit so schön wie möglich sein. Du hast mir doch früher immer so coole Geschichten von deinen Flügen erzählt. Ich habe dir mit Spannung zugehört und hatte oft das Gefühl, ich säße neben dir im Cockpit. Nele hat doch bisher noch nicht viel von der Welt gesehen. Ich habe gedacht, du könntest ihr vielleicht auch solche Geschichten erzählen. Das macht sie bestimmt glücklich. Vielleicht fällt es ihr dann leichter, die Welt zu verlassen.« Während sie das gesagt hat, hat sie verlegen auf ihre im Schoß verkrampften Hände gesehen. Jetzt hebt sie vorsichtig den Kopf und blickt Onkel Andreas direkt in die Augen. Ihre Arme hängen kraftlos herab. Sie fühlt sich hilflos. Sie hat nur einen Wunsch und denkt daran, was sie dafür tun würde, dass er in Erfüllung geht. »Lieber Onkel Andreas, bitte sage Ja zu meiner Idee. Ich flehe dich an«, denkt sie.

***

Andreas konnte Lara noch nie einen Wunsch abschlagen. Ihrem um Hilfe bettelnden Blick und dem intensiven Wunsch, Nele helfen zu wollen, kann er nicht widerstehen. Er überlegt nicht lange, ergreift wieder ihre Hände und sagt ruhig: »Ja, Lara, ich will das gerne machen. Ich bin wahnsinnig stolz auf dich.«

Lara löst sich aus der Verkrampfung und antwortet: »Und ich bin wahnsinnig stolz auf dich, Onkel Andreas. Das würden nicht viele machen.«

»Hat irgendjemand mal gesagt, wie viel Zeit Nele noch bleibt?«, will Andreas wissen.

»Es heißt, vielleicht nur noch zwei Wochen, vielleicht auch weniger, ich hoffe mehr.« Und schon wieder kullern Tränen über die angetrockneten, weiß geränderten Bahnen in ihrem Gesicht.

»Die Geschichten sind sicher eine sehr gute Idee«, sagt Andreas lobend. »Wir können aber mehr tun, wir als Team. Ich denke mal darüber nach. Es gibt allerdings ein Riesenproblem. Ich brauche dafür Urlaub. Ich hoffe, ich kann das organisieren. Drücke mir die Daumen. Ich muss auch noch mal nach Hause und mir ein paar Sachen besorgen. Ich hatte ja nur ein Wochenende bei euch eingeplant. Wir müssen weiterhin Neles Eltern fragen, ob sie damit einverstanden sind.«

»Das können wir sofort erledigen. Die wohnen ja fast nebenan«, verkündet Lara und springt auf.

»Lara, wir können da nicht einfach so auftauchen, nicht in dieser Situation. Vielleicht gehst du erst einmal allein dorthin und fühlst mal vor, wie sie darüber denken.«

Lara springt auf. »Okay, ich gehe sofort rüber. Jede Minute zählt.« Sie stürmt hinaus und lässt Andreas einfach stehen. So kennt er sie. Wenn sie sich etwas in den Kopf setzt, muss sie das sofort umsetzen.

Nach einer Viertelstunde ist Lara wieder zurück. Enthusiastisch eilt sie ins Wohnzimmer, wo Andreas und ihre Mutter sitzen. Es sprudelt aus ihr heraus: »Alles klar, sie finden die Idee total super. Sie möchten, dass ich mit Onkel Andreas komme, damit sie ihn kennenlernen können. Sie wollen auch noch etwas über Neles Krankheit erzählen. Können wir sofort gehen?« Ohne seine Antwort abzuwarten, läuft Lara zu Andreas, ergreift seine Hand, zieht ihn aus dem Sessel und dann hinter sich her.

Widerstand zwecklos, diesen eisernen Willen kann er nicht bezwingen. Und so steht er schon ein paar Minuten später vor der Haustür von Neles Eltern.

Die Wiebuschs, ein Paar so Ende Dreißig, empfangen Andreas herzlich.

»Kann ich Ihnen etwas anbieten?«, fragt Frau Wiebusch.

Andreas verneint. »Wir wollen Sie nicht belästigen«, antwortet er höflich.

»Ach wissen Sie, seitdem unsere Fee – so nennen wir Nele – wieder im Krankenhaus ist, sind wir für jede Ablenkung dankbar«, erwidert Frau Wiebusch. »Lara hat uns erzählt, dass Sie Nele mit Geschichten von ihrer Fliegerei aufmuntern wollen. Die Idee finden wir sehr hilfreich. Nicht nur weil wir denken, dass es ihr sehr gefallen wird, sondern auch weil sie sich dann nicht den ganzen Tag mit ihrem Schicksal beschäftigt.«

Andreas spürt, sein Vorhaben wäre auch Seelenbalsam für Neles Eltern, und bestätigt ihnen, dass er das sehr gerne machen will.

Lara, die neben ihm sitzt, drückt aufgeregt seine Hand.

Herr Wiebusch starrt Andreas schon die ganze Zeit an. »Herr Bauer, darf ich Sie fragen, welchen Flugzeugtyp Sie fliegen?«, will er wissen.

»Ich fliege die Airbus-A320-Familie. Mein größter Wunsch ist es, den A380 zu fliegen. Ich möchte so schnell wie möglich die Lizenz dafür erwerben.«

Herr Wiebusch strahlt Andreas wie mit leuchtenden Kinderaugen an. Andreas ist überrascht, dass Herr Wiebusch ausgerechnet jetzt sein Interesse am Fliegen bekundet, sagt sich aber sofort: »Er will sich ablenken. Es ist der unfassbare Schmerz, der ein Ausweichventil sucht, bevor es zu einer alles vernichtenden Explosion kommt. Eltern verkraften es nur schwer, wenn ihre Kinder vor ihnen sterben. Und ein dreizehnjähriges Mädchen, das erst ein paar unsichere Schritte ins Leben machen konnte, ist eine völlig andere Dimension. Ein Unglück von interstellarem Ausmaß. Ein Riesenkomet, der sich die Familie Wiebusch zum Ziel gesetzt hat und sie unter sich begraben will.«

Die Stimme von Herrn Wiebusch erinnert Andreas daran, dass der Komet die Familie wohl doch noch nicht unter sich begraben hat. Herr Wiebusch hält inne und ringt anscheinend nach Worten. »Wir müssen Ihnen noch etwas zu unserer Tochter erklären. Die Leukämie ist vor zwei Jahren bei ihr ausgebrochen und konnte mit Chemotherapien geheilt werden. Es war für uns alle eine sehr harte Zeit. Als Nele wieder gesund war, sind die Erinnerungen daran wieder verblasst. Vor einem Jahr wurde Nele plötzlich immer schwächer, war sehr blass, klagte über Schmerzen und verlor rapide an Gewicht. Unser Hausarzt hat sie dann nach einem kurzen Bluttest sofort ins Krankenhaus eingewiesen. Die Leukämie war zurück.

Die Chemotherapien schwächten Nele weiter. Wegen des erneuten Rezidivs wurde sie als Hochrisikopatientin eingestuft und auf die Empfängerliste für eine Stammzelltransplantation gesetzt. Der Spender wurde zum Glück relativ schnell gefunden. Und jetzt geht das ganze Drama wieder los.«

Andreas hebt die Hand. »Entschuldigen Sie, wenn ich Sie unterbreche. Ich kenne sehr viele Leute auf der ganzen Welt und habe mehr als fünfhundert Facebook-Freunde. Ich werde sie alle bitten, sich typisieren zu lassen.«

Neles Vater schaut Andreas aus leeren Augen wie hypnotisiert an. »Das ist wahnsinnig nett von Ihnen, dafür ist es aber schon zu spät. Die Ärzte haben die Hoffnung aufgegeben. Sie versuchen nur noch, die Nebenwirkungen der Therapie zu minimieren und Schmerzen zu lindern.«

Lara springt mit einem spitzen Schrei auf und rennt zur Haustür. Neles Mutter versucht noch, sie aufzuhalten, doch sie lässt sich nicht stoppen.

Andreas sitzt unschlüssig da und überlegt, ob er Lara hinterherlaufen soll. Dann hört in Gedanken noch einmal Neles Antwort auf seine Frage, was ihr helfen könne. »Nichts. Game over.«

»Weiß Nele …«, sagt Andreas.

»Wir haben es ihr nicht gesagt, ich glaube, die Ärzte auch nicht«, beteuert Neles Mutter. »Nele hätte es uns sicherlich erzählt. Aber wir haben auch bemerkt, dass Nele es weiß oder zumindest annimmt. Vielleicht hat ihre Mutlosigkeit aufgrund der Resultate bei ihr zu der Überzeugung geführt, dass sie sterben wird. Vielleicht war es auch die unbedachte Äußerung eines Arztes oder die bedrückten Gesichter der Mediziner und Schwestern, wenn sie das Zimmer betraten und untereinander flüsterten.«

»Ich weiß, ich kann Sie nicht trösten, in dieser Situation gibt es keinen Trost. Ich kann nur sagen, dass es mir unendlich leidtut. Ich werde mich nach Kräften bemühen, Ihrer Tochter ein Erzähler zu sein, der sie zumindest für diesen Zeitraum in eine andere Wirklichkeit mitnimmt. Ich betrachte es als eine große Ehre, dass Sie mir dafür Ihr Vertrauen schenken. Ich werde alles tun, was in meiner Macht steht. Ich muss mich jetzt verabschieden und mit Lara reden.«

Andreas verlässt die tief verletzten Eltern und geht zurück zu Birgit und Roland.

Die beiden empfangen ihn fassungslos.

»Lara ist nicht mehr ansprechbar. Was ist da drüben geschehen?«, will Birgit wissen.

Andreas erzählt, was er und Lara soeben erfahren haben.

»Sie war darauf nicht vorbereitet und muss es erst verkraften«, meint Roland.

Andreas wird unruhig. »Ich muss sofort zu ihr.« Er lässt seine Schwester und ihren Mann stehen und eilt zu Laras Zimmer. Entschlossen klopft er an, erhält jedoch keine Antwort. Vorsichtig versucht er, die Tür zu öffnen, doch sie ist verschlossen. Andreas klopft wieder an und redet auf Lara ein. »Lara, Liebes, bitte mache mir auf. Ich muss dringend mit dir reden. Glaube mir, ich fühle mich auch nicht besser als du. Auch wenn Nele für mich eine Fremde ist, so eine Nachricht trifft jeden mitfühlenden Menschen mitten ins Herz. Ich weiß, du bist stark und willst etwas für Nele tun. Auf uns zwei kommt eine anspruchsvolle Aufgabe zu und wir dürfen Nele kein Gefühl von Schmerz oder Traurigkeit vermitteln. Wir wollen ihr Freude bereiten. Ich bitte dich noch mal, Lara. Du hattest einen wunderbaren Plan. Du hast mit unkonventionellen Mitteln versucht, ihn in die Tat umzusetzen. Brich ihn bitte jetzt nicht ab. Das bist du mir, aber vor allem Nele schuldig. Wenn du jetzt aufgibst, wirst du zur Verräterin an dir selbst. Bitte, Lara, öffne mir. Lass uns keine wertvolle Lebenszeit von Nele verschwenden.«

***

Lara fühlt sich zu keinem Gespräch imstande, nicht einmal mit Onkel Andreas, der schon so oft ihr Rettungsanker war. Die fatale Ausweglosigkeit traf Lara völlig unerwartet. Sie hörte die Worte der Wiebuschs, aber sie hörte sie in einer ihr unbekannten Sprache Es gelingt ihrem Gehirn nicht, das Gehörte zu entschlüsseln. Doch dann ergreift sie die Gewissheit. Ein Todesurteil. Für sie bricht die Welt zusammen, hatte sie doch immer geglaubt, man müsste nur schnell genug einen neuen Spender finden. Ihr wird schwindelig, ihr kindliches Herz hämmert das Blut bis zur Schädeldecke. Das ist für Lara zu viel. Dennoch haben Onkel Andreas' letzte Worte ihre Wirkung nicht verfehlt. Es war ihr grandioser Plan, den sie jetzt infrage stellt. Er ist vielleicht das Letzte, das sie für ihre beste Freundin tun kann. Die Gedanken an Neles Tod haben sie bei aller Hoffnung immer begleitet. Die Zeit davor sollte es Nele gut gehen. So gut wie möglich. Das war die ganze Zeit ihr Bestreben.

»Trauer und der Schmerz werden irgendwann vergehen. Ich würde mir nie verzeihen, wenn ich die Chance verpasse, Nele zu helfen.«

Sie lässt noch einmal die letzten Geschehnisse Revue passieren. Sie denkt daran, wie sie ihren Onkel in die schwierige Situation im Krankenhaus gebracht hat. Fast ist sie ein bisschen stolz auf sich, dass sie sich das getraut hat. Andererseits hätte es genauso gut schiefgehen können. Manchmal ist sie zu spontan. Da macht sie Sachen, die sie hinterher bereut. Was hätte Onkel Andreas gesagt, wenn sie ihm eröffnet hätte: »Meine Freundin muss vielleicht bald sterben. Könntest du ihr nicht vielleicht ein paar Geschichten von deiner Fliegerei erzählen wie mir früher?«

Lara denkt: »Für mich war es, als hätte er mir Märchen vorgelesen, und ich war noch klein. Nele ist dreizehn. Sie braucht keine Märchen. Sie kämpft ums Überleben.«

Sie hört Neles Vater sagen: »Dafür ist es schon zu spät.«

Nein, das darf nicht sein. Ihr Verstand sagt ihr, dass Nele ihr Ansinnen durchschaut, aber ihr Gefühl fordert, dass sie es versuchen muss. Lara geht zur Tür, um zu öffnen.

***

Andreas vernimmt von innen Geräusche und hofft, dass sie ihre Meinung geändert hat.

Als er eintritt, suchen Laras Arme festen Halt an seinem Körper und entwickeln in der Verzweiflung die Kraft einer Würgeschlange. Sie weint hemmungslos.

Andreas sagt leise: »Danke.«

Als Laras Augen anscheinend leer geweint sind, löst sie den Klammergriff und lässt die Arme kraftlos herabhängen.

»Lara, komm mit zu deinen Eltern. Die machen sich Sorgen.«

Zögerlich folgt seine Nichte ihm ins Esszimmer.

Die Stimmung ist angespannt, obwohl Birgit und Roland mit Andreas über dies und jenes plaudern. Lara schweigt jedoch während der ganzen Mahlzeit.

Nach dem Mittagessen geht Andreas mit Lara in ihr Zimmer, um sich zu überlegen, wie sie Nele helfen können. »Wie hast du dir das denn vorgestellt?«, will er wissen.

»Wir besuchen zusammen Nele und ich gehe dann irgendwann. Du bleibst da, um ihr eine Geschichte zu erzählen.«

»Was soll Nele sich denn dabei denken, wenn ich plötzlich anfange, ihr Geschichten zu erzählen? Wir müssen es ihr vorher mitteilen.«

»Und was soll ich ihr sagen? Hallo, Nele, bis du tot bist, erzählt dir mein Onkel schöne Geschichten?«

»Wir sollten das anders aufziehen. Es muss sich irgendwie ergeben und wir müssen eine andere Zielsetzung damit verbinden. Nele soll es als eine Bereicherung für ihr Leben erfahren, nicht als eine Vorbereitung auf den Tod. Was meinst du?«

»Ich habe keine Ahnung, wie wir das schaffen können«, entgegnet Lara.

»Ich habe mir etwas überlegt«, erwidert Andreas. »Wir erklären Nele, dass sie aufgrund ihrer Krankheit zwar leider nicht das Bett verlassen kann, aber dass sie dennoch reisen kann. Damit sie einen Eindruck von der Welt da draußen bekommt, bringen wir die Welt in ihr Krankenzimmer.

»Das ist eine gute Idee«, antwortet Lara. »Vielleicht bekommt sie dann Lust, diese Reisen einmal selbst zu machen, und fasst neuen Mut. Vielleicht könnte sie ja eine Rolle in den Geschichten übernehmen, zum Beispiel als Co-Pilotin.«

Andreas gefällt der Vorschlag. »Es ist eine gute Anregung, Nele mehr einzubinden. Ich habe noch eine andere Idee. Nele muss lernen, ihr Leben in die eigenen Hände zu nehmen. Und wir brauchen ein Ritual, um ihr das zu verdeutlichen, Lara. Der Wiederholungseffekt schafft Vertrauen in die Zukunft.«

»Das ist toll. Da weiß ich schon was«, sagt Lara begeistert. »Nele ist in einem sehr schlechten körperlichen Zustand. Sie kann sich vor Schmerzen kaum bewegen. Ich schlage vor, wir nehmen Eukalyptusöl mit und vor jeder Geschichte massiere ich damit ihre Glieder. Das Öl und meine Körperwärme werden ihr guttun.«

»Super, Lara. Deine Zuwendung wird ein Kraftquell für ihre Psyche sein. Danach legst du Neles Hand auf ihren Solar

Plexus, ein wichtiger Punkt unterhalb des Rippenbogens, deine legst du darauf. Dann decke ich eure Hände mit meiner Hand ab. Wir erzählen Nele, wir lassen unsere Energie in ihren Körper fließen. Zur Verstärkung sollten wir eine kurze Formulierung verwenden. Ich meine so etwas wie *Yes We Can* von Barack Obama. Da wird dir bestimmt etwas einfallen.«

»Super Idee. Nele muss es mit uns zusammen sagen, zum Beispiel *Ich schaff das* oder *Ich bin nicht krank*.«

»Was hältst du von *Ich lebe gerne* oder einfach *Das Leben ist schön*?«

Andreas fordert Lara auf, weitere Ideen zu entwickeln. Sie ist sehr motiviert und präsentiert einen Vorschlag nach dem anderen. »Ich weiß: *Ich will leben. Leben ist cool* finde ich auch noch gut. Was meinst du, Onkel Andreas?«

»Mir gefällt am besten *Ich will leben.* Es ist ein klarer und kraftvoller Ausdruck. Und er bezieht sich auf Nele. Sie ist es, die leben will. Das heißt, sie nimmt es selbst in die Hand. Das ist schon ein guter Anfang. Später wird sie ihre Fantasie benutzen, um sich vom Krankenbett zu lösen. Sie wird mit mir auf eine aufregende Reise gehen, und zwar als Vogel. Das Lösen von der Schwerkraft soll sie den schmerzenden Körper vergessen lassen.«

Lara ruft begeistert: »Das ist genial.«

Andreas ist aber noch nicht fertig. »Wir müssen Nele eine Aufgabe geben. Fällt dir eine Beschäftigung ein, die ihr Freude bereitet und sie herausfordert. Was macht Nele gerne, für das man keinen gesunden Körper braucht?«

»Ich weiß, Gedichte. Sie schreibt gerne Gedichte. Auf Geburtstagskarten oder Einladungen oder auch nur so reimt sie oft. Auf die Karte zu meinem letzten Geburtstag hat sie geschrieben:

Glück und Glas bricht,
unsere Freundschaft nicht.
Egal ob Regen oder Sonnenschein,
wir werden immer Freund sein.«

»Das ist gut, das ist sehr gut.« Andreas freut sich. »Das wird Nele mental fordern. Jetzt wissen wir genau, was zu tun ist. Wir werden morgen mit dem Programm starten. Ich bringe dich nach Hause und fahre dann zu mir, um etwas Kleidung für die erste Woche zu holen. Heute schaffe ich es nicht zurück, morgen Vormittag bin ich aber da. Ich bin gespannt, wie Nele reagieren wird. Ich finde, das haben wir zwei prima hingekriegt. Für das, was du tust, hast du schon jetzt einen Platz im Himmel sicher.«

TAG 1, MONTAG

Traum vom Baum

Was nur bedeutet dieser Traum?
Er führt mich hin zu diesem Baum.
Der Riese wurzelt tief und weit,
mit sattem Grün im wehend' Kleid.
Mystischer Glanz im Sonnenlicht,
doch einen Schatten wirft er nicht.
Steht stumm auf endlos lichtem Feld,
wirkt fremd, wie nicht von dieser Welt.
Und tief neigt sich ein schwerer Ast,
er lädt mich ein zu langer Rast.
Fühle unsagbare Liebe,
ach, welch Glück, wenn ich hier bliebe.

R. F.

Nele bricht das Mittagessen aus. Sie bekommt zwar keine Chemotherapie mehr, ihr ist aber speiübel. Magenkrämpfe werfen sie von einer auf die andere Seite. Sie versucht, eine Position einzunehmen, die ihr Erleichterung verschafft, aber es gelingt ihr nicht. Nele wird wütend und schimpft: »Es geht mir doch schon schlecht genug und jetzt das noch. Ich bin alles so leid.« Sie realisiert, wie ihre Kraft schwindet, und weiß nicht, was sie tun soll, um sie zurückzugewinnen. Sie zieht sich die Decke über den Kopf, rollt sich in der Stellung zusammen, die die geringsten Schmerzen verursacht. Nach ein paar Tränchen der Wut und Enttäuschung schläft sie vor Erschöpfung ein.

Sie träumt, dass sie im Operationssaal, liegt umringt von acht Ärzten. Einer, der der Chef zu sein scheint, redet auf die anderen ein. Die blicken ihn ratlos an. Dann zeigt der Chef auf Nele, er brüllt die anderen an, ohne dass Nele etwas versteht. Die Gesichter der Ärzte wirken ratlos und sie starren auf den Chef.

Der verlangt plötzlich laut und deutlich: »Also los, worauf warten wir noch. Es ist die letzte Chance.«

Der Anästhesist gibt Nele eine Spritze und nach wenigen Sekunden ist sie bewusstlos.

Die Stimmen ihrer Eltern holen Nele in die Wirklichkeit zurück.

»Hallo, Fee, was ist mit dir? Hast du Schmerzen?«, will ihre Mutter wissen, nachdem sie sie gemustert hat. Sie beugt sich zu ihr hinab und umarmt sie zärtlich.

Nele zwingt sich zu einem vagen Lächeln.

Ihre Mutter streichelt ihr zärtlich über die blasse Stirn.

»Darf ich mein Kind auch mal in den Arm nehmen und begrüßen?«, meldet sich jetzt auch ihr Vater.

Nele ist glücklich, schmiegt sich an ihre Eltern. Sie führt

sich vor Augen, was sie durchmachen, und stellt fest, dass sie tapfer versuchen, Normalität vorzuleben, die es doch nicht geben kann. Es ist nur eine Illusion von einem Leben, das weit hinter ihnen liegt. Sie entschließt sich, ihren Eltern zu verschweigen, dass es ihr heute so schlecht geht.

Ihre Eltern legen sich mit auf ihr Bett und kuscheln sich, so nah es geht, an sie. Ihre Wärme durchströmt Neles Körper und sie spürt sie bis in ihre Seele wandern. Nele schließt ihre Augen und lässt dieses tiefe Gefühl von Zuneigung in alle Fasern fließen. Sie fühlt, wie sich ihre verkrampften Glieder wieder bewegen lassen, und beginnt, wie eine Feder im warmen Sommerwind zu schweben. Nur für eine kurze Zeitspanne, dann überholt die Realität ihre Fantasie. Da liegt sie nun, die Fee, und hat keine Wünsche zu verschenken, am wenigsten an sich selbst.

»Wie war dein Tag?«, vernimmt Nele, die die Augen noch geschlossen hat, plötzlich die Stimme ihrer Mutter.

»So lala«, sagt sie mit einem leicht gereizten Unterton in ihrer Stimme. Sie hat heute keine Lust, auf die wiederkehrenden banalen Fragen Antworten zu geben. »Und eurer?«

»Auch so lala«, erwidern ihre Eltern fast gleichzeitig. Sie müssen unwillkürlich lachen.

Nele weiß genau, was ihre Eltern gleich fragen werden. Alle wichtigen Phrasen sind schon häufig wiederholt worden. Die Dialoge werden immer sparsamer und beschränken sich mehr und mehr auf den Alltag. Die simple Frage danach, was es heute zu essen gab, lässt Nele jedoch die Tatsache spüren, dass sie im Krankenhaus liegt. Nirgendwo sonst stellte ihr jemand diese Frage. Deshalb ist ihr manchmal Schweigen lieber.

Nele kuschelt sich an ihre Eltern und vergräbt ihren Kopf zwischen ihnen. Sie denkt: »Ich liebe euch, ich brauche euch, aber ich will heute nicht reden.«

Ihre Eltern lösen sich vorsichtig von Nele.

Nele schaut sie fragend an. Sie weiß, dass es noch zu früh für den Abschied ist. »Warum haben sie es heute so eilig?«, überlegt sie.

Ihre Mutter unterbricht das Schweigen. »Lara und ihr Onkel Andreas wollen heute noch zu dir kommen. Lara hat gesagt, sie hätte eine Überraschung und würde sich sehr auf den Besuch freuen.«

Nele blickt ihre Mutter an und Neugier erfasst sie. Sie versucht sich auszumalen, was für eine Überraschung das sein könnte. Lara ist eine Ideen-Maschine. Mit ihr war es noch nie langweilig.

Nele erinnert sich daran, wie sie sich kennengelernt haben.

Als Nele mit ihren Eltern in Laras Straße gezogen und eines Nachmittags auf dem Weg zum Spielplatz war, hörte sie plötzlich hinter sich ein Mädchen laut um Hilfe rufen.

Sie drehte sich erschreckt um und sah das Mädchen, von dem die Hilferufe offenbar gekommen waren, mit einem kleinen Hund, dem sie gerade die Leine anlegte. Verzweifelt versuchte der Hund, sich loszureißen. Das tollpatschige Wollknäuel mit den Schlappohren mühte sich vergeblich ab. Das

Mädchen hielt es zwar an der langen Leine, bestimmte aber den Weg.

Nele ging auf das unbekannte Kind zu und sofort änderte der Winzling seine Anstrengungen in ihre Richtung. Zwei erwartungsvoll funkelnde Hundeaugen strahlten sie an und die Aufregung des Hundezwerges gipfelte in dem permanenten Versuch, an ihr hochzuspringen.

»Hast du Hilfe gerufen?«, sprach sie das etwa gleichaltrige Mädchen an, obwohl ihr klar war, dass dieses unbekannte Mädchen keine Hilfe benötigte, jedenfalls schien es ihr gut zu gehen.

»Ja«, antwortete die Hundebesitzerin.

»Wieso rufst du Hilfe? Ich sehe keine Gefahr?«

»Damit er zurückkommt.«, sagt das Mädchen lächelnd.

Nele kann sich keinen Reim auf die Antworten machen. »Damit wer zurückkommt?«

»Na er.« Das Mädchen zeigte auf den immer noch herumspringenden Tollpatsch.

»Aber das ist doch kein Grund, um Hilfe zu rufen.«

»Doch, das ist Hilfe«, entgegnete das Mädchen und zeigte wieder auf ihren Hund. »Ich bin Lara.«

»Wie, dein Hund heißt Hilfe?«

»Na klar. Das ist voll witzig. Immer wenn ich ihn rufe, drehen sich alle zu uns um. Dann wundern sie sich, dass nirgendwo Gefahr ist. Die meisten gehen einfach weiter. Viele schütteln dabei den Kopf. Wahrscheinlich sind alle froh, dass sie nicht helfen müssen. Du bist eine von den wenigen, die mich ansprechen.«

Da musste auch Nele herzhaft lachen und die Freundschaft mit Lara hatte ihren Anfang gefunden.

In der Zeit danach unternahmen sie viel zusammen und die Freundschaft intensivierte sich.

Als Lara ein Jahr später zwölf wurde, lud sie Nele zu ihrem Geburtstag ein. Und schon wieder hatte sie sich etwas ausgedacht, um Verwirrung zu stiften. »Ich wünsche mir von euch ein Geschenk, das man nicht kaufen kann.« Natürlich wollte sie damit nicht sagen, dass sie kein Geschenk erwartete, das wusste Nele. Typisch Lara, sie fordert die Menschen heraus, wie mit Hilfe. Nele überlegte, ihr vielleicht etwas zu basteln oder ein Bild zu malen. Das war aber alles nichts Besonderes und das sollte es sein, denn auch Lara war etwas ganz Besonderes. Nele entschied sich schließlich für ein Gedicht.

Sie versucht sich die Erinnerung daran ins Bewusstsein zu rufen. »Ob ich es noch zusammenbekomme?«, überlegt sie.

FÜR MEINE BESTE FREUNDIN LARA

Ich weiß nicht hin, ich weiß nicht her,
wo nehm ich das Geschenk nur her?
Ein Geschenk ganz ohne Geld,
was kann das sein, das dir gefällt?
Ich denke nach, jetzt fällt's mir ein,
will dir eine gute Freundin sein.

Will stets an deiner Seite stehen,
durch Not und Kummer mit dir gehen.
Ich teile mit dir jedes Leid.
Das verspreche ich dir für alle Zeit.
Doch lieber will ich mit dir lachen,
Dinge tun, die Freude machen.

Spiele, Späße, glücklich leben,
danach lass uns immer streben.
Ich geb dir heute das Versprechen
und werd es niemals brechen.
Ich wäre glücklich, wenn du sagst,
du willst das auch, weil du mich magst.

Deine Nele

»War das eine schöne Zeit. Nichts konnte ihre Laune trüben. Doch ich habe Lara etwas versprochen, das ich nicht halten kann. Wenn sie Hilfe braucht, werde ich nicht mehr da sein. In dieser schweren Zeit brauche ich ihre Hilfe und Lara gibt sie mir«, denkt Nele. Hatte sie gerade noch Tränen in den Augen, schmunzelte sie jetzt bei dem Gedanken, dass die unkonventionelle Lara sie selbst in dieser Lage noch oft zum Lachen bringt. Das ändert nichts an ihrem Schicksal, macht es aber erträglicher.

Ihre Mutter streichelt ihr über die Stirn und holt sie aus ihren Gedanken zurück. »Fee, was ist? Hast du geträumt?«

»Nein, ich war wach, aber ich habe mich an etwas sehr Wichtiges erinnert. Es war schön und traurig zugleich.«

»Ich hoffe, der schönere Teil war der größere«, erwidert ihre Mutter und sieht sie fragend an.

Nele antwortet nicht. Sie weiß es nicht.

Schließlich verabschieden sich ihre Eltern.

»Einen schönen Tag noch«, sagt ihr Vater. »Lass dir die Zeit nicht lang werden!«

Ihre Mutter fragt mit sorgenvoller Miene: »Brauchst du noch etwas? Sollen wir dir was mitbringen?«

Nele leidet mit ihrer Mutter, die ihr plötzlich um Jahre gealtert vorkommt. Ihre Mutter hasst Belanglosigkeiten, aber was soll sie denn machen? Soll sie zum hundertsten Mal »Kopf hoch Fee, wird schon wieder« sagen? Sie weiß doch auch, dass es nicht wieder wird.

Nele ergreift die Hand ihrer Mutter und verlangt: »Guck mich nicht so traurig an! Du kommst doch morgen wieder. Wenn du so schaust wie jetzt und dann gehst, habe ich für den Rest des Tages schlechte Laune.« Doch natürlich weiß sie genau, dass ihre Mutter nicht nur wegen des Abschieds traurig ist.

Ihre Mutter umarmt Nele liebevoll und flüstert ihr ins Ohr: »Ich gebe mir Mühe. Du sollst ja schließlich gute Laune haben.«

Neles Vater streichelt Nele über den Kopf und küsst sie zärtlich auf die Stirn. »Lass dich nicht unterkriegen. Du bist doch eine Fee und kannst zaubern. Siehst du, es funktioniert. Du hast mir ein Lächeln ins Gesicht gezaubert und das war keine leichte Aufgabe. Wir machen jetzt mal Platz für Lara und ihren Onkel. Sie werden gleich kommen. Bestelle den beiden schöne Grüße von uns.«

Nele streckt ihren Eltern die Arme entgegen und flüstert: »Ich liebe euch. Über alles.«

***

Andreas ist sich sicher, dass heute ein vom Schicksal aufgezwungener und dennoch unabwendbarer Zeitabschnitt beginnt – für Lara, sich selbst und vor allem für die todkranke Nele. Sie ahnt wahrscheinlich nicht, dass sie gleich Mittelpunkt einer Geschichte werden soll, die zum ersten und einzigen Mal geschrieben wurde. Nur für sie. »Hoffentlich macht sie mit«, sinniert Andreas.

Mit Lara hat er auf dem Weg zum Krankenhaus kaum ein Wort gewechselt. Innere Anspannung spiegelt sich in Laras Gesicht wider.

Andreas ist sich nicht sicher, wie er den unausweichlichen Tod des Teenagers verkraften wird. Auch wenn Nele eine fremde Person ist, hat ihr Schicksal ihn längst gefangen genommen. Eine unpersönliche Beziehung scheint ihm zum gegenwärtigen Zeitpunkt undenkbar und würde die beabsichtigten gemeinsamen Erlebnisse zu unpersönlich wirken lassen. Die wesentlichste Frage ist aber, wie Nele auf Laras Plan reagieren wird. Wird sie die Absicht durchschauen und es als Theaterspiel auffassen? Sie sind am Point of no Return jedoch bereits vorbei. Ein Zurück ist für Andreas jenseits aller Vorstellungskraft. Die angedachte Inszenierung stellt ihn vor die größte Herausforderung seines bisherigen Lebens. Aber jeder gewonnene Tag am tragischen Ende von Neles Lebensweg ist alle Mühe wert.

Andreas betritt mit Lara das Krankenhausareal, ohne sie noch einmal anzusehen oder etwas zu sagen. Bloß keinen Zweifel aufkommen lassen, den gewählten Weg unerschrocken zu Ende verfolgen. Die Anspannung friert seine Gesichtsmuskeln ein. »Was sollen wir tun, wenn sie nicht mitmacht? Wir haben nur den einen Plan. Es gibt keinen Plan B. Ist sie heute aufnahmefähig oder geht es ihr vielleicht schon so schlecht, dass sie ihre Ruhe haben will?« Fragen über Fragen. Andreas stellt sie sich unablässig und ist sicher,

Lara tut es auch. Sie wissen beide, die Antwort lauert hinter der Tür, mit deren Durchschreiten sie scheinbar die Realität zurückzulassen werden. Sie werden *ihre* heile Welt verlassen und einen Planeten der Hoffnungslosigkeit, Ohnmacht und gefühlter Endgültigkeit betreten.

»Der Tag heute entscheidet über den ganzen Plan. Wenn Nele nicht mitspielt, war es das«, entfährt es Andreas.

»Das darf sie nicht und das wird sie auch nicht«, antwortet Lara, fest entschlossen

In erwartungsvoller Anspannung kommen sie auf der Station an.

Andreas legt Lara seinen Arm auf die Schulter und sagt bestimmt: »Wir dürfen Nele nicht überfordern, es muss sich alles irgendwie ergeben, ohne dass es nach Vorsatz aussieht. Bist du bereit für die größte Aufgabe, die du dir vorstellen kannst?«

»Ich bin bereit – für Nele. Sie hat mir einmal versprochen, immer für mich da zu sein, wenn es mir schlecht geht. Jetzt geht es ihr schlecht und ich werde für sie da sein, so gut ich es kann. Lass uns reingehen.«

***

Nele hört ein leises Klopfen an der Tür. Sie dreht ihren Kopf in die Richtung und sieht Lara eintreten, gefolgt von Andreas.

Lara begrüßt sie. »Meinen Onkel kennst du ja schon. Wie fühlst du dich?«

Nele sieht die beiden wortlos an. Sie denkt: »Ihr wisst es doch. Glaubt ihr denn, ich werde wieder gesund, nur weil ihr die Wahrheit verdrängt?«

In die Stille hinein sagt Lara: »Was hältst du von einer kleinen Massage? Ich habe Eukalyptusöl mitgebracht und denke, dass es nicht nur schön frisch riecht, sondern deine steifen Glieder lockern wird.«

Nele ist überrascht, widerspricht nicht, bleibt wortleer.

Lara streift die Decke zurück und Nele hört sie murmeln: »Mein Gott, wie dünn du geworden bist.« Sie tropft etwas Eukalyptusöl in ihre linke Handfläche, verreibt es und legt ihre Hände bewegungslos auf Neles linken Fuß.

Nele genießt das angenehme Gefühl, das die zarte Bewegung von Laras warmen Händen bei ihr auslöst. Sie schließt die Augen, entspannt sich und versinkt in dieser wohltuenden Behandlung. Ihre Mundwinkel zucken kurz nach oben.

Lara streicht sanft die knochigen Waden hoch und langsam wieder zurück. Das wiederholt sie einige Male und wechselt dann zu Neles anderem Bein, das sie genauso durch ihre Hände gleiten lässt. Inzwischen riecht es im ganzen Zimmer intensiv nach Eukalyptus.

Nele hat die Augen immer noch geschlossen und denkt an Koalas, die sich von Eukalyptus ernähren. »Ob es bei denen auch so riecht?«, fragt sie sich.

Lara bearbeitet jetzt ihre Arme und durch den intensiven Eukalyptusgeruch kann Nele durchatmen.

Als Lara ihre Massage beendet hat, sagt Andreas: »Wenn

man euch beobachtet, könnte man neidisch werden.«

Nele öffnet erschreckt die Augen. »Möchtest du ich sein?«, bricht es aus ihr heraus.

»Nein, Nele, so war das nicht gemeint. Es ist einfach nur schön, zuzusehen, wie toll Lara das macht. Natürlich weiß ich, wie es dir geht. Du darfst aber nie die Hoffnung aufgeben.«

»Das sagen alle, und ich hoffe und hoffe und hoffe. Und was habe ich davon? Enttäuschung.«

»Nele, die Hoffnung begleitet uns alle durch das ganze Leben. Wir hoffen immer auf etwas. Wenn es dann nicht eintrifft, sind wir enttäuscht, hoffen aber im nächsten Moment schon wieder auf etwas anderes. So wechselt unser Denken ständig zwischen Hoffen und Enttäuschung. Würden sich alle unsere Wünsche erfüllen, gäbe es keine Hoffnung mehr. Ob wir im Lotto gewinnen oder im Urlaub schönes Wetter haben, darauf haben wir keinen Einfluss. Wir hoffen aber trotzdem, dass es eintritt. Bei den vielen Dingen, die wir zwar selbst beeinflussen können, deren Ausgang aber ungewiss ist, gibt uns die Hoffnung eine Extraportion Kraft. Das geschieht so selbstverständlich, dass wir es gar nicht bemerken, es hilft uns aber in vielen Notlagen. Hoffnung ist also nicht sinnlos. Kennst du die Geschichte von den zwei Fröschen?«

»Ich glaube, die kenne ich nicht. Was ist das für eine Geschichte?«, sagt Nele. Ihre Interesse ist geweckt.

»Dann höre mal genau zu. Zwei neugierige Frösche kamen auf einem Bauernhof an einer Milchkanne vorbei. Natürlich wollten sie unbedingt wissen, was sich in der Kanne verbarg. Nach ein paar Fehlversuchen gelang es ihnen, mit einem gewaltigen Satz hineinzuspringen. Doch was für ein Schreck, die Kanne war zur Hälfte mit Milch gefüllt. Sofort versuchten sie, wieder hinauszuspringen. Es gelang ihnen aber nicht, die Kanne war zu hoch und sie konnten in der Flüssigkeit nicht zum Sprung ansetzen. Sie schienen dem Tode geweiht. ›Wir müssen sterben‹, jammerte der eine. Sie schwammen beide in der Kanne umher, aber nach kurzer Zeit sagte der Frosch erneut: ›Es hat ja alles keinen Sinn, wir werden sowieso sterben. Warum dann noch strampeln?‹ Er hörte auf zu schwimmen und ertrank. Der andere wollte nicht aufgeben, sondern bis zum letzten Atemzug kämpfen. Er schwamm im Kreis, versuchte zwischendurch immer wieder hinauszuspringen und paddelte weiter. Plötzlich wurde die Milch zäher und schließlich fest. Durch das viele Strampeln und Springen hatte sie sich in Butter verwandelt. Jetzt konnte der Frosch hinaus in die Freiheit springen. Dieser Frosch war anders als der andere. Er hatte tapfer gekämpft, ohne zu wissen, wofür. Sein einzigartiger Überlebenswille hatte ihn gerettet.«

Nele hat aufmerksam zugehört und ist von der Geschichte beeindruckt. Sie fragt sich, ob es für Menschen vergleichbare Situationen gibt oder ob es nur eine nette Geschichte ist.

Ihre Gedanken werden von Andreas unterbrochen. »Liebe Nele, der menschliche Körper hat selbst für schwerste Erkrankungen eine umfangreiche Palette an Selbstheilungskräften. Unser Immunsystem ist darauf programmiert, Leben zu erhalten und Feinde abzuwehren. Manchmal unterlaufen ihm leider wie bei deiner Krankheit Fehler. Oft ist es aber auch durch etwas blockiert. In solchen Fällen spielen der Überlebenswille und eine positive Einstellung eine sehr wichtige Rolle. Zugegeben, ein bisschen Glück gehört auch dazu. Millionen Menschen spielen in der Hoffnung auf das große Glück Lotto Die Chance auf sechs Richtige beträgt etwa eins zu sechzehn Millionen. Sie werden in der Regel enttäuscht, aber versuchen es trotzdem wieder und wieder. Und im Vergleich zu dir geht es um nichts. Im günstigsten Fall werden sie mehrfacher Millionär, im schlechtesten Fall müssen sie nur den Lottoschein bezahlen. Deine Chance, gesund zu werden, ist erheblich größer als die der Lottospieler auf den Hauptgewinn. Du bist eine von fünfzig Personen, die gesund werden können, ohne dass es sich wissenschaftlich erklären lässt. Manchmal geschehen merkwürdige Dinge. Schwerstkranke Menschen besiegen manchmal plötzlich ohne erkennbaren Grund ihre Krankheit. Man nennt das Spontanheilung. Vergiss bitte nie, auch wenn alles ausweglos erscheint, verlässt das Schicksal den eingeschlagenen Weg und wählt einen besseren. Deshalb höre nie auf zu kämpfen. Denke immer an den mutigen Frosch, auch wenn du nicht in Milch schwimmst, die zu Butter werden und dich retten kann. Es ist nicht immer leicht, mutig zu sein, aber Lara und ich helfen dir dabei, versprochen.«

Nele hat gebannt zugehört. Andreas' Worte haben sie berührt. Kannte ihre Freundin diese Geschichte schon und hat ihren Onkel gebeten, sie ihr zu erzählen?

Doch Lara sieht überrascht aus und hat feuchte Augen bekommen.

Nele blickt verschämt vor sich auf die Decke. So deutlich hat sie ihre Situation noch nie verstanden. Sie nimmt sich vor, weiterzukämpfen und zu hoffen, bis zum letzten Augenblick.

Lara nimmt plötzlich Neles rechte Hand, legt sie auf ihren Brustkorb und ihre darüber.

Mit seiner Pranke deckt Andreas die Mädchenhände ab. »Nele, lass uns einen Schwur zelebrieren. Lara und ich wollen das Gleiche wie du. Wir wollen, dass du lebst. Unsere Hände auf deiner Brust sollen dir symbolisieren, dass wir eins mit dir sind und unsere Kraft und Ausdauer auf dich übertragen wollen. Deshalb lass es uns alle drei schwören und laut *Ich will leben* sagen.« Andreas gibt mit der freien Hand ein Zeichen, erhöht leicht den Druck auf die Mädchenhände und spricht langsam und betont die Losung.

»Ich will leben«, sagt Nele vorsichtig.

»Nele, deine Worte müssen so kraftvoll klingen, dass die Wände wackeln. Lass es uns noch mal versuchen.«

Andreas drückt die Hände der beiden Freundinnen und ein forderndes »Ich will leben« erfüllt das Krankenzimmer. Andreas gibt nicht nach. »Nele, du hast uns jetzt demonstriert, dass du leben willst. Wir nehmen dich beim Wort.«

Die letzten Minuten haben Nele aufgewühlt. Diesem Andreas kann man nicht widersprechen. Was er sagt, klingt immer so logisch und überzeugend. Sie empfindet ihre Mutlosigkeit in diesem Moment so, als hätte man sie bei etwas Verbotenem erwischt. Denn man darf nicht aufgeben. Nie. Das hat Andreas ihr klargemacht. Sie weiß zwar noch nicht, ob und wie sie es schaffen wird, aber Andreas' Worte haben etwas in ihr ausgelöst. »Ihr könnt mich beim Wort nehmen. Ich will ein Frosch sein und das Überleben nicht mehr dem Zufall überlassen. Ich werde strampeln, bis ich Butter unter den Füßen spüre.«

Lara und Andreas lächeln. Dann schlingt Lara die Arme um den Hals ihres Onkels. Nele kann sehen, wie sie erleichtert ausatmet. Lara wendet sich ihr schließlich zu und grinst sie schelmisch an. »Weißt du noch, was du immer schon gerne gemacht hast?«

»Ja, vieles. Meinst du was Bestimmtes?«

»Ja, rate mal!«

»Malen? Musik?«, fragt Nele unsicher. Wenn sie nur wüsste, was Lara schon wieder vorhat. Sie und ihre verrückten Ideen. »Ich weiß nicht, was du meinst.«

Lara sieht Nele herausfordernd an. »Kalt«, entgegnet sie. »Du hast noch zwei Versuche.«

»Puzzeln?«

»Kalt. Letzte Chance.«

»Ich hab's. Kissenschlacht mit dir.« Nele lacht laut auf. »Weißt du noch, wie mal die ganzen Federn in meinem Zimmer herumgeflogen sind? Ich hab eine Woche kein Taschengeld bekommen.«

Lara schüttelt sich jetzt auch vor Lachen, antwortet dann

aber mit ernster Miene: »Nichts von alledem. Du reimst doch gerne. Was hältst du von ein paar Zeilen zu deinem Schwur?«

Vor einer Stunde hätte Nele geantwortet: »Das strengt mich zu sehr an. Ich schaffe das nicht.« Doch nun ist alles anders. Der Frosch in ihr lässt sie sagen: »Ich werde es versuchen.« Allerdings ist sie sich noch etwas unsicher, ob es ihr gelingen wird.

Andreas und Lara verlassen kurze Zeit später das Zimmer. Sie haben wohl gemerkt, dass Nele schrecklich erschöpft ist. Trotzdem muss Nele die letzte Stunde, die ihr wie ein merkwürdiger Traum vorkommt, in Einklang mit der Realität bringen. Sie liegt eine Weile unbeweglich im Bett, denkt abwechselnd an Frösche, an Lottospieler, unerklärbare Spontanheilung und an die wohltuende Massage.

Plötzlich sieht sie ihre Eltern vor sich, wie sie laut rufen: »Nele, gib nicht auf. Wir glauben an deine Kraft.«

Nele nimmt sich vor, ihre Erlebnisse ab morgen in ein Tagebuch zu schreiben. »Wenn ich es nicht schaffe, sollen meine Eltern wenigstens eine Erinnerung an meine letzten Lebenstage haben. Und ich will ihnen beweisen, dass ich bis zuletzt gekämpft habe.«

Dann greift sie zum Stift, um ihr Versprechen bei Lara und Andreas einzulösen. Nach kurzer Überlegung beginnt sie, zu schreiben.

Ich will leben,
würd' mein Leben dafür geben …

Der Stift entgleitet ihrer Führung. Ihre Augen fallen zu. Die aufwühlenden Erlebnisse mit Lara und Andreas und die Anstrengung fordern ihren Tribut.

TAG 2, DIENSTAG

Ich will leben

Ich will leben,
würd mein Leben dafür geben,
hätt ja dann ein neues, wär gesund,
die graue Welt wär wieder bunt.
Doch neues Leben wünschen ist kein Ziel,
das gibt's nur im Computerspiel.

Nele

Nele erwacht nach einer unruhigen Nacht und hat das Gefühl, dass etwas Ungewöhnliches geschehen sein muss. Obwohl sie noch ziemlich müde ist, hat sie den Eindruck, sich besser zu fühlen. Allmählich erinnert sie sich an den gestrigen Besuch von Lara und ihrem Onkel. Die einzelnen Momente laufen noch mal als Film in ihrer Erinnerung ab und ein lange vermisstes Gefühl von innerer Ruhe durchströmt sie. Ihr vages Lächeln bei der Erinnerung vermittelt ihr eine Empfindung von Entspannung. Sie betastet ihr Gesicht, um zu prüfen, ob die Muskeln weicher geworden sind. Das gestrige Erlebnis mit Lara und Andreas hat auf magische

Weise etwas in ihr ausgelöst, das ihr unheimlich ist. »Was haben die zwei mit mir angestellt? Ich bin nicht mehr ich. Ich fühle mich heute stärker als gestern. Aber ich kann nicht wirklich stärker sein. Mein Gesundheitszustand ist doch immer noch der gleiche«, denkt sie laut.

Nele fiebert dem Besuch von Lara und Andreas entgegen. Ein wenig schämt sie sich, dass ihr erster Gedanke des Tages auch einem fremden Menschen gilt. Seine ruhigen Worte hatten sie förmlich hypnotisiert. Plötzlich scheint alles so klar. Nach langer Abstinenz gelingt ihr ein echtes, ein gewolltes, ein befreiendes Lächeln. »Er kann zaubern. Widerstand undenkbar. Und dann ist da noch Lara, meine beste Freundin. Sie hat mitgezaubert. Niemand hat so einen Onkel wie Andreas mehr verdient als Lara.«

Lara hat Nele oft von ihrem *Pilotenonkel*, wie sie ihn immer nannte, erzählt und wie sie außer Rand und Band geriet, wenn er zu Besuch kam.

»Ich freue mich für sie. Und ich freue mich auf ihren Besuch. Ach ja, da war noch das Gedicht. Ich muss noch ein paar Zeilen schreiben.«

Nele fühlt sich wie nahezu jeden Morgen elend, aber nach dem Frühstück wird es etwas besser. Obwohl sie sich schlecht konzentrieren kann, blickt sie nach einer Stunde auf die Zeilen, die sie erst hingeworfen, dann korrigiert, neu bewertet und nach einer weiteren Korrektur als akzeptabel abgenickt hat. »Was die beiden wohl dazu sagen werden?«, denkt Nele etwas unsicher. Sie ist stolz auf ihre Schaffenskraft in dieser

Situation, aber erschöpft und ihr Körper zwingt sie zu einer Schlafpause.

Als sie wieder erwacht, befindet sie sich sofort in einer geordneten Gedankenwelt. Das gestern Erlebte ist sofort präsent. Es verleiht ihr Mut und lässt sie ihre Schmerzen verdrängen. Sie hat kein Notizbuch, aber einige leere Blätter, also startet sie den Versuch eines Tagebuches. Nach einem Moment der Überlegung, entscheidet sie sich dafür, die Einträge an ihre Eltern zu richten. Vielleicht werden sie den Text einmal lesen.

Dienstag

Liebe Mama, lieber Papa,
ich weiß, dass ich nicht mehr viel Zeit habe, meine Erinnerungen für euch aufzuschreiben. Ich werde es deshalb ab heute jeden Tag versuchen. Der gestrige Besuch von Lara und ihrem Onkel Andreas hat mich gehörig durcheinandergebracht. Sie haben mich davon überzeugt, dass man nie aufhören darf, zu kämpfen und auf einen positiven Ausgang jedes Problems zu hoffen. Ich habe keine Ahnung, wie lange ich das durchhalten werde, aber sie haben mich zu einem Schwur überredet, der heißt »Ich will leben«. Und ja, natürlich will ich leben. Andreas hat mir erklärt, dass wir Menschen enorme Selbstheilungskräfte besitzen. Vielleicht bin ich die eine unter fünfzig Kranken, die es schafft. Na ja,

Theorie, aber ich habe keinen anderen Strohhalm, an dem ich mich festhalten kann. Jetzt muss ich aufhören, ich bin sehr müde und brauche noch Kraft für heute Nachmittag. Ich freue mich auf euren Besuch und auf Andreas und Lara. Ich bin gespannt, was ich heute wieder mit Andreas und Lara erleben werde.

***

Neles Eltern kommen wie immer um drei Uhr. Nele berichtet ihnen aufgeregt, was sie gestern erlebt hat. »Ihr könnt euch nicht vorstellen …« Nele erzählt und erzählt in einem nicht enden wollenden Wortschwall. Sie weiß gar nicht, wie sie ihren Eltern das Erlebte erklären soll.

Ihre Eltern folgen jedoch nur stillschweigend Neles Aussagen.

Sie starrt sie an. »Was ist mit euch? Wieso sagt ihr nichts?« Sie lacht. »Ihr würdet wohl auch gerne hier liegen, oder?«

Neles Vater lacht jetzt auch und antwortet: »Na klar, ich wollte schon immer mal verwöhnt werden.« Er blickt lächelnd zu Neles Mutter. »Aber das bemerkt ja keiner. Jedenfalls nicht in dieser Familie.«

Jetzt lacht nicht nur Nele laut auf, auch ihre Mutter verliert ihren traurigen Blick.

»Ach ja, das hatte ich fast vergessen. Ihr sollt mal zum Chefarzt gehen«, sagt Nele.

Das Gesicht von Neles Mutter verdüstert sich.

Neles Vater ergreift die Hand seiner Frau und erhebt sich

langsam mit Blick auf Nele. »Dann lass uns mal hingehen und hören, welche Neuigkeiten er für uns hat. Bis gleich, Fee.«

Mit fortschreitender Zeit fühlt Nele, wie sich ihr Puls beschleunigt. Was sie wohl besprechen? Mit ihr redet ja keiner.

Endlich öffnet sich langsam die Tür.

Ihre Eltern haben sich in den letzten Minuten verändert. Obwohl Neles Mutter noch gerötete Augen hat, spielt ein feines Lächeln um ihren Mund. Ihr Vater macht ein Gesicht, das ausdrückt: »Alles gut. Mach dir keine Sorgen.«

Nele fragt aufgeregt: »Was wollte der Arzt von euch?«

Ihr Vater antwortet ruhig: »Er hat uns über deinen aktuellen Gesundheitszustand und die Fortsetzung der Behandlung informiert.«

Nele reicht die Antwort nicht. »Und was heißt das jetzt?«

»Sie wollen eine Therapieanpassung vornehmen«, sagt ihr Vater. »Er meinte, die Nebenwirkungen wären dann nicht mehr so stark wie jetzt.«

Neles Gedanken sind schon über das Arztgespräch hinweg. Zu oft hatten die Ärzte schon neue Behandlungspläne. »Lara und Andreas werden gleich meine Eltern ablösen«, denkt sie.

Das markante Klopfen, lang, kurz, kurz kündigt sie auch schon an. Die Tür öffnet sich langsam und ein strahlender Hüne in einer dunkelblauen Pilotenuniform füllt die Türöffnung. Mit Lara an der rechten Hand steuert er auf Neles Eltern zu.

Diese stehen unschlüssig im Raum und empfangen Andreas und Lara mit einem freundlichen Lachen. Nachdem sich alle begrüßt haben, schließen ihre Eltern Nele in die Arme und verabschieden sich schnell. Neles Mutter bekommt schon wieder feuchte Augen.

Andreas nimmt die Hände der Eltern und drückt sie fest. Er nickt ihnen aufmunternd zu und sagt: »Bis morgen.«

Lara nimmt Nele ebenfalls in die Arme und erklärt ihr: »Ich habe Onkel Andreas gebeten, die Uniform anzuziehen. Wenn er mich früher besuchte, trug er sie auch immer und entführte mich in Gedanken in seine Welt. Wir sind zusammen überall hingeflogen, ohne dass ich mein Zimmer verlassen habe. Es war wie in echt. Ich fand das voll spannend und habe danach noch oft davon geträumt.«

Nele starrt Andreas an und kann jedes Wort von Lara nachempfinden. Wenn er etwas sagt, klingt es absolut überzeugend und man lauscht ihm gebannt wie ein Kleinkind beim Kasperletheater. Ihre Neugier wächst von Minute zu Minute.

Lara wühlt in ihrer mitgebrachten Baumwolltragetasche mit Aufdruck von Greenpeace, ohne hineinzusehen.

»Warum tut sie nur so geheimnisvoll?«, fragt sich Nele. Neugierig verfolgt sie Laras Bewegungen. Andreas hält sich währenddessen im Hintergrund.

Dann holt ihre Freundin einen Gegenstand hervor. Er ist eingewickelt in Geschenkpapier mit vielen Herzchen und einer grünen breiten Schleife mit feinem Goldrand.

»Wieso bringt Lara mir ein Geschenk mit?«, denkt Nele.

»Nele, ich habe etwas für dich. Es ist eine Kleinigkeit, aber sie soll dich jederzeit an unseren Schwur erinnern.«

Nele öffnet bedächtig das Päckchen, achtet sorgfältig darauf, dass sie nichts zerreißt, und steigert damit die Spannung auf das Geschenk. »Ist der aber hübsch«, sagt sie schließlich lächelnd und küsst den fröhlichen Frosch, den sie gerade ausgepackt hat.

Lara lacht auf. »Du musst ihn nicht küssen, Nele. Er bleibt ein Frosch und wird kein Prinz.« In der linken Hand trägt Lara ein zusammengerolltes Stück Papier, das sie jetzt in beide Hände nimmt und Nele feierlich überreicht.

Nele betrachtet nachdenklich den Frosch, erlebt die Geschichte von gestern noch mal und rollt dann das Blatt aus. Sie liest langsam, muss immer wieder schlucken.

Liebe Nele,
ich bin nur ein kleiner Plastikfrosch, aber nicht irgendeiner. Ich bin ein Frosch, der eine ausweglose Situation überlebt hat. Ich habe um mein Leben gekämpft, ohne zu wissen, warum. Ich hatte nur den Willen dazu. Heute weiß ich, dass nicht wir entscheiden, ob eine Situation hoffnungslos ist oder nicht. Wir haben eine Meinung dazu, sie kann aber richtig oder falsch sein. Nur wenn wir einen positiven Ausgang in Erwägung ziehen, haben wir eine Chance auf das Gelingen. Wenn wir nicht kämpfen, hilft nur noch ein Wunder.
Also, Nele, erinnere ich dich jeden Tag daran, dass es sich lohnt, zu kämpfen, und wünsche dir von Herzen,

dass du ebenso erfolgreich sein wirst wie ich. Du sollst leben!
Dein mutiger kleiner Plastikfrosch

Nele ist sprachlos. Sie sieht zu Lara, dann auf das Blatt Papier in ihren Händen und wieder zu Lara. »Danke, Lara, ich danke dir tausendmal.« Neles Blick heftet sich an Laras Gesicht und ihr wird plötzlich sehr klar, dass ein Abschied vom Leben auch ein Abschied von Lara wäre. Aber sie ist sich sicher, diese Freundschaft ist unvergänglich, auch über den Tod hinaus. Sie und Lara glauben an Gott und sie weiß, sie werden sich wiedersehen.

»Ich habe auch etwas«, sagt Nele nach einer quälend langen Pause. In diesem Moment steigt Eukalyptusgeruch in ihre Nase, denn Lara massiert schon ihre Füße und Beine. »Ein Gedicht. Wollt ihr es hören?«

»Was für eine Frage. Natürlich«, antworten Lara und Andreas gleichzeitig.

»Nicht lachen«, bittet Nele.

»Jetzt lies schon.«, fordert Lara.

»Ich will leben,
würd mein Leben dafür geben,
hätt ja dann ein neues, wär gesund,
die graue Welt wär wieder bunt.
Doch neues Leben wünschen ist kein Ziel,
das gibt's nur im Computerspiel.«

Lara und Andreas schauen wortlos auf Nele, die unsicher zu ihnen aufblickt.

»Das ist genial. Sterben, um zu leben«, ruft Lara dann begeistert. Sie fügt dann sofort hinzu: »Ich will aber nicht, dass du stirbst. Ich möchte, dass du einfach nur gesund wirst.«

Lara beendet die Massage und legt ihre Hand auf Neles Sonnengeflecht. Sie führt Neles Hand darauf und Andreas deckt die Mädchenhände zu.

Dann fordert er die Mädchen auf: »Und jetzt laut und deutlich.«

Bevor er weitersprechen kann, tönt es schon: »Ich will leben«.

Ihre Hände ruhen noch ein Weilchen auf Neles Brust und sie spürt neue Kraft in sich aufsteigen. Die Distanz zwischen Wunschdenken und Realität ist ein bisschen geschrumpft.

Dann löst Lara ihre Hand und legt sie auf Neles Arm. »Nele, ich muss dir was erzählen. Du glaubst nicht, was mir passiert ist.« Lara sieht zu Andreas.

»Ich geh dann mal einen Kaffee trinken«, sagt dieser und verlässt den Raum.

***

Andreas begibt sich zum Schwesternzimmer. Ihm ist dort eine sehr hübsche Schwester aufgefallen. Vielleicht kann er dort auch noch etwas mehr über die Verfassung von Nele erfahren.

Im Zimmer sitzt aber nur eine Schwester, die unentwegt telefoniert. Die, die er näher kennenlernen wollte, ist nicht da. Er wartet ein Weilchen im Flur und geht nach einiger Zeit erfolglos zurück zu Nele und Lara.

Nachdem er das Zimmer betreten hat, fragt Andreas Lara mit einem Augenzwinkern: »Na, ist es den Damen recht, wenn ich eintrete oder habt ihr euch noch wichtige Neuigkeiten zu erzählen?«

Lara biegt sich vor Lachen und meint: »Na gut, wo du schon mal da bist.«

Auch Nele findet das offenbar lustig und lacht herzhaft mit.

Andreas wendet sich ihr zu und fragt: »Bist du bereit für eine kleine Herausforderung?«

Nele schaut ihn mit großen Augen an und sagt leise: »Ja.« Überzeugt ist sie offenbar nicht.

Andreas erwidert mit fester Stimme: »Weißt du was, Nele? Ich möchte, dass du fliegen lernst.«

Nele schaut Andreas verwundert an und dann rutscht ihr heraus: »Ich kann hier nicht weg.« Im nächsten Moment verbessert sie sich: »Was rede ich für einen Quatsch. Ist ja klar, dass ich hier nicht wegkann.«

Andreas sieht ihr mit einem amüsierten Grinsen in die zweifelnden Augen. »Das musst du auch nicht und trotzdem wirst du fliegen – durch die ganze Welt.«

Nele scheint die Antwort von Andreas noch immer nicht

zu verstehen. »Wie soll ich denn hier fliegen lernen?«

»Nele, du und ich und wir alle haben ein wunderbares Organ, unser Gehirn. Die Welt ist nicht so, wie du glaubst, sie zu sehen. Schließe deine Augen und stelle dir vor, du stehst zu Hause in deinem Zimmer. Du bist nicht wirklich dort, trotzdem hast du eine kristallklare Vorstellung davon mit allen Einzelheiten. Denkst du an die Weihnachtsplätzchen, riechst du sie, und das Lieblingseis liebkost deinen Gaumen, wenn du es dir vorstellst. Also kannst du genauso gut auch fliegen. Dein Gehirn weiß aber noch nicht, wie das geht. Deshalb müssen wir es ihm zuerst beibringen.« Andreas hält inne und lässt seine Worte wirken.

Jetzt stehen die Fragezeichen auch in Laras Gesicht. Andreas hatte Lara noch nicht über sein Vorhaben informiert. Es war eine spontane Idee von ihm.

Er erklärt: »So wie Vogelmütter ihre Jungen flügge machen, will ich dich das Fliegen lehren, Nele. Du und ich sind ab jetzt zwei Möwen, eine junge noch unerfahrene und eine ältere mit vielen Flugstunden, die weiß, worauf man achten muss.«

Jetzt mischt Lara sich ein. »Wieso Möwen und keine Adler, Papageien oder Tauben?«

»Als Möwe haben wir den unschätzbaren Vorteil, dass wir überall landen können, auch im Wasser. Möwen sind aber auch Akrobaten der Lüfte, mutig, unternehmungslustig und geschickt. Sie fliegen mit minimalem Kraftaufwand. Selten siehst du sie mit den Flügeln schlagen. Meistens lassen sie sich vom Wind tragen.«

Lara nickt. »Das stimmt. Ich habe das Buch *Die Möwe Jonathan* gelesen. Sie ist einfach nur zum Spaß geflogen und hat mutig immer wieder selbst gesteckte Grenzen überschritten.«

Andreas erläutert Nele: »Zuerst musst du das Fliegen aber erlernen. Ich werde es dir beibringen. Das Fliegen hat die Menschen von jeher fasziniert. Es hat viele Versuche gegeben, sich mit abenteuerlichen Geräten in die Luft zu begeben. Manche haben ihren Leichtsinn mit dem Leben bezahlt. Lange ist man gescheitert. Wisst ihr eigentlich, warum Menschen nicht fliegen können?«

Nele scheint nachzudenken. Schließlich antwortet sie: »Diese Frage habe ich mir noch nie gestellt.«

»Alle sind am gleichen Problem gescheitert, der falschen Relation zwischen Gewicht und der Größe der Flügel. Eine ausgewachsene Silbermöwe, die wir jetzt sein wollen, wiegt etwa 1300 Gramm und hat eine Flügelspannweite von circa 1,6 Metern. Ich wiege 90 Kilogramm. Wäre ich eine Silbermöwe, müsste meine Spannweite ungefähr 110 Meter betragen. Solche großen Flügel müssten zur Stabilisierung sehr viel Knochensubstanz haben. Das würde die Gewichtsrelation wieder verschlechtern, sodass bei einer bestimmten Flügelgröße das Fliegen unmöglich wird. Stell dir mal vor, welche Muskelberge ich an den Armen haben müsste, um diese Riesenflügel bewegen zu können.«

Nele erwidert entrüstet: »Solche Flügel hat ja noch nicht einmal ein Flugzeug.«

»Das stimmt. Solch große Flügel benötigt man mindestens, um ohne Antrieb schweben zu können. Um sich fortzubewegen oder aufzusteigen, braucht man starke Muskeln. Ein Flugzeug aber hat kräftige Motoren. Stelle dir vor, du wirfst einen Stein hoch. Der fliegt, obwohl er keine Flügel hat, weil du ihm mit deiner Kraft den Antrieb gegeben hast. Wenn der Schub, so nennen wir Piloten das, nachlässt, fällt er wieder zu Boden. Das ist so, als würde der Pilot kurz nach dem Start die Triebwerke ausschalten. Das Flugzeug würde wie der Stein zu Boden stürzen. Durch die Erdanziehung werden wir am Abheben gehindert. Schuld ist die Gravitation, das ist ein anderes Wort für Schwerkraft.«

Die beiden Mädchen lauschen gebannt seinen Worten.

Andreas fährt fort: »Fliegen ist nichts anderes als das Überwinden der Schwerkraft. Das ist ein Naturgesetz und gilt für alle Lebewesen und Fluggeräte. Natürlich erklärt das Überwinden der Schwerkraft nicht die ganze Problematik des Fliegens. Es reicht aber für ein erstes Verständnis. So, jetzt ist erst mal Schluss mit der Theorie, Zeit für die Praxis. Kannst du auf dem Bauch liegen, Nele? Es ist nicht unbedingt notwendig, erleichtert dir aber bestimmt die Vorstellung.«

»Ich versuche es.« Beim Hinlegen verrutscht Neles Baseballkappe und ihr haarloser Kopf kommt zum Vorschein. Nele greift sofort erschrocken nach der Mütze, um sie wieder richtig aufzusetzen.

»Nele, hast du schon einmal eine Möwe mit einer Baseballkappe gesehen? Ich finde, du solltest sie abnehmen«, sagt Andreas.

»Damit jeder sieht, wie hässlich ich mit meiner Glatze bin?«, entgegnet Nele entrüstet. »Hast du schon einmal eine Möwe mit Glatze gesehen? Sollen die anderen Vögel mich für einen Geier halten?«

»Wie kommst du darauf, dass du hässlich bist?«, will Andreas wissen.

»Das siehst du doch. Jeder sieht das.«

»Nein, ich nicht. Ich sehe nur, dass du zurzeit keine Haare hast, aber nicht, dass du hässlich bist. Was empfindest du denn als schön?«

Nach längerer Überlegung antwortet Nele: »Die Natur.«

»Was meinst du damit? Die Natur ist doch alles, was uns umgibt und was wir selbst sind, – Menschen, Tiere Pflanzen, der Himmel, Berge, die Ozeane, das gesamte Universum.«

»Wenn du mich so fragst, dann weiß ich gar nicht, was ich sagen soll. Dann fallen mir tausend Dinge ein.«

Andreas versucht, seine Ansicht zu erklären: »Was macht die Natur denn so einzigartig? Es ist nicht die Natur als Ganzes, es sind ihre Bestandteile. Ich glaube, die Schönheit der Natur hängt mit Harmonie zusammen. Es gibt weder bei Formen noch Farben Disharmonie. Alles ist absolut perfekt.«

»Das hört sich sinnvoll an, aber warum empfinden ich dann nicht alles Natürliche als schön?«, fragt jetzt Lara.

»Die Schönheit der Natur ist eine Urschönheit, die niemand kopieren kann. Sie ist auf den jeweiligen Lebenszweck bezogen mit dem Ziel der Arterhaltung. Bei den Tieren sorgt eine individuelle Attraktivität einer jeden Art für das Finden von Partnern und die Fortpflanzung. Bei den Pflanzen wird ein Trick angewendet. Da finden sich nicht Blume und Blume, sondern sie sind attraktiv für Insekten, die für die Befruchtung sorgen. Aber nicht alle Pflanzen brauchen einen Partner. Sie können sich manchmal selbstständig vermehren, zum Beispiel durch Ableger. Wie du bei der Befruchtung durch Insekten siehst, gibt es in der Natur ein effektives Zusammenspiel, das die Basis allen Lebens ist. So hart das ist, zu diesem Zusammenspiel gehören auch Jäger und Gejagte. Doch jede Pflanze und jedes Tier sind auf ihre Art unwiderstehlich schön.« Andreas lacht. »Wir finden viele Tiere schön, ich weiß aber nicht, ob die Tiere uns Menschen schön finden.«

»Das verstehe ich nicht. Was ist an einer Spinne oder Nacktschnecke schön?«, fragt Nele und verzieht dabei das Gesicht.

Andreas lächelt vergnügt. »Das musst du die Spinne oder Nacktschnecke fragen. Die finden sich schön. Manche Exemplare werden sogar als schöner empfunden als ihre Artgenossen. Schönheit ist eben art- und zweckbezogen. Menschen verlieben sich in Menschen und Nacktschnecken in Nacktschnecken. Es finden nicht alle Lebewesen alle anderen schön. Oder könntest du dich in ein Wildschwein verlieben? Selbst wenn du deinen Hund oder deine Katze abgöttisch liebst, ist das eine andere Form der Liebe als unter Paaren.«

»Du verwirrst mich. Ich weiß gar nicht mehr, was ich denken soll.« Nele schüttelt zur Bekräftigung den Kopf.

»Merke dir einfach, dass jede Art ihre eigenen Schönheitsideale hat und dass es unter den einzelnen Exemplaren Unterschiede gibt, die wir nicht wahrnehmen. Wir finden ja auch nicht alle Menschen schön, nur weil sie Menschen sind. Die Formen der Natur sind auch noch dem Ziel von Stabilität bei minimalem Aufwand untergeordnet. In der Natur herrscht Energieeffizienz. Deshalb gibt es in der Natur selten einen rechten Winkel. Ihn zu stabilisieren, würde einen unnötigen Aufwand erforderlich machen. Die organischen Formen werden meist als besonders ästhetisch empfunden.«

»Das sehe ich ein. Was ich aber nicht verstehe, ist, dass wir Menschen auch fast alles schön finden, na ja, bis auf Spinnen und Nacktschnecken.«

»Da sind wir wieder bei der Harmonie. Die Farben, Formen und Düfte von Blüten sind eine einzigartige Komposition, die uns eine vollkommene Schönheit vermittelt. Wenn wir uns fragen, was wir an einer Rose noch verbessern könnten, fiele uns dazu nichts ein. Wenn wir Rosen züchten, sehen die zwar anders aus und riechen vielleicht anders als die natürlichen Sorten, es gilt aber immer, dass die Komposition stimmen muss. Stelle dir ein Konzert vor, in dem jemand falsch geigt. Die Harmonie überträgt sich sogar auf den Betrachter, beeinflusst seine Gefühle. Die Harmonie der Natur erlebst du, wenn du sie aus einer optimalen Distanz betrachtest. Manche Objekte offenbaren sich erst bei zigtausendfacher Vergrößerung, andere muss man aus der Ferne betrachten, zum Beispiel unsere Erde aus dem Weltall, wie es die Astronauten tun. So kannst du alles schön finden, du musst es nur richtig ansehen. Für das Empfinden von Schönheit gibt es aber keine Gesetze. Unser Gehirn verbindet Farben und Formen zu Eindrücken, die wir individuell schön oder weniger schön finden können.«

»Auch mit riechen, hören oder fühlen?«

»Ja, Nele. Je mehr Sinne angesprochen werden, desto reichhaltiger wird das Gesamtbild, wie bei einem Orchester.«

»Ich glaube, ich verstehe so langsam, was du meinst. Alles kann irgendwie schön sein, weil die Schönheit erst durch ein Gefühl empfunden wird.« Nele nickt versonnen.

»Selbst wenn du etwas nicht siehst«, ergänzt Andreas. »Was immer wir meinen zu sehen, ist ein Detail einer größeren Komposition, abhängig von unserer Position. Ändern wir den Standpunkt, ändert sich die Bedeutung. Was kümmert mich deine Glatze, wenn ich in deine Augen sehe? Dann bemerke ich die Glatze nicht.«

»Was du sagst, klingt gut, aber was, wenn es niemand weiß?«

»Ich nehme an, du willst damit sagen, dass viele Menschen das Schöne nicht erkennen können. Aber selbst wenn sie es könnten, fänden sie andere Dinge schön als du oder ich.«

Andreas schweigt eine Weile, denn er sieht, dass das Gespräch Nele herausfordert. Ihre Gedanken hinterlassen Spuren auf ihrem Gesicht.

Er beendet die Diskussion schließlich mit den Worten: »Schönheit ist keine Eigenschaft. Sie ist eine Empfindung. Die Schönheit eines Menschen offenbart sich nicht nur in dem, was man sieht. Sie steckt tief in dir drin und ist die Summe deiner Emotionen, deines Denkens und Handelns, deiner Freude, deiner Trauer und deiner Liebe. Auch deine Beziehung zu anderen Menschen spielt eine Rolle. Um es kurz zu machen, ich finde dich wunderschön, ob mit oder ohne Mütze. Ich bin mir sicher, Lara und deine Eltern sehen das genauso. Aber wenn du dich ohne die Kappe nicht wohlfühlst, dann lass sie auf.«

Nele lässt die schwarze Baseballkappe kommentarlos auf dem Kopf.

»Ich denke, wir sollten jetzt mal losfliegen. Gut, Nele, leg dich ganz entspannt hin und breite deine Arme aus. Die Finger spreizt du etwas auseinander. So fliegst du erst einmal geradeaus. Schließe die Augen und versuche, dich in den Körper einer Silbermöwe zu denken. Alles, was ich dir sage, machst du nur in Gedanken. Du bleibst hier ganz ruhig liegen und überlässt deiner Fantasie die Verantwortung für das Fliegen. Bereit? Du stehst jetzt am Ufer des Baldeneysees am Regattaturm. Das Kunstwerk *Time*, das dort angebracht ist, verdeutlicht, wie unterschiedlich Zeit empfunden wird. Uhren, die unterschiedlich schnell vorwärts- und rückwärtslaufen, erzeugen beim Betrachter eine irreale Spannung. Eine Szenerie wie aus einem Science-Fiction-Film. Das interessiert Möwen aber eher weniger. Die beschäftigen sich nicht mit

Zeitphänomenen, sondern sind darauf bedacht, zu fressen und zu trinken, Partner oder Partnerinnen zu finden und mit ihnen den Nachwuchs großzuziehen. Das ist ihre Bestimmung. Dass sie irgendwann sterben werden, wissen sie nicht. Sie verhalten sich so, als würde ihr Leben bis in alle Ewigkeit immer so weitergehen.

»Die Möwen haben es gut. Ich möchte auch nicht wissen, dass ich sterbe. Egal, wann das sein wird«, bemerkt Nele.

»Pssst, Nele, du bist jetzt eine Möwe. Den Tod kennst du nicht, genieße die Tatsache, dass du lebst. Vorbeigehende Spaziergänger bestaunen dich, laufen aufgeregt hinter dir her, wollen dich aus nächster Nähe betrachten, bewaffnen sich mit Fotoapparaten und Smartphones, um dich auf ihre Speicherkarten zu bannen. Sie wissen, du gehörst hier gar nicht her. Sie sehen sich dein Federkleid an, das die Sonne in einen Zauberglanz hüllt, der ihm das weißeste Weiß der Welt verleiht. Neugierig trippelst du umher und erlebst die Welt aus der Froschperspektive. Es duftet nach frischem Gras und Wildblumen. Weil du so leicht bist, fühlt es sich an, als würdest du über einen flauschigen Teppich laufen. Über deine Schwimmfüße turnen ein paar neugierige Ameisen und es kitzelt ein wenig.«

Ein leichtes Zucken geht durch Neles Füße.

»Eine aufgeschreckte Feuerwanze streckt dir ihre furchterregende Maske entgegen, die sie immer auf dem Rücken mit sich herumträgt. Der Sommerwind schickt dir den Geruch des Baldeneysees, den du als Mensch nicht so intensiv wahrnehmen würdest. Die Grashalme und Wildblumen sind dir plötzlich wieder so nah. Du erkennst nun ihre zarten Halme und die für Menschen unscheinbaren Blüten sind aus der Nähe betrachtet plötzlich riesig. Und die Menschen? Giganten. Ihnen geht man besser aus dem Weg. Immer schön auf Abstand bleiben. Gehe an den Rand der flachen Böschung. Stelle dich gegen den warmen Wind und spüre, wie er unter deinem Körper hindurchstreicht. Strecke deine Flügel allmählich aus, spüre, wie sie sich entfalten, bewege sie mehrere Male langsam auf und ab. Du spürst, wie der Wind unter deinen ausgebreiteten Flügeln vorbeiströmt und sie etwas anhebt. Ziehe sie wieder an und du stehst fest auf dem Boden. Probiere es noch mal.«

Nele breitet ihre Arme weit aus und bewegt sie auf und ab. Dann zieht sie die Arme langsam an.

»Gut machst du das. Und gleich startest du. Du breitest deine Flügel wieder aus und hebst sie an, bis sie steil nach oben zeigen. Jetzt stößt du dich mit einen kräftigen Satz nach vorn ab und schlägst dabei die Flügel kräftig nach unten. Der Wind trägt dich und du verlierst die Bodenhaftung. Du fühlst dich leicht und mit dem verlorenen Gewicht verschwinden auch die unangenehmen Gedanken. Mit jedem Flügelschlag schwebst du immer höher und unter dir wird alles bedeutungslos, was dich hier belastet. Beim Anheben der Flügel drehst du die Vorderseite zum Wind, damit sie der Luft wenig Widerstand entgegensetzen. Der See zieht unter dir vorbei. Die einzelnen Details des Regattaturms mit den vielen Uhren verschwinden langsam. Die Segelboote mit ihren weißen dreieckigen Tüchern lassen sich vom Wind über den See treiben. Ein Schiff der *Weißen Flotte* hält gerade an der Haltestelle Hügel. Einige Ausflügler steigen aus und die Wartenden eilen in der Hoffnung auf das Schiff, einen guten Platz auf dem Oberdeck zu ergattern. Die Sonne hat die bewaldeten Hügel am Südufer im Laufe des Tages kräftig aufgeheizt. Deshalb erwärmt sich die Luft an den Hügeln und steigt auf. Diese Erscheinung heißt Thermik. Du fliegst hinein und lässt dich mühelos auf zweihundert Meter Höhe tragen.«

Andreas stellt fest, dass Nele sich stark zu konzentrieren scheint. Der Plan scheint zu funktionieren.

»Jetzt bist du schon geradeaus geflogen, aber du willst ja nicht nur weg, sondern auch zurückkommen. Es wird Zeit, dass du das Steuern lernst. Hier die erste Übung. Neige deinen Körper etwas nach rechts und spreize leicht die rechten Handfedern. Dadurch fliegst du nach rechts. Jetzt wieder zurück und das Gleiche links. Der Wind meint es gut mit dir. Du kannst dich nur auf das Steuern konzentrieren. Du brauchst keinen Flügelschlag, um Höhe zu halten, und schwebst ohne Anstrengung zu deinem Elternhaus. Ob deine Eltern wohl im Garten sind? Findest du es nicht spannend, dass du von hier oben alles beobachten kannst, dich aber niemand wahrnimmt?«

»Das schon, ich fände es aber schön, wenn meine Eltern mich als Möwe über ihrer Terrasse sähen und ich zu ihnen fliegen könnte. Was die dann wohl machen würden.«

»Vielleicht müsstest du ein paar Ehrenrunden drehen, damit sie auf dich aufmerksam werden. Da du dir alles vorstellen kannst, warum dann nicht auch, dass du deine Eltern besuchst? Allerdings reichen deine Flugkünste dazu noch nicht aus. Daran wollen wir jetzt arbeiten. Stelle deine Flügel etwas an, indem du die Hinterseite leicht absenkst. Du schwebst dann auf der Stelle. Hoppla, das war zu viel, jetzt fliegst du rückwärts. Versuche es noch einmal mit viel Gefühl. Nur minimal anstellen. Ja, jetzt hast du den Bogen raus. Du schwebst über deinem Haus und siehst deine Eltern beim Kaffeetrinken. Es gibt Erdbeerkuchen. Den mögen Möwen auch, Aber du holst dir lieber nichts davon. Möwen haben diesbezüglich einen schlechten Ruf. Bevor du die Beherrschung verlierst, schlage ich vor, wir fliegen zurück. Jetzt musst du etwas mit den Flügeln schlagen, weil der Wind von hinten kommt und nicht mehr gut trägt. Und schon bist wieder hier im Zimmer gelandet. Du kannst die Augen wieder öffnen. Na, was sagt die Möwe Nele?«

»Danke für die Flugstunde. Ich hätte es nicht geglaubt, aber ich war eine Möwe. Mich würde mal interessieren, was eine Möwe über Menschen denkt. Ob sie manchmal auch ein Mensch sein möchte?«

»Das glaube ich nicht. Es würde sie unglücklich machen. Sie tut nur das, was die Natur ihr zugedacht hat. Und sie kennt keine Zukunft und keine Vergangenheit. Sie weiß nicht, ob sie ein Jahr oder zehn Jahre alt ist. Sie lebt für den Moment. Weil die Zukunft für sie nicht existiert, muss sie sich um nichts sorgen. Dir tut es auch gut, wenn du nicht so oft über die Zukunft nachdenkst. Ich denke, die ungewohnte Anstrengung des Fliegens hat dich müde gemacht. Du hast dich wirklich tapfer gehalten. Deshalb werden wir dich jetzt mal ausruhen lassen.«

Andreas und Lara verabschieden sich herzlich von Nele. Andreas hebt beim Hinausgehen die Arme und ahmt das Fliegen nach.

***

Als sie am Fahrstuhl ankommen, will Lara noch mal zu Nele. Sie weiß nicht warum, doch irgendetwas in ihr sagt: »Geh noch mal zurück.« Eine Vorahnung?

Sie sagt zu Onkel Andreas: »Lass uns noch mal nach Nele sehen, ich habe so ein komisches Gefühl.«

Schnell laufen sie zurück. Sie öffnen vorsichtig die Zimmertür und sehen zum Bett.

Nele ist eingeschlafen. Sie muss wirklich erschöpft gewesen sein. Ein verspieltes Lächeln ziert ihre schmalen Lippen.

Lara ist froh, als sie das Krankenhausgelände kurze Zeit später wieder verlassen. Den Weg zum Ausgang sind sie schweigend nebeneinander hergelaufen.

»Ich glaube, das Fliegen hat Nele gefallen«, bricht Lara das belastende Schweigen.

Andreas legt seinen Arm auf Laras Schulter und fragt: »Was macht dich so sicher?«

»Ich habe gespürt, dass sie das glücklich macht. Man konnte sehen, dass sie bei manchen Erklärungen körperlich mitgegangen ist. Mir hat es auch gut gefallen, ich bin nämlich auch geflogen.«

»Ich habe es auch so empfunden. Wir sind aber erst am Anfang. Es wird Rückschläge geben und Nele wird die Erlebnisse infrage stellen. Wir sollten nicht zu optimistisch sein. Die Leukämie hat sie fest im Griff und Nele wird sich fragen, was das alles noch soll, wenn es ihr schlechter geht als jetzt. Wir müssen sie permanent ermutigen. Wir können sie nicht retten, ich bin aber sicher, wir schieben den Todeszeitpunkt hinaus und sie wird die Welt mit guten Gedanken verlassen. Sie wird lernen, ohne Bitternis Abschied von dem zu nehmen, was ihr wichtig ist. Auch du wirst lernen müssen, Abschied von Nele zu nehmen. Ich glaube aber, eure Seelen werden für alle Zeit in Kontakt bleiben. Darüber müssen wir aber jetzt nicht nachdenken Noch ist Nele bei uns und wir werden alles tun, damit sie die verbleibende Zeit mit schönen Erlebnissen füllt.«

»Ich kann nicht verstehen, warum Gott zulässt, dass Nele so früh stirbt. Sie hat doch nichts getan.« Lara stöhnt. Das schöne Gefühl von gerade verflüchtigt sich.

»Lara, man muss auch nichts tun, um den Tod zu verdienen. Gott ist kein Rächer. Das Kranke und Schwache stirbt, damit die Nachkommen eine gute Lebensperspektive haben. Das gilt für Pflanzen sowie Tiere und leider auch für Menschen. So bitter wir es empfinden, es ist eine Voraussetzung für den Fortbestand der Arten. Die Natur stellt keine ethischen Fragen. Für dich und mich wird Nele so lange leben, wie wir selbst leben. Sie ist immer bei uns in unserer Erinnerung.«

TAG 3, MITTWOCH

Alle Wege sind gegangen

Alle Wege sind gegangen.
Ziel vergessen, Kampf verloren?
Und im Teufelskreis gefangen,
wird ein neuer Pfad geboren.
Er existiert, du merkst es kaum,
weigerst dich, an ihn zu denken,
doch stille bricht er sich schon Raum,
will jetzt deine Schritte lenken.
Er wächst zum Ziel mit klarem Blick,
dein Zweifel lässt ihn streben.
Unbemerkt formt er dein Geschick,
glaub an ihn und du wirst leben.

R. F.

Der neue Morgen beendet Neles wirre Träume. Sie sieht sich im Zimmer um, so als wäre sie zum ersten Mal hier. Ihre Gedanken kreisen ziellos. Es ist auf einmal so friedvoll, so beruhigend. Nele schließt erneut die Augen, breitet ihre Arme aus und entrückt dem Krankenzimmer mit den

Schwingen der Möwe Nele.

»Nele, aufsteh'n!«, poltert Schwester Barbara.

Nele trifft das Kommando so unerwartet, dass sie fast abgestürzt wäre. Sie öffnet die Augen und sieht in das rundliche Gesicht der Schwester, das scheinbar von einer Lachmaske verdeckt wird. Noch nie hat Nele sie anders als lächelnd gesehen. Schwester Barbara ist eine Seele von Mensch, auch wenn sie meist streng ist.

Nele erwidert das Lächeln.

Nach dem Frühstück schreibt Nele die Erlebnisse von gestern in ihr Tagebuch:

Mittwoch

Ich bin jetzt eine Möwe und kann fliegen. Andreas hat mir erzählt, ein Mensch müsste dazu 110 Meter lange Flügel haben. Ich kann es immer noch nicht glauben. Er hat mir erklärt, wie ein Vogel fliegt. Es war wundervoll. Andreas hat gesagt, die Landung ist beim Fliegen das Schwierigste. Das lerne ich im nächsten Schritt. Ich bin aber schon über den Baldeneysee geflogen und habe alles mit ganz anderen Augen gesehen. Auch zu unserem Haus habe ich es geschafft. Gelandet bin ich natürlich nicht.

Nach einem schwachen Klopfen öffnet sich die Tür und Neles Mutter erscheint im Türrahmen. Die

Überraschung ist ihr ins Gesicht geschrieben, als Nele sie erwartungsvoll anlächelt. Sie eilt ans Bett und umarmt ihre Tochter leidenschaftlich.

Ihre Eltern kommen selten am Vormittag und Nele freut sich besonders, dass heute einer dieser besonderen Tage ist.

Neles Vater schlingt seine Arme um beide und Nele spürt, wie sie eine wohltuende Wärme erfasst.

Sie lösen die Umarmung nach einer Weile und Neles Mutter fragt: »Na, wie geht es unserer Fee?«

»Mama, wusstest du, dass auch Menschen-Feen fliegen können? Ich bin jetzt eine Möwe und mit Andreas eine Stunde lang herumgeflogen. Zuerst waren wir am Baldeneysee, dann sind haben wir euch besucht. Ich habe gesehen, wie ihr auf der Terrasse gesessen und Erdbeerkuchen gegessen habt. Ihr habt mich allerdings nicht bemerkt. Geht ja auch nicht, ich war nur in Gedanken bei euch. Es war aber wie in echt. Ich möchte am liebsten nur noch fliegen.«

Neles Eltern sehen sich fragend an.

Dann sagt Neles Vater: »Du warst ja schon immer für Überraschungen gut, aber dass dir jetzt noch Flügel wachsen, haut mich um. Wohin fliegst du als Nächstes?«

»Ich weiß es noch nicht. Aus der Luft betrachtet ist es im Moment überall schön. Ich lass mich von Andreas überraschen.«

Neles Mutter bemerkt belustigt: »Ich habe das Gefühl, du betrachtest Andreas schon als deinen Onkel. Würdest du es dir vielleicht wünschen?«

Nele wird verlegen. Die Frage beschämt sie. Ein überraschender Gedanke, der neu für sie ist. »Es wäre schon schön, wenn er mein richtiger Onkel wäre. Ich sehe ihn aber eher als Freund. Ich mag, wie locker er ist. Und er kann wunderschön erzählen. Du denkst, er spricht ein Hörbuch. Ich habe am Ende seiner Beschreibungen geglaubt, ich hätte das alles wirklich erlebt.« Nele möchte das Thema nicht weiter diskutieren und fragt abrupt: »Wie geht es euch denn so? Was habt ihr gestern wirklich gemacht? Immer reden wir nur über mich. Ihr seid doch auch noch da.«

»Ja, wir sind auch noch da. Wir sind aber gesund. Von uns gibt es nichts zu berichten«, erwidert Neles Vater. »Wir haben viel zu tun und fragen uns jeden Abend, wo der Tag geblieben ist.«

Nele spürt, dass diese Antwort eine Ausrede ist. »Sie versuchen sich abzulenken. Müssen sie aber nicht.«, denkt sie. Sie lächelt ihre Eltern an, ergreift die Hand ihrer Mutter und erklärt: »Mir geht's gut. Wirklich. Und wie war das nun gestern? Wart ihr auf der Terrasse?«

»Ja, es war so schön gestern. Wir haben draußen zu Abend gegessen. Am Wochenende sind wir bei Volker und Carmen zum Grillen eingeladen«, berichtet Neles Vater.

Neles Mutter zwinkert ihr zu. »Möchtest du, dass wir dir morgen etwas Leckeres mitbringen? Vielleicht den selbst gebackenen Erdbeerkuchen, den du gestern bei uns gesehen hast?«

Nele muss daran denken, dass sie sonst nichts haben

wollte, weil ihr nach dem Essen meistens schlecht wurde. Jetzt ist sie plötzlich sicher, dass es ihr gut bekommt, und sagt: »Ich hätte mal Appetit auf ein Eis.«.

»Das bringen wir morgen mit. Mit viel Schokolade.«

Kurze Zeit später verlassen Neles Eltern das Zimmer, wie immer mit innigen Umarmungen und Abschiedsküsschen. Wenn sie gehen, ist es kein einfacher Abschied. Nele ist bewusst, dass sie todkrank ist. Und sie realisiert, wie sie diese Tatsache verändert hat. Wäre sie noch gesund, hätte sie sich vielleicht nicht zum Abschied von ihren Eltern küssen lassen. »Die Krankheit raubt mir nicht nur mein Leben, sogar meine Pubertät findet nicht statt. Ich hänge an meinen Eltern wie ein Kleinkind. Doch das ist gut so. Wenn es so weit ist, trennen wir uns mit schönen Erinnerungen.« Mit diesen Gedanken wartet sie auf Lara und Andreas.

***

Lara und Andreas sitzen in einer gemütlichen, mit Blumentöpfen umsäumten Gartenecke. Sie wollen über ihren heutigen Besuch bei Nele diskutieren.

»Wohin wird Nele fliegen?«, fragt Lara ohne Umschweife.

Andreas antwortet ernst: »Wir haben keine Ahnung, wie lange wir mit Nele verreisen können. Vielleicht sind es nur einige Tage. Deshalb sollten die Reisen etwas Besonderes sein, sie aber auch nicht überfordern. Wir wissen ja noch nicht, ob ihr die Flüge auch noch in fünf oder sechs Tagen gefallen. Vielleicht geht es ihr dann schlechter. Oder wird sie es irgendwann albern finden, nur von den Dingen zu träumen? Verliert sie vielleicht doch den Mut? Ich wünsche mir, dass Nele mit einem guten Gefühl unsere Welt verlässt und sich nur an die schönen Seiten ihres kurzen Lebens erinnert, wenn es keine Rettung gibt. Sie muss dann trotz körperlicher Schwäche stark sein. Zum Sterben gehört mehr Mut als zum Leben. Nur wenn sie bereit ist, ihr Schicksal zu akzeptieren, kann sie in Frieden gehen.«

Die letzten Worte von Andreas lassen Lara auf dem Gartenstuhl zusammensinken. Sie kämpft mit den Tränen. »Irgendwie komme ich mir schäbig vor, dass wir für Nele so ein Theaterstück spielen, wo wir doch genau wissen, dass sie sterben wird.«

»Lara, ob Nele sterben wird, wissen weder du noch ich. Das weiß nur der liebe Gott. Aber auch wenn du recht haben solltest, vergiss bitte nicht, was deine Idee war. Du wolltest ihr die letzten Lebenstage verschönern. Und das hast du zweifellos geschafft.«

»Ich weiß, du hast recht, ich weiß aber nicht mehr, was richtig und was falsch ist. Weißt du es, Onkel Andreas?«

»Wenn ich es nicht wüsste, säße ich nicht hier, um gleich mit dir zum Krankenhaus zu fahren, Lara. In unserer Situation gibt es kein richtig oder falsch. Es gibt nur ein richtig. Wir müssen handeln wie eine Möwe. Wir denken nicht an die Zukunft.« Er hält kurz inne. »Ich habe dir aber immer noch nicht gesagt, wohin Nele fliegen wird. Der Ort erinnert an die Kindheit und die wundervollen Märchen. Der Ort ist nicht einmal sehr weit entfernt, aber er lockt Millionen Menschen aus der ganzen Welt an. Wir fliegen zum Schloss Neuschwanstein. Es ist ein echtes Märchenschloss mit verspielten Türmchen hoch oben auf einem Berg.«

»Das wollte ich auch schon immer mal sehen«, schwärmt Lara.

»Natürlich könnten wir jeden Ort besuchen, selbst wenn er in einer fremden Galaxie wäre, denn wir reisen ja nur gedanklich. Ich möchte aber, dass Nele den Flug aktiver erlebt. Sie soll Flugmanöver erlernen, die für die einzelnen Orte, die wir anfliegen, wichtig sind. Die Entfernung steigern wir, je mehr Nele in ihre Rolle wächst. Wie genau es abläuft, entscheidet sich aber erst, wenn wir bei ihr sind. Wir müssen immer erst wissen, wie es ihr geht und was wir ihr zumuten können«, ergänzt Andreas.

Lara wird langsam unruhig, es zieht sie zu ihrer Freundin. »Lass uns losfahren.«

»Hast du die Tropfen dabei?«

»Ja. Natürlich. Die Massage tut Nele sehr gut und sie hat es auch gerne. Es hört sich vielleicht blöd an, aber ich finde es schön, sie zu berühren. Ich möchte so gerne etwas für Nele tun.«

»Okay. Auf, auf, sprach der Fuchs zum Hasen …«

***

Beim Betreten von Neles Zimmer ist Andreas überrascht. Ein ungewohntes Lächeln strömt ihnen aus Neles Bett entgegen. Ihre Freude über den Besuch ist unverkennbar. Lara stürmt ans Bett, um ihre Freundin zu umarmen. Auch Andreas legt zärtlich seinen Arm auf Neles Schulter. »Hallo, kleine Möwe. Flug gut überstanden?«

»Ja, bestens.« Nele überrascht mit einem weiteren Detail. Aus dem Bett glänzt ihnen ihr kahler Schädel entgegen.

»Nele, was ist mit deiner Mütze?«, fragt Lara ungläubig.

Nele setzt ein fast überlegenes Lächeln auf. »Ich brauche sie nicht mehr. Ich hab noch mal darüber nachgedacht. Wer mich ohne Haare hässlich findet, von dem möchte ich auch nicht gemocht werden, wenn ich wieder welche habe.«

Andreas freut sich, dass seinen Bemerkungen über das Empfinden von Schönheit bei Nele ein Umdenken bewirkt haben. Er ist aufgrund von Neles gelöster Stimmung erleichtert und antwortet: »Eine gute und richtige Entscheidung. Und du hast offensichtlich erkannt, dass Krankheit die Ursache für dein verändertes Aussehen ist und nichts mit dir zu tun hat. Das ist wichtig, um ihr die Stirn bieten zu können. Zeig ihr die Zähne, lass sie spüren, dass sie dir zwar die Haare nehmen kann, nicht aber deinen Lebenswillen.«

Nele, die den Worten von Andreas mit unbewegtem Gesicht gelauscht hat, lächelt nun. Dann möchte sie wissen: »Wohin fliegen wir heute?«

»Wir werden eine schöne Reise an einen zauberhaften Ort machen und wenn wir angekommen sind, wirst du eine Märchenprinzessin sein. Aber vor dem schwierigen Flug lernst du erst noch, wie du sicher landest.«

»Das hört sich toll an. Prinzessin wollte ich schon immer gerne sein. Beim Schultheater habe ich mal eine gespielt. Gibt es auch einen tollen Prinzen an dem Ort?«, hakt Nele nach.

»Lass dich überraschen. Wer weiß? Jetzt muss Lara dich aber erst für den Flug fit machen.«

Während Lara sie mit Eukalyptusöl massiert, erzählt Nele: »Meine Eltern waren hier und ich habe ihnen von meinem Flug berichtet. Viele Eltern reagieren auf so etwas mit einer Bemerkung wie *Du hast eine blühende Fantasie*. Zum Glück haben mich meine Eltern immer *spinnen* lassen. Vielleicht haben sie ja auch gedacht, dass das irgendwann von allein wieder aufhört. Sie wollten wissen, ob es mir schwerfällt, mich in eine Möwe zu verwandeln. Ich habe ihnen gesagt, dass es mir überhaupt nicht schwergefallen ist. Ich bin ganz leicht in das Federkleid der Möwe geschlüpft und habe intensiv das erlebt, was sie erlebt hat. Es ist wie Hypnose.«

Andreas freut sich. »Es ist schön, das zu hören. Buddhistische Mönche lernen über Jahre das Meditieren, das Lenken aller Sinne und des Willens auf ein einziges Ereignis. Genau das musst du auch tun. Du bist auf einem guten Weg und das Konzentrieren auf einen positiven Aspekt blendet die negativen aus. Die können einen dann nicht mehr schwächen oder stören. Selbst starke Schmerzen werden dabei überwunden.«

Lara ist mit der Massage fertig und legt demonstrativ ihre rechte Hand auf Neles Brustbein. Dann nimmt sie Neles und deckt ihre damit ab. Andreas legt zum Abschluss seine Hand, unter der die kleinen Mädchenhände verschwinden, oben drauf und gibt ein Zeichen. Laut tönt es: »Ich will leben«, die lauteste Stimme ist die von Nele.

»Nele, bist du fit für die nächste Flugstunde?«, fragt Andreas eher im Scherz, denn er weiß, sie brennt darauf.

»Ja, ich will fliegen, bis ans Ende der Welt.«

Andreas lacht. »Da hast du dir aber viel vorgenommen. Ich fürchte, das schaffen wir heute nicht. Erstens musst du vorher noch einiges lernen und zweitens glaube ich, dass du von dem Ziel unserer Reise nicht so schnell wieder wegwillst. Bisher hast du dir ja alles nur aus der Höhe angesehen. Heute werden wir aber ganz nah herankommen. Deshalb kommen wir jetzt zur Königsdisziplin des Fliegens. Das ist …«

»Die Landung«, ruft Nele, bevor Andreas den Satz zu Ende sprechen kann.

»Du hast recht, Nele. Ob Pilot oder Vogel, das Landen ist die größte Herausforderung. Auch der schönste Flug ist irgendwann vorbei und es muss ein Landeplatz gefunden werden. Warum ist die Landung eigentlich so schwer? Was meinst du?«

»Ich weiß nicht. Wenn bei uns im Garten die Vögel landen, sieht das ganz einfach aus.

»Hast du denn mal genau beobachtet, wie sie das machen?«

»Nicht wirklich«, antwortet Nele.

»Was glaubst du, passiert, wenn ein Vogel in der Luft keinen Flügelschlag mehr macht und auch kein Wind ihn trägt?«

»Ich würde sagen, dann stürzt er ab.«

»Genau. Um zu landen, müssen ein Vogel oder ein Flugzeug ihre Geschwindigkeit bis zum Stillstand reduzieren. Ich habe dir noch nicht gesagt, dass Fliegen überhaupt nur durch die Form der Flügel möglich ist. Dadurch entsteht Auftrieb. Da der Vogel nicht aus voller Geschwindigkeit einfach auf einem Punkt aufsetzen kann, muss er die Geschwindigkeit reduzieren. Piloten sprechen bei der Landung von einem kontrollierten Absturz. Du fliegst, solange eine ausreichende Luftströmung an deinen Flügeln vorbeistreicht. Sobald die Strömung abreißt, fällst du wie ein Stein zu Boden. Die besondere Schwierigkeit besteht darin, dass der Strömungsabriss genau in dem Moment passieren muss, wenn du deine Landeposition erreicht hast. Piloten haben es da etwas einfacher. Sie können das Flugzeug noch ausrollen lassen, als Vogel gibt es nur eine Landung, die Punktlandung. Wenn du Vögel beobachtest, wirst du sehen, dass ihnen das längst nicht immer gelingt. Da gibt es Trudeln, Taumeln, Stolpern und manchmal sogar Überschläge. Die richtige und sichere Landung erfordert viel Erfahrung mit dem Fluggerät, also mit dir und vor allem deinen Flügeln.«

Nele und Lara haben gebannt zugehört. Andreas hatte schon Sorge, dass das zu viel Theorie sein könnte. Es ist ihm aber wichtig, die schwierigen Zusammenhänge des Fliegens wenigstens im Grundsatz zu erläutern.

»Wieso kann denn dann ein Hubschrauber auf der Stelle schweben?«, will Lara wissen.

»Gute Frage. Hast du eine Idee?«

»Nein, sonst hätte ich nicht gefragt«, antwortet Lara.

»Des Rätsels Lösung ist einfach. Vögel und Flugzeuge schweben nicht von allein, sondern sie müssen in Bewegung sein. Nur so bekommen sie Auftrieb. Beim Hubschrauber hilft ein genialer Trick. Man muss nicht das ganze Fluggerät bewegen, sondern nur die Flügel.«

»Toll. Da muss man erst mal draufkommen«, meint Nele.

»Da hast du recht. Jetzt müssen wir uns aber um die Landung kümmern, sonst kommen wir heute nicht mehr weg. Zum Landen nähert man sich in einem langsamen Gleitflug der Erde. Die Geschwindigkeit muss dabei gerade so hoch sein, dass es nicht zum Strömungsabriss kommt. Für jeden Flugzeug typ gibt es dafür spezifische Vorschriften. Checklisten helfen den Piloten, alles richtig zu machen. Vögel haben allerdings keine Checklisten. Sie müssen es im Gefühl haben. Kurz bevor du den Boden erreichst, hebst du etwas den Kopf und stellst die Flügel leicht gegen die Flugrichtung. Dadurch reißt die Strömung ab, es gibt keinen Auftrieb mehr und du sackst zu Boden. Hört sich einfach an, ist es aber nicht. Stellst du die Flügel zu wenig an, landest du zu schnell und wirst stolpern oder nach vorne stürzen. Stellst du sie zu stark an, kippst du hintenüber. Hast du alles verstanden?«

»Ich habe nichts verstanden. Das hört sich sehr kompliziert an«, entgegnet Nele.

»Ich weiß«, sagt Andreas, »es ist ein blöder Spruch, aber aller Anfang ist schwer. Wir werden das gemeinsam in Ruhe üben. Wichtig ist, du darfst keine Angst haben.«

»Wenn du meinst«, bemerkt Nele zweifelnd.

Auch Lara schaut Andreas fragend an. »Ich nix verstehen.«

»Lass es uns einfach mal probieren. Wir suchen uns eine größere Wiese und schweben in einer Höhe von etwa zehn Meter darüber. Ein leichter Wind weht uns entgegen. Du spürst, wie die Luft unter deinen Flügeln vorbeistreicht und dich trägt. Wenn du sie nicht bewegst und einfach gerade hältst, dann gleitest du langsam zu Boden. Du kommst der Wiese immer näher. Jetzt bist du nur noch einen Meter darüber. Aus der Höhe kann dir nichts geschehen, selbst wenn du einen Fehler machst. Das machst du aber nicht. Einfach weitergleiten, bis du nur noch ein paar Zentimeter über dem Boden bist. Jetzt stellst du deine Flügel leicht an, indem du die Hinterseite etwas nach unten drückst. Du hältst das Gleichgewicht und wenn du den Boden berührst, ist dein Flug zu Ende. Du bist heil unten angekommen. War doch ganz einfach, oder?«

»Ich hab ganz schön geschwitzt«, meint Nele.

Lara hat die Augen geschlossen. Als Andreas ihre Hand fasst, öffnet sie sie wieder und überrascht ihn mit der Bemerkung: »Ich hab alles mitgemacht.«

»Und? hat es geklappt?«

»Ein bisschen bin ich gestolpert, aber für das erste Mal war es eigentlich ganz gut«, antwortet Lara.

»Leider ist es nicht immer so leicht, denn in Wirklichkeit willst du ja an einem bestimmten Punkt landen, zum Beispiel auf einem Pfahl oder einer Mauer. Je schneller du fliegst und je steiler der Anflug ist, desto stärker müssen die Flügelbewegungen ausfallen. Um möglichst langsam fliegen zu können, müssen deine Flügel ganz ausgebreitet sein. Wenn du schnell landen willst, kannst du zusätzlich zum Anstellen die Flügel einziehen.« Andreas sieht Nele an. »So, genug der Theorie. Du musst dir nicht jede Einzelheit merken, denn alles findet nur in deiner Fantasie statt. Wenn du sie aber mit solchen Details erweiterst, wird das Flugabenteuer viel realistischer und spannender. Ich wünsche dir jedenfalls allzeit guten Flug und perfekte Landungen.«

Neles Gesicht leuchtet auf und Andreas hat das Gefühl, dass sie mit Feuereifer bei der Sache ist. »Dann gilt das alles auch für Piloten und Flugzeuge, oder?«, fragt sie.

»Im Prinzip ja, aber den Flugzeugen sind enge Grenzen gesetzt. Bei ihnen gibt es eine wesentlich ungünstigere Gewichtsrelation und sie sind für Geschwindigkeiten gebaut, die kein Vogel erreicht. Sie können auch keine Flügel anziehen oder abspreizen. Um Geschwindigkeit, Steig- oder Sinkrate zu variieren, haben Flugzeuge bewegliche Klappen an den Tragflächen, mit denen man ihre Fläche vergrößern oder verkleinern kann. Sie dienen auch zur Feinsteuerung. Ein Passagierflugzeug hat eine Landegeschwindigkeit von 140 Knoten oder 260 Kilometer pro Stunde. Da kannst du dir sicher vorstellen, dass man dabei keine Punktlandung machen kann. Jetzt wollen wir aber endlich auf die Reise gehen. Heute entdecken wir das Märchenschloss Neuschwanstein. Wir starten am Forggensee in Bayern. Es ist ein großer See, der vom Fluss Lech gespeist wird. Wir heben ab und sehen uns den See mal von oben an. Doch was ist das? Wo ist der See geblieben? Da schlängelt sich nur ein schmales hellblaues Wasserband durch ein ausgetrocknetes Bett. Die Farbe entsteht übrigens dadurch, dass der Lech in Mengen Kalk mit sich führt. Dadurch spiegelt sich der Himmel nicht wie sonst in klarem Wasser. Im Mai ist der See noch vom Winter trockengelegt, erst im Sommer wird er wieder gefüllt. Diese Landschaft erinnert an die Dürregebiete in Afrika. Im ausgetrockneten Sandboden kannst du allerdings interessante Muster sehen. Ich möchte dir hier etwas ganz Besonderes zeigen.«

Lara blickt Andreas fragend an.

Er deutet mit den Händen an, dass sie sich gedulden soll. Dann fährt er fort: »Wir werden gleich auf Artgenossen stoßen. Aber nicht auf Möwen, sondern auf Schwäne. Wir fliegen jetzt mal niedriger entlang des Rinnsals in nördlicher Richtung. Gleich wirst du sie sehen. Sie stehen gerade auf einer schmalen Sandbank. Du weißt, dass Schwäne weiß sind. Da unten ist aber einer, der ist rosa. Er hat nicht nur die falsche Farbe, er sieht irgendwie auch nicht wirklich aus wie ein Schwan. Es ist nämlich ein Flamingo. Er hat hier wohl Asyl gesucht und auch bekommen. Er lebt friedlich mit den Schwänen zusammen und übersteht sogar den harten Winter. Wir werden ihm mal kurz einen Besuch abstatten. Jetzt kannst du das soeben Erlernte in die Tat umsetzen. Wir wollen möglichst nah an ihn heran und gehen schon mal auf Sinkflug. Jetzt riechst du den Lehmboden und das kalkhaltige Flusswasser. Noch wenige Meter und wir landen. Nicht vergessen, im richtigen Moment die Flügel anzustellen. Und schon landen wir neben dem Exoten. Sieht er nicht majestätisch aus, wie er da auf einem Bein steht und stolz den Hals zum Himmel reckt? Vielleicht haben ihn die Schwäne zum König ernannt, weil er für sie so außergewöhnlich schön ist.«

Andreas sieht, wie Nele sich etwas hin- und herbewegt und dabei auch die Arme leicht anhebt.

Dann fährt er fort: »Wir bleiben hier ein Weilchen stehen und ruhen uns aus. Wenn du dich sattgesehen hast, richte deinen Blick mal nach Süden zu den Bergen. Da siehst du einen ganz markanten Felshügel mit einem wundersamen Bauwerk auf der Spitze. Das ist Schloss Neuschwanstein, dorthin fliegen wir nun. Es liegt in einer Höhe von etwa 1500 Meter auf dem Tegelberg. Das bedeutet, wir müssen hoch hinaus. Jetzt können wir uns nicht einfach auf dem Wind treiben lassen, sondern müssen unsere Flügel einsetzen, um Höhe zu gewinnen. Du ziehst die Flügel hoch und nach vorne, dabei senkst du die Hinterseite. Nun schlägst du sie kraftvoll nach unten und hinten, währenddessen hebst du die Rückseite über die Waagerechte hinaus an. Es ist ein bisschen vergleichbar mit dem Schmetterlingsstil beim Schwimmen. So steigst du auf und beförderst dich gleichzeitig nach vorne. Mit langsamem Flügelschlag fliegen wir auf die zierlichen Türmchen zu, die du in der Ferne aus dem Fels herauswachsen siehst.

Sie blitzen weiß in der Sonne, genauso wie man es sich im Märchen vorstellt. Genieße den Flug, nur ein Vogel kann diese Eindrücke aufnehmen. Du spürst alles direkt, den warmen Wind, die Luft, die dich trägt, die Geschwindigkeit, den Duft der Felder und Wälder. Du siehst Blütenmeere und Laubdächer unter dir vorbeiziehen, sanfte Hügel und schroffe Felsen, die scheinbar aus dem Boden wachsen. Dagegen ist das Fliegen in einem Verkehrsflugzeug wie Straßenbahnfahren in der Luft. Die Passagiere sitzen in einer klimatisierten Kabine bewegungslos am Fenster. Die Landschaft zieht in Zeitlupe unter ihnen vorbei, ohne dass sie Details erkennen können. Obwohl sie mit 800 Kilometer pro Stunde fliegen, haben sie das Gefühl, dass sie nicht vom Fleck kommen. Sie erleben nur zwei Momente, die immer wieder ein grandioses Erlebnis sind. Der Start – du rast über die Piste, das Flugzeug vibriert, das Fahrwerk poltert unter dir, du siehst die Flughafengebäude an dir vorbeijagen. Und dann kommt er, der Moment des höchsten Glücksgefühls, die Flugzeugnase hebt sich, die Geräusche verstummen und du siehst den Boden unter dir fliehen. In wenigen Sekunden bist du bereits so hoch, dass sich alles wieder sehr langsam unter dir verändert. Die Passagiere nehmen das Gejammer der Hydraulik wahr, die das Fahrwerk einfährt. Danach hören sie das gleichförmige Rauschen der Triebwerke. Dann geht es steil bergauf auf 10.000 Meter. Das zweite beeindruckende Erlebnis ist die Landung. Sie nähern sich in einem leichten Sinkflug der Landebahn, die aus der Ferne viel zu schmal für ein Flugzeug aussieht. Je näher man kommt, umso besser erkennt man einzelne Objekte wie Gebäude, Felder, Autobahnen mit dahingleitenden Fahrzeugen und es kommt einem vor, als würde man immer schneller werden. In Wirklichkeit wird man langsamer. Man sieht den Zaun des Flughafengeländes in einem Sekundenbruchteil unter sich verschwinden, der Boden scheint greifbar nah. Ein paar minimale Kurskorrekturen und mit einem leichten Ruckeln setzt das Flugzeug auf. Die Nase senkt sich und man hat das Gefühl, über die Piste geschossen zu werden. Die Triebwerke, die auf Umkehrschub geschaltet werden, heulen drohend auf und gleichzeitig bremst der Pilot. Deutlich ist die Verzögerung zu spüren. Wenn einen die Sucht des Fliegens aber erst einmal erwischt hat, möchte man gleich wieder starten. Entschuldigt, da ist die Leidenschaft für meinen Beruf mal wieder mit mir durchgegangen. Üb mal ein paar Starts und Landungen, denn das werden wir gleich brauchen.«

Andreas entschließt sich, Nele eine Weile in Ruhe zu lassen, damit sie sich von den vielen Beschreibungen etwas erholen kann, und überlässt sie ihrer Fantasie.

Lara zeigt auf Nele und hebt dabei die Hand mit dem nach oben weisenden Daumen. Dazu nickt sie Andreas zu, was wohl bedeuten soll, dass alles gut läuft.

Nach einer Weile spricht Andreas weiter: »Wir nähern uns den filigranen Zinnen, überqueren noch kurz die steile Pöllathschlucht und fliegen einmal um das Schloss herum, bevor wir über dem Eingangstor schon wieder unsere Landetechnik einsetzen müssen. Du hast ja gerade fleißig geübt und machst das jetzt mit links. Nun sehen wir, dass das Tor im Gegensatz zu dem weißen Schloss von einem roten Ziegelmauerwerk umgeben ist. In der Mitte des Tores befindet sich ein etwas erhöhter Teil mit einem dreieckigen Dach. Der Rand des Daches ist von dunkelgrauen Treppchen umgeben, auf den anschließenden flachen Teilen daneben siehst du kleine Zinnen. Rechts und links des Eingangsgebäudes stehen zwei schlanke hellgelbe Rundtürmchen, die genauso hoch sind wie das Dach über dem Eingang. Am oberen Rand der Türmchen erkennst du jeweils einen zinnenbewehrten Kragen, aus dessen Mitte ein anthrazitfarbener Kegel emporstrebt. Die Turmmauern werden von sehr schmalen Fenstern unterbrochen. Das Eingangsgebäude erreicht man über einen abgerundeten Vorhof, um den eine weiße Mauer läuft. Die gleichen Steine bilden auch die Grundmauern des Eingangs und der Türmchen, die so ein einheitliches Aussehen erhalten. Wir wollen auf dem Dachfirst des Eingangsgebäudes landen, um uns in Ruhe den Innenbereich anschauen zu können. Sieh dir das Gewimmel da unten an. Da sind sie, die Traumjäger. Sie denken zurück an die Kindheit, als die Eltern und Großeltern noch die schönen Märchen von Schneewittchen oder Aschenputtel, von Brüderchen und Schwesterchen oder Hans im Glück vorgelesen haben. Die herzzerreißenden Geschichten von Glück, Unglück und Zauberkräften kehren beim Anblick dieses Schlosses zurück. Die Vielzahl von kleinen und kleinsten verspielten Türmchen, Giebeln und Zinnen, Treppen und Skulpturen macht uns glauben, wir wären Bestandteil der Märchen. Was könntest du angesichts dieses herrlichen Schlosses anderes sein als eine wunderschöne Prinzessin? Dazu musst du vorübergehend aus deinem Federkleid schlüpfen und wieder Mensch werden. In feinsten Gewändern aus Seide wandelst du durch die Hallen, gefolgt von einer Schar Bediensteter, die sich um nichts anderes kümmern als darum, dir jeden Wunsch von den Augen abzulesen. Du träumst von dem schönen Prinzen mit den liebevollen Augen aus dem Nachbarschloss, der um deine Hand angehalten hat, obwohl du erst dreizehn bist. So war das früher in Königshäusern. Du hast ein eigenes Pferd, mit dem du jeden Morgen nach dem Frühstück einen Ausritt zu der hohen alten Buche am Rande des Waldes machst. Dort setzt du dich ins Moos und siehst hinunter auf die Seen, verfolgst den Schatten, den die Sonne vor die Buche zaubert, und deine Seele erholt sich von der anstrengenden Zeit als Prinzessin. Prinzessinnen müssen nämlich nicht nur schön, sondern auch klug sein. Deshalb hast du Privatlehrer, die dich mit Wissen vollstopfen. Du lernst Griechisch und Latein, Geografie und die seltene Kunst des Schreibens und Lesens. Außerdem lehrt man dich das Spielen des Spinetts. Ganz wichtig ist auch das Wissen, wie man sich bei Hofe benimmt. Da gibt es klare Regeln, die man Etikette nennt. Aber jetzt wirst du wieder zur Möwe.«

»Ooh, ich möchte aber gerne Prinzessin bleiben«, sagt Nele enttäuscht.

»Glaubst du denn, dass dir das auch auf Dauer gefallen wird?«

Neles Gesicht leuchtet begeistert auf. »Na klar.«

»Okay. Vielleicht ergibt sich noch mal eine Gelegenheit während unseres Aufenthaltes. Ich denke, wir sehen uns mal weiter um. Die vielen Touristen im Innenhof kommen aus den verschiedensten Ländern. Neben Europäern triffst du hier auf Amerikaner, Australier und vor allem Asiaten. Es sind mehr als eine Millionen Touristen, die jedes Jahr dieses Wunderwerk bestaunen. Die Japaner und Chinesen erkennst du sofort, selbst wenn sie so aussähen wie wir, äh, ich meine jetzt nicht als Möwe.«

Nele, die bisher offenbar andächtig gelauscht hat, muss herzhaft lachen.

»Touristen posieren überall vor einer gezückten Kamera. Viele von ihnen machen Selfies, zum Teil mit Selfie-Stick. Da, unter uns steht eine Frau, wahrscheinlich auch Asiatin, und fotografiert mit einem Tablet-PC, den sie über die Köpfe der anderen Besucher hebt. Ein prüfender Blick auf das Ergebnis, dann lehnt sie sich an eine Wand im Schatten und tippt etwas in die Tastatur. Vielleicht hält sie ihre Erinnerung fest. An der Treppe vor dem viereckigen Turm sitzt eine Gruppe junger Leute mit Zeichenblocks, die wohl Eindrücke auf Papier bannen wollen, statt sie zu fotografieren. Vielleicht sind es Kunststudenten. Wir fliegen jetzt zum höchsten Punkt des Schlosses. Siehst du den Turm da hinten rechts über der Treppe? Er überragt alle anderen Türme und sein kegelförmiges Dach wird von einer hohen Spitze gekrönt. An der Rückseite des Turmes gibt es zwei schmale Ziertürmchen, die so spitze Dächer haben wie der Hauptturm. Darunter siehst du eine Brüstung, die um den Turm läuft. Auf der werden wir landen, um uns das Schloss von der anderen Seite anzusehen. Auf geht's! Das war ja nur ein sehr kurzer Flug. Den bewerte ich als Prüfungsflug und ernenne dich zur Co-Möwin. Starten und Landen innerhalb weniger Sekunden. Beides mit Bravour geschafft. Jetzt fliegst du immer an meiner rechten Seite und übernimmst manchmal auch die Führung. Von dieser Brüstung hast du einen fantastischen Blick auf die bewaldeten Hügel und auf die Ausläufer der Alpen dahinter. Im Tal ruhen stille Seen, in denen sich Berge und Wälder spiegeln. Der Forggensee, von dem wir gekommen sind, links daneben der idyllische kleinere Hopfensee und rechts der etwas größere Bannwaldsee. Keine Welle zerstört dieses malerische Bild. Jetzt richten wir den Blick aber auf den Innenhof des Schlosses und den Eingangsbereich. Hier siehst du auch überall die verspielten Rundbogenfenster und -türen, Säulen und bemalte Wände. Über eine massive Steintreppe gelangst du in das Innere des Schlosses.«

»Wie es wohl drinnen aussieht?«, fragt Nele. »Ist es da auch so märchenhaft?«

»Ich würde dir ja gerne noch den Innenbereich zeigen, aber der ist für Möwen verboten … Obwohl, wir können ja entscheiden, wie wir aussehen. Dann sind wir eben unsichtbar. Wir stehen jetzt im Thronsaal. Setz dich auf die Treppe.

Hier wird irgendwann dein Möwenthron stehen und du wirst als kluge und vom Volk verehrte Möwenprinzessin regieren. Einen richtigen Thron gibt es hier leider nicht. König Ludwig II. hat zwar einen aufwendigen Entwurf dafür angefertigt, er wurde aber nicht umgesetzt, weil der König vorher gestorben ist. Wenn du genug gesehen hast, fliegen wir zurück.«

Nele sieht glücklich aus. Sie ist Teil eines Märchens geworden und in ihrer Fantasie war sie sowohl in der menschlichen Welt als Prinzessin als auch in der Welt der Möwen. Sogar auch hier als Prinzessin. Sie ist jetzt eine flugerfahrene Möwe und besteht jedes Abenteuer, das sie sich vorstellen kann.

Er sieht zu Lara, die vor Freude über das ganze Gesicht strahlt.

Nach mehreren Minuten, Andreas dachte schon, Nele sei eingeschlafen, dreht sie sich zu ihm und Lara um. »Ich danke euch. Ihr seid das Beste, was mir passieren konnte. Ohne euch würde ich hier verbittert liegen und auf das Schicksal schimpfen. Kommt her. Ich möchte euch drücken.«

TAG 4, DONNERSTAG

Frei sein

Frei wie ein Vogel schwebt,
hoch sich in die Luft erhebt,
seh ich die Welt mit and'ren Augen.
Noch kann ich gar nicht glauben,
wie schön sie ist, aus Himmels Höhe,
welches Glück, dass ich das sehe.

Nele

Freudestrahlend betreten Neles Eltern das Zimmer. Ihr Vater trägt eine Kühltasche in der Hand.

»Was habt ihr denn dabei? Wollt ihr zum Essen bleiben?«, fragt Nele staunend.

»Überraschung! Augen zu und erst öffnen, wenn ich es sage«, befiehlt Neles Mutter.

Nele vernimmt ein leises Rascheln, hat jedoch keine Ahnung, was ihre Eltern da mitgebracht haben. Sie erschrickt für einen Moment, denn sie fühlt etwas Kühles an ihrer Hand.

»Dasse isse für Nele. Musse nixe bezahle«, parodiert Neles Vater Alessandro, den Inhaber ihrer Lieblingseisdiele.

»Ein Eis, ein Eis, ihr habt daran gedacht.« Nele öffnet die Augen und lächelt ihre Eltern an.

Sie genießt still die Kugeln mit ihren Lieblingseissorten Stracciatella und Schokolade. Die mag sie besonders gerne. Gedanklich sitzt sie in Alessandros Eiscafé mit den traumhaften Wandbildern von Italiens schönsten Plätzen, wo sie schon so oft zum Eisessen und Plaudern mit Alessandro waren. Beim Betrachten der Bilder von Venedig, dem Lago Maggiore mit der Isola Madre oder der blauen Adria denkt sie an Urlaub mit ihren Eltern in Italien. Sie isst mit großem Appetit und ihre Eltern sehen sie glücklich an.

»Übrigens, viele Grüße von Alessandro. Er vermisst seine treueste Kundin und wünscht dir viel Glück«, erzählt Neles Mutter.

»Ich vermisse ihn auch. Er ist immer so lustig und ich höre ihn so gerne sprechen.« Nele hat den letzten Bissen Eis noch nicht ganz verschluckt, als sie ihren Eltern freudestrahlend in die Augen sieht und aufgeregt von ihrer ersten *richtigen* Reise erzählt. »Zuerst musste ich ja das Fliegen lernen. Bei dieser Reise konnte ich das Erlernte dann endlich umsetzen. Stellt euch mal vor, da kann man über den Grund eines Sees laufen. Der wird im Winter abgelassen. Krass, oder? Und das Verrückteste ist, da lebt ein Flamingo. Mitten in Bayern, wo es im Winter viel Eis und Schnee gibt. Der war bestimmt in einem Zoo und wollte seine Freiheit wiederhaben. Das ist aber noch lange nicht alles. Ich war Prinzessin und habe im Thronsaal gesessen und regiert. Stellt euch das mal vor, ich als Möwe.« Nele schüttelt sich vor Lachen. »Wenn das die Wärter wüssten. Es ist ein tolles Gefühl, unsichtbar zu sein und Dinge zu tun, die man eigentlich nicht tun darf. Ich würde auch gerne mal über unsere Schule fliegen und dem Mathelehrer was auf den Kopf fallen lassen.« Nele kriegt sich kaum noch ein und es sprudelt aus ihr heraus.

Als Neles Redefluss versiegt ist, bemerkt ihre Mutter: »Wir haben immer gedacht, wir hätten dich zu einem anständigen Menschen erzogen. Da tun sich ja Abgründe auf.« Sie schmunzelt. »Andererseits muss ich zugeben, dass ich das bei dem einen oder anderen Lehrer auch gerne getan hätte.«

Die Zeit fliegt dahin. Nele verabschiedet sich nach etwa einer Stunde, die ihr vorkam wie fünf Minuten, von ihren Eltern mit einem guten Gefühl. Sie ist im Moment voller Zuversicht, freut sich auf die Abenteuer, die ihr zumindest vorübergehend wieder so etwas wie Lebensfreude geben.

***

»Wir fliegen heute zu einer atemberaubend schönen sowie spektakulären Landschaft. Sie ist real und wirkt trotzdem so irreal, dass man glaubt, in einem Science-Fiction-Film zu sein. Eine Landschaft, die nicht zur Erde zu gehören scheint. Unvorstellbar, dass der Mensch heute Mittel besitzt, die Entwicklung von Millionen Jahren in einem Tag zunichtezumachen. An unserem Ziel wirst du erfahren, welch ungeheure Kräfte in Wasser und Wind wohnen, welch monumentale Landschaften die Natur in Millionen Jahren erschaffen hat. Wir fliegen zum Grand Canyon im Südwesten der USA. Er ist so gewaltig, dass ihn sogar die Astronauten aus dem All erkennen können. Die tiefen Narben in einem gigantischen Felsplateau, das fast die Fläche von Deutschland hat, führen uns weit zurück in die Vergangenheit, in der die Erdoberfläche geformt wurde. Die Vorgänge finden immer noch statt. Die Veränderungen erfolgen aber heute viel langsamer, weil die Menschen den Colorado mit dem Glen Canyon Dam gestaut haben, um Strom zu erzeugen. Deshalb erhält der Colorado viel weniger Wasser als früher. Den Grand Canyon zu erfahren, gelingt am besten, wenn man ihn überfliegt. Besonders schön zeigt er sich kurz vor Sonnenuntergang. Nele, mach dich fertig für einen unvergesslichen Flug, der deine Erwartungen weit übertreffen wird.«

Andreas gibt Nele zu verstehen, dass sie die Flugposition einnehmen soll, und sie breitet sofort die Arme aus.

»Wir gleiten über eine unendlich tiefe Schlucht, ein Schlund, in dem die gigantischen Felswände von der Abendsonne purpurrot übermalt sind. Bei längerem Hinsehen erkennst du, wie die Lichtbänder weiterziehen, neue Felsstrukturen hervorheben und andere im Schatten ihrer Gestalt berauben. Dieses besondere Farbenspiel und der überdimensionale Kontrast lassen die Strukturen der Felsformationen noch plastischer und erhabener erscheinen, als sie ohnehin schon sind.«

Andreas sieht zu Lara, die offensichtlich gerade auf eine

Kinoleinwand schaut, auf der das alles geschieht, was er erzählt.

Er lächelt ihr zu und fährt fort: »Wir landen mal auf einer Kante des gigantischen Plateaus. Wenn du hinunterschaust, siehst du in etwa 1500 Metern Tiefe ein sich dahinschlängelndes Rinnsal, den abwechselnd grünen oder braunen Colorado River. Dieser Fluss, der von hier oben wie ein Bach aussieht, hat in mehr als dreihundert Millionen Jahren den Fels zerfurcht. Die jüngsten Furchen, das aktuelle Flussbett, sind im Vergleich zu dem gesamten Monument unbedeutend schmal. Als der Colorado vor dreihundert Millionen Jahren anfing die Oberfläche auszuwaschen, war er wohl ähnlich schmal wie heute. Der Canyon ist aber nicht durch langsames Auswaschen entstanden, sondern riesige Flutwellen haben in etlichen Schüben Treppen erzeugt. In Regenzeiten wurden erhebliche Wassermassen über Flussbetten in kürzester Zeit zum Canyon transportiert. Die unterschiedlichen Gesteinsschichten haben dem Flüsschen mal mehr, mal weniger Widerstand entgegengesetzt. Nach oben hin werden die Furchen deshalb stufenförmig immer breiter. An einigen Stellen haben sich kragenähnliche Gebilde aus hellerem Gestein gebildet. Es sieht manchmal aus wie ein Pagodendach, das um einen roten Felsriesen gebaut wurde. Wenn man nicht von oben, sondern von der Seite auf die Wände schaut, sieht es so aus, als wären viele unterschiedliche Gesteinsschichten übereinander gestapelt worden. Es erinnert an die Jahresringe von Bäumen, nur senkrecht. Unmengen Sand, die das Wasser mitführt, haben die Felswände geschliffen und das Bett des Colorado River immer tiefer gefräst. Die weicheren Bestandteile werden schneller ausgewaschen und so entstehen entlang der Wände Wellenlinien, die fantastische Muster bilden. In den Kurven wurden zum Teil Höhlen aus dem Fels gewaschen. Einen Teil der Modellierung haben aber Kälte, Hitze und Wind verursacht. Wenn du in die Tiefen des Canyons hinabsteigst, machst du eine interessante Entdeckung. Auch wenn du es kaum glauben magst, der Boden des Canyons war vor langer Zeit der Grund eines Ozeans. Wir werden später hinunterfliegen, dann kannst du an den Wänden noch Fossilien erkennen. Das ist ein weiterer Beweis, wie sich in erdgeschichtlichen Zeiträumen gewaltige Veränderungen an der Erdoberfläche einstellen.«

Andreas pausiert kurz, damit Nele die vielen Informationen verarbeiten kann.

Er erzählt sehr gerne von diesem Kunstwerk der Natur, das ihn beim ersten Besuch sofort gefangen genommen hat. Die schiere Größe, die nur durch unendlich viel Zeit möglich geworden ist, erzeugt Demut. Stein ist härter als Wasser und Wind und trotzdem unterliegt er dem Dauerangriff. Ihm fällt der Kriegsbegriff *Zermürbungstaktik* ein.

Nach einer Weile spricht er weiter: »Wir werden nur einen geringen Teil des Grand Canyons zu sehen bekommen, denn er ist ungefähr vierhundertfünfzig Kilometer lang. Das entspricht fast der Strecke von Essen nach Berlin. Er ist bis zu dreißig Kilometer breit. Die Touristen können nur an wenigen Stellen von Aussichtsplattformen aus das Naturkunstwerk bewundern. Der größte Teil gehört den Vögeln und den mutigen Abenteurern, die sich auf den Grund der Schlucht wagen, um in Schlauchbooten den Colorado herauszufordern oder das Gelände zu Fuß zu bezwingen. Für uns Möwen ist das Fliegen hier oben über der Schlucht mühelos möglich, weil die Sonne die Felswände tagsüber stark erhitzt und dadurch ein kräftiger Luftstrom an ihnen entsteht, der uns trägt. Die warme Luft streicht an deinem Körper entlang. Es fühlt sich wie eine sanfte Massage an und deine Schmerzen werden immer erträglicher, bis du sie gar nicht mehr spürst. Du musst nichts anderes machen, als die Flügel auszubreiten, um auf dem warmen Wind zu reiten. Wir lassen uns von dem warmen Luftstrom weitertragen und werden von Schluchten, Nischen und Felsskulpturen überrascht. Wir segeln über Abgründen, folgen dem glutroten Sonnenspiel auf den Felswänden und den Spiegelungen im Colorado. Das Grollen und das Donnern, die du manchmal hörst, sind nicht die Geräusche eines Gewitters, sondern das Poltern der Stromschnellen. Aus der Tiefe dringt es zu uns hoch und die Wände der Schlucht verstärken es gewaltig. Manch flachere Felsen bezeugen mit ihrem grünen Belag, wie die Natur den wachstumsfeindlichen nackten Stein zu einer neuen Lebensgrundlage macht. Zuerst wachsen Flechten, auf denen dann später einfache Pflanzen Halt finden, bis sich irgendwann eine dünne Humusschicht bildet und größere Pflanzen bis hin zu Bäumen ihre Wurzeln verankern und ernährt werden können. Vereinzelt siehst du abgestorbene Bäume wie Skulpturen auf fast nackten Felsen stehen. Die dünne Humusschicht konnte sie wahrscheinlich nicht ausreichend ernähren.«

Neles Gesichtsausdruck zeigt Andreas, wie sehr sie von dieser Reise fasziniert ist. Er ist sich sicher, dass sie die Eindrücke nie mehr vergessen wird.

Nach einer kurzen Pause fährt er fort: »Wir ziehen die Flügel etwas ein und gleiten hinunter zum Ufer des Colorado, um die Orte zu besuchen, an denen früher Ureinwohner lebten. An vielen Stellen siehst du Figuren, die die Menschen in die Felsen geritzt haben. Es sind kaum menschliche Abbildungen darunter. Manchmal haben sie Hände gemalt. Sie mussten sich auch immer wieder vor dem Wasser in Sicherheit bringen, weshalb sie weit über dem Fluss ihre Höhlen gebaut haben. Wir fliegen zu einem dreihundert Meter hoch gelegenen mächtigen Felsvorsprung, unter dem die Wassermassen eine ausgedehnte Nische herausgewaschen haben. In der Wand über dem Felsvorsprung befinden sich viele Kammern, die die Menschen hier mit einfachsten Werkzeugen unter immenser körperlicher Anstrengung geschaffen haben. Die Räume dienten wahrscheinlich zur Aufbewahrung von Getreide. Lass uns mal dort zu der gewaltigen Stromschnelle fliegen. Wuchtige Felsen liegen mitten im Fluss, so als hätte Herkules selbst sie hier abgelegt. Die hat aber alle die ungebändigte Kraft des Wassers dahin transportiert. Kannst du dir vorstellen, wie groß und schnell eine Welle sein muss, um diese Kolosse zu bewegen? Habt ihr in der Schule schon über Auftrieb gesprochen? Dann weißt du ja, dass jeder Körper im Wasser sozusagen an Gewicht verliert. Noch mal zur Erinnerung – der Auftrieb hängt von der Masse des von dir verdrängten Wassers ab. Bei einem Stein wirkt sich das aber nicht so sehr aus, weil er eine wesentlich höhere Dichte hat, sonst würden alle Steine davonschwimmen. Wenn du ins Wasser gehst, verlierst du scheinbar etwa fünfundneunzig Prozent deines Gewichtes. Die restlichen fünf Prozent lassen dich untergehen. Wir Möwen schwimmen jedoch oben auf. Wir machen aber jetzt keine Physikstunde für Möwen. Sieh dir an, wie das Wasser gegen die Felsen rast und nach oben ausweichen muss. Es brodelt und schäumt, Fontänen schießen an Hohlräumen zwischen den Felsen meterhoch nach oben. Das bescheiden wirkende Flüsschen, das wir vorhin von oben gesehen haben, ist dadurch eigentlich ein reißender Strom, der jedem, der ihn befahren will, klarmacht, wer hier herrscht. Der Colorado hat etliche Abenteurer auf dem Gewissen. Die Ränder der Felswände sind extrem gezackt und es geht fast senkrecht vom Rand in die Tiefe. Ein Teil des Wassers schafft es, als dicker Wasserfilm über die Felsen hinwegzugleiten. Hinter dem Hindernis ist es wieder ziemlich ruhig, so als hätte da nie etwas im Weg gelegen. Der Colorado hat sich ausgetobt und sammelt danach wieder Kräfte für die nächste Stromschnelle. Das Spektakel beginnt von Neuem und er wird nicht müde, es immer wieder und wieder zu tun. Oh, sieh mal zum Himmel. Da kreisen gerade ein paar andere

Vögel. Selbst auf diese Entfernung erkennt man, dass sie ziemlich groß sein müssen. Von unten betrachtet sehen sie aus wie ein breit gezogenes *M*, wenn sie über dem Tal segeln und Ausschau nach Beute halten. Es sind Kalifornische Kondore, sie gehören zu den größten Vögeln der Welt und leben nur hier im Südwesten der USA. Auch andere Geier und sogar Raben siehst du in den Aufwinden stundenlang ohne einen Flügelschlag surfen. Wie gut, dass uns kein anderer Vogel gesehen hat. Möwen verirren sich nie hierher. Vielleicht hätten sie uns genauso bestaunt wie wir sie, vielleicht hätten sie uns auch angegriffen, so als wären wir außerirdische Eindringlinge in ihrer seit vielen Generationen existierenden Welt.«

Andreas beobachtet Nele. Sie hat die Augen geschlossen. Manchmal bewegt sie ihre Lippen oder zuckt mit den Händen. Auch Laras Augen sind geschlossen und ihre Mimik demonstriert, dass sie mehr tut, als nur zuzuhören.

»Bevor wir an den oberen Rand zurückkehren, bleiben wir noch etwas hier unten. Wir fliegen durch enge Schluchten, die nur uns Vögel durchlassen, vorbei an Felsentürmen und -türmchen. Wir gehen es langsam an, um nichts zu verpassen. Über die steilen Felsen balancieren Wüstendickhornschafe. Die sehen gar nicht aus wie Schafe, sondern eher wie Steinböcke mit sehr dicken Hörnern, deshalb heißen sie wohl Dickhornschafe. Sie bewegen sich mit einer unglaublichen Sicherheit in dem steilen Terrain wie Freeclimber im Zeitraffer und sie laufen immer vorwärts, egal wie steil es bergab geht. Wenn sie um die Gunst der Weibchen werben, schaffen sie es sogar noch, auf den schmalen Graten Kämpfe auszufechten und mit ihren harten Schädeln mit lautem Knall gegeneinanderzuspringen, bis einer aufgibt. Der Angreifer positioniert sich oberhalb seines Gegners, nimmt Anlauf und knallt seinen Kopf mit aller Wucht gegen den des Konkurrenten. Das angegriffene Schaf versucht immer wieder, die Position zu wechseln und über dem Angreifer zu stehen. Dann ist es in der besseren Position, um den Kampf für sich zu entscheiden. So behauptet sich in der Herde immer der Stärkste und darf die meisten Weibchen decken, bis seine Kräfte nachlassen und er einem Jüngeren die Machtposition überlassen muss. Wir fliegen jetzt an einer Stelle vorbei, wo steile Serpentinen an der Wand nach unten zum Fluss führen. Auf diesen Wegen sind Goldsucher in den Canyon eingedrungen, um im Colorado ihr Glück zu finden. Heute werden die Wege von Abenteurern und Wissenschaftlern genutzt, die von Eseln ihre Lasten transportieren lassen.«

Nele, die sich während der ganzen Zeit bewegt und damit dokumentiert hat, wie sie in die Geschichte gedanklich eintaucht, wird immer ruhiger. Andreas fragt sich, ob sie überhaupt noch alles mitbekommen hat.

In diesem Moment wird ihm wieder bewusst, was für ein geschwächtes Wesen da vor ihm liegt. Der Gedanke, dass dieses Mädchen in ein paar Tagen vielleicht nicht mehr leben wird, raubt ihm den Verstand. Er kommt sich in diesem Moment vor wie ein Totengräber, der zwar genau weiß, dass er ein Grab schaufelt, es aber dadurch verdrängt, dass er beim Graben ein fröhliches Lied pfeift.

Er sagt zu der erschöpften Nele: »Es ist spät geworden. Du bist bestimmt müde. Wir lassen uns von den schwächer werdenden Aufwinden in die Höhe schieben und werfen einen letzten Blick auf die länger werdenden Schatten und die glühenden Felsen, auf die flimmernde Scheibe der untergehenden Sonne. Hier sagen wir dem für mich größten Naturwunder der Erde Lebewohl. Wir gleiten mit leichten Flügelschlägen in den Abendhimmel, wo unsere Reise endet. Wir landen sicher in deinem Zimmer. Hoffentlich hat der Ausflug dir einen Eindruck vermittelt, wie schön die Welt ist, und den Wunsch in dir geweckt, sie dir noch einmal als Mensch anzusehen. Sie wartet auf dich, Nele. Gehe ihr entgegen.«

Nele öffnet langsam die Augen und ihr Gesicht ist so entspannt wie lange nicht mehr. »Ich weiß nicht, was ich sagen soll. Sollte ich einmal wiedergeboren werden, dann wäre ich so gern ein Vogel. Ein großer Vogel.«

Andreas sieht Nele mit warmem Blick an und empfiehlt: »Sag nichts. Verweile noch in deinen Erinnerungen. Morgen gibt es eine neue Reise. Je mehr du von den Wundern der Natur siehst, desto bewusster wird dir, wie wichtig Ausgewogenheit ist. Der Mensch muss lernen, die Erde nicht zu überfordern. Wir sind stolz auf unsere tollen Erfindungen, schauen uns in der Bionik einiges von der Natur ab und doch sind unsere besten Erfindungen lange nicht so genial wie ein simples Pantoffeltierchen. Ich glaube, der lange Flug hat dich müde gemacht. Liebe Nele, Lara und ich wünschen dir eine angenehme Nacht mit schönen Träumen. Wir freuen uns schon jetzt auf morgen.« Andreas legt Neles knochige Hände in seine und drückt sie zart.

Nele lächelt und man sieht ihr an, dass sie dafür ihre letzten Reserven mobilisiert hat. Sie fällt fast augenblicklich in einen tiefen Schlaf.

Andreas schaut auf Nele und dann zu Lara. »Nele ist vermutlich so erschöpft wie ein Marathonläufer. Leider erlebt sie den Glücksrausch eines Läufers im Ziel nicht mehr«, denkt er.

TAG 5, MITTWOCH

Die Möwe

Was kann es Schöneres geben,
als so ein Möwenleben.
Niemals Angst vor morgen,
kein Kummer, keine Sorgen.

Auch Gestern schon verloren,
heute wieder neu geboren.
Jede weitere Sekunde
Start in eine neue Runde.
Der Mensch, ihn lenkt die Zeit,
lebt mit der Vergangenheit,
fragt sich, wie es weitergeht,
sich nicht alles noch mal dreht.

Die Möwe in mir, sie gibt mir Kraft.
Andreas, das hast du geschafft.
Ich danke dir, du machst mir Mut,
vielleicht wird doch noch alles gut.

Lara, wir gaben uns ein Versprechen
und schworen, es niemals zu brechen.

Ich kann dir nichts mehr geben,
nur Freundschaft, auch nach dem Leben.

Nele

Nele kramt wieder ihre Zettel mit den Tagebucheinträgen hervor und schreibt:

Mittwoch

Liebe Mama, lieber Papa,

ich vermisse euch und mein Zuhause. Ich möchte mit euch zusammen Fernsehen, in meinem Bett schlafen, zur Schule gehen und im Garten sitzen. Die Nebenwirkungen der letzten Chemo sind geringer als am Anfang. Ich fühle mich aber kraftlos und müde. Gestern waren Andreas und Lara wieder da. Wir waren am Grand Canyon. Es war so eindrucksvoll, dass ich wirklich das Gefühl hatte, ich bin da und fliege herum. Den Grand Canyon kann man aus dem Weltall erkennen, so wie wir die Mondkrater sehen können. Andreas ist ein wunderbarer Erzähler. Er erklärt mir auch immer so nebenbei interessante Einzelheiten. Außerdem habe ich gelernt, wie wichtig es ist, die Handfedern zu benutzen. Das sind die äußeren Federn. Die nennt man so, weil ein Flügel wie ein Arm mit Hand aufgebaut ist. Andreas weiß unheimlich viel. Schade, dass er nicht Lehrer geworden ist. Was er sagt, versteht man sofort. Ich muss mich unbedingt bei ihm und natürlich auch bei Lara bedanken. Ich habe das Gefühl, nein, ich weiß, dass sie mein Leben verlängern. Ich werde ein Gedicht für sie schreiben.

Ansonsten geschieht immer das Gleiche. Heute Morgen haben sie wieder eine Blutprobe entnommen. Wenn sie immer so viele Röhrchen füllen, habe ich bald kein Blut mehr. Ich werde heute etwas mehr schlafen, damit ich für den Flug heute Abend fit bin. Ich liebe euch.

Nele versucht, zu einzuschlafen. Ihr Atem ist ruhig, die Schmerzen sind erträglich und sie ist glücklich. Sie muss aber immer noch an den Flug zum Grand Canyon denken und lässt die Gedankenbilder mit geschlossenen Augen durch ihre Erinnerung ziehen. Ihre Glieder verwandeln sich in Flügel und Möwenbeine. Sie wird immer ruhiger und dämmert dahin. Der Abflug in den Abendhimmel erlöst sie vom Leid, lässt sie völlig entspannt einschlafen.

***

Als Lara und Andreas den Klinikflur in ausgelassener Stimmung zu Neles Zimmer entlangschlendern, wird Andreas' Zuversicht jäh unterbrochen. Auf dem Flur sitzen Neles Eltern eng umarmt auf zwei Stühlen und ihre Schultern beben.

Lara rennt zu ihnen. »Was ist? Ist Nele … Sie war doch gestern so gut drauf.«

Die Mutter blickt auf. Ihre Wangen glühen. Sie ringt um Fassung, bis sie endlich erwidert: »Alles in Ordnung, Lara, wirklich, alles in Ordnung. Es ist nur, dass wir Nele schon lange nicht mehr so glücklich gesehen haben.« Sie fügt noch hinzu: »Das verdanken wir deinem Onkel.«

Bei Lara sind auch sofort die Tränen geflossen und sie wischt sich mit den Händen das Gesicht trocken. Es bleiben kleine Salzränder stehen, die ihre Angst um Nele noch im Nachhinein widerspiegeln.

Andreas legt seine Hände wortlos auf die Schultern von Neles Eltern und sieht über ihre Köpfe hinweg an die Wand. Nach einer Weile löst er die Hände und meint bescheiden: »Es ist nett, dass Sie das sagen, und es ehrt mich. Bedanken Sie sich aber lieber bei Lara. Es war ihre Idee.« Er drückt Lara liebevoll an sich. »Wenn Sie mich fragen, ist Lara die beste Freundin, die man haben kann. Und Sie haben eine wunderbare Tochter. Ich bin froh und glücklich, dass Lara ihre Freundin ist. Das ist für beide ein Glücksfall, auch wenn der Begriff Glück hier deplatziert ist. Eine so intensive Erfahrung von Freundschaft machen die wenigsten Menschen. Vergessen Sie das bitte nie, egal, was passiert.« An Lara gewandt sagt er: »So können wir nicht zu Nele gehen. Gehe bitte auf die Toilette und wasche dein Gesicht. Wir zwei sind die Zuversicht, wir demonstrieren Stärke, vermitteln das Glück des Alltags, das Nele fehlt. Wir gehen erst dann zu Nele, wenn wir so entspannt und gut gelaunt wie gestern sind. Es gibt keinen Grund, traurig zu sein. Ganz im Gegenteil.«

»Ich weiß, Onkel Andreas, aber ich habe mich fürchterlich erschrocken. Ich bin so froh, dass Nele noch lebt.«

Als Lara von der Toilette zurückkommt, sieht sie Andreas stumm an. Ihr Gesicht verrät Andreas, dass irgendetwas sie beschäftigt.

»Hoffentlich ist es nichts Ernstes. Unsere Aufgabe ist noch nicht erfüllt«, denkt er besorgt.

Lara flüstert ihm nach einer Weile zu: »Weißt du was, Onkel Andreas? Wenn du mit Nele fliegst, bin ich immer bei euch. Es ist so, als wäre ich plötzlich in einem Märchen. Und wenn ich irgendwann herauskomme, weiß ich nicht mehr, ob ich das alles wirklich erlebt oder nur geträumt habe. Ich fliege immer nur hinter euch her und wäre so gerne richtig dabei.«

»Aber das bist du doch. Ich habe mir schon gedacht, dass deine Gedanken immer bei uns sind. Das geschieht doch automatisch.«

»Nein, so ist das nicht. Ich fühle mich nur als Zuschauer, der euch heimlich begleitet. Ich wäre gerne richtig dabei und möchte als Vogel alles zusammen mit euch erleben.«

»Du kannst uns natürlich gerne begleiten, Lara. Nele sollte jedoch bei allem die Hauptperson bleiben. Es ist ihre ganz persönliche Reise. Vielleicht würde sie ihre Erlebnisse aber gerne mit dir teilen. Frage sie doch mal, ob sie dich mitnimmt. Wir gehen jetzt hinein und du machst wie immer deine Massage. Wir wollen zuerst sehen, wie es Nele geht. Ich glaube zwar nicht, dass Nele etwas dagegen hat, möchte aber ihr Gefühl nicht gefährden. Sie ist die wichtigste Person in diesem Raum.«

Mit gemischten Gefühlen betritt Andreas mit Lara das Krankenzimmer. Nele begrüßt sie ausgelassen. Der Zauber ihres befreiten Lachens berührt Andreas auf eine geheimnisvolle Weise. Er sieht Nele lange in ihr Gesicht, das irgendwie märchenhaft wirkt, trotz Glatze und kaum von Fleisch bedeckten Schädelknochen. Egal, wie ein Mensch aussieht, welcher Schicksalsschlag ihn getroffen hat, im Augenblick des Glücklichseins wird er wunderschön. Andreas kommt ein lächerlicher Gedanke, der ihn in die Kindheit zurückführt, als er Märchen noch für wahr hielt. »Ich glaube, sie ist doch eine Fee.«

Nele schaut Lara und Andreas erwartungsfroh und unternehmungslustig an. Sie nickt mit dem Kopf Richtung Fenster. Das soll wohl heißen: »Wann geht es endlich los?« Schön, dass sie sich den heutigen Flug ohne Einschränkung zutraut.

»Es wird ein anstrengender Flug. Lara macht dich dafür fit«, sagt Andreas und lächelt Nele an.

Lara schlägt schon die Bettdecke zurück und beträufelt ihre Hände mit Eukalyptusöl.

»Es ist schön, wie du das machst, Lara. Ich möchte nicht mehr darauf verzichten.« Nele legt ihre Ärmchen um Laras

Hals und zieht sie zu sich herunter.

»Mir gefällt es auch. Vielleicht werde ich mal Physiotherapeutin.« Lara gibt ihr einen dicken Kuss auf die Glatze. Dann drückt sie Nele noch mal und massiert weiter.

Nele hat die Augen geschlossen und atmet tief den Eukalyptusduft ein. Sie öffnet ihre Augen auch nicht, als Lara ihre rechte Hand ergreift und ihr auf die Brust legt. Laras warme Hand und die behutsame Pranke von Andreas decken sie ab. Nele nimmt ihre Linke, legt sie oben auf und drückt fest zu. Ihre Stimme ist fest und optimistisch. »Ich will leben«, ruft sie, bevor Andreas oder Lara es sagen. Sie werden zum Echo. Dann setzt sich Nele auf. »Ja, ich will leben, jetzt erst recht.«

Andreas ergreift die Initiative und bittet Lara, das Fenster zu öffnen, damit sie losfliegen können. Er nickt Lara aufmunternd zu.

Nele hat sich inzwischen auf den Bauch gedreht und die Augen wieder geschlossen.

Lara geht zum Bett und sagt zaghaft: »Nele, ich möchte so gerne mit euch fliegen und diese Abenteuer mit dir zusammen erleben. Darf ich?«

Nele dreht sich auf den Rücken und reißt die Augen auf. »Lara, spinnst du? Du bist meine beste Freundin. Wir machen doch alles zusammen. Ich bestehe darauf, dass du mitkommst.«

Andreas schmunzelt. »Wenn ihr dann so weit seid, sollten wir endlich losfliegen. Muskeln lockern, Flügel weit und ab die Post. Wir besuchen den Papst.«

»Was, den Papst?« rufen beide Mädchen wie aus einem Mund.

»Der Papst trifft sich neuerdings mit Möwen, ja?«, witzelt Lara.

»Ja, aber er weiß es noch nicht. Wir existieren ja nur in der Fantasie. Und wenn wir uns vorstellen, dass er sich mit uns Möwen trifft, dann ist es halt so. Wir fliegen in die Ewige Stadt. Wir fliegen nach Rom. Vielleicht sehen wir den Papst, falls er sich gerade im Vatikan aufhält. Der Papst ist der Stellvertreter Gottes auf Erden und Gott ist den Menschen nirgendwo so nah wie im Petersdom. Wir werden Gott bitten, seine schützende Hand über Nele zu halten. So, jetzt wollen wir aber keine Zeit verlieren. Wir starten. Es ist frühmorgens und wir haben einen weiten Weg vor uns. Ich fliege voraus und ihr zwei fliegt in meinem Windschatten, um Kraft zu sparen.«

Andreas beobachtet, wie die Mädchen andächtig auf seine Anweisungen und Beschreibungen warten. Das Bild ist beeindruckend. Schon halb erwachsen und doch noch Kinder. Für derartige Probleme haben sie noch keine Lösungen. Unbewusst begeben sich in eine Fantasiewelt. um die Grausamkeiten der Realität auszuhalten. Das Erlebte wird bei ihnen vermutlich länger nachwirken, als es gedauert hat.

Andreas ertappt sich, wie er sich fragt: »Lieber Gott, warum tust du ihnen das an?« Schnell verdrängt er die Frage wieder. »Entschuldige, ich habe kein Recht, dich das zu fragen.«

Dann fasst er sich, besinnt sich auf seine Mission und wendet sich wieder den Mädchen zu. »Unsere Reise beginnt mit einem Flug über die Alpen. Das Wetter meint es gut mit uns und offenbart uns die unvergleichliche Schönheit dieses Gebirges. Es entstand durch das Übereinanderstapeln und Falten von zwei Erdplatten vor Millionen Jahren. Wir passieren bizarre Kathedralen aus Stein, deren Spitzen den Himmel durchstoßen wollen. Monumentale Steinwände mit tiefen verwinkelten Spalten, in denen entfesselte Wassermassen zu Tal stürzen. Es gibt Gletscherzungen, die sich vom eigenen Gewicht angetrieben die Hänge hinabwälzen. Wir überfliegen schneebedeckte Felskuppen, verträumte Almen und einsame Bergseen. Hier oben kann man die Geburt einer Wolke aus dem Nichts erleben und beobachten, wie sie im nächsten Moment schon wieder verschwindet, bevor sich eine neue Wolke bildet. Leben und Vergehen im ständigen Wechsel und die Sicherheit, dass dieser Wechsel nicht zum Stillstand kommt. Wir fliegen weiter über Bologna Richtung Florenz, das südlich von uns liegt. Zeit, sich wieder etwas aufzuwärmen. Wir gleiten über Florenz, wo Michelangelo und Leonardo da Vinci gelebt haben. Der Arno zerteilt die Altstadt von Florenz. Die beeindruckende Basilika dominiert das Stadtbild und wird von Tausenden Touristen besucht. Eine der berühmtesten Brücken der Welt sehen wir hier auch, die Ponte Vecchio. Auf ihr reihen sich zahlreiche schmale Juweliergeschäfte aneinander und beeindrucken die Besucher mit ihren kostbaren Schätzen aus Gold, Silber und Edelsteinen hinter den Schaufenstern.« Andreas denkt an die nächste Reiseetappe. Wie oft ist er sie schon geflogen, zu unterschiedlichen Tageszeiten. Die Schönheit dieser Landschaft zieht ihn immer wieder in ihren Bann. Er fährt fort: »Über die sanften von Weinfeldern bedeckten Hügel der Toskana mit ihren Pinienalleen, die zu luxuriösen Villen führen, fliegen wir weiter Richtung Rom. Die Toskana beschert uns eine gute Thermik, weshalb wir kaum einen Flügelschlag machen müssen. Wir gleiten mit dem Blick auf die schöne Landschaft mühelos unserem Ziel entgegen.

Der Gesichtsausdruck auf Neles Gesicht ist entspannt und auch Lara sieht selig aus.

»Rom«, ruft Andreas. »Da liegt es vor uns. Der Tiber bewegt sich als hellbraunes Band träge durch sein Bett. An seinem Ufer steht die Engelsburg, die wir uns nur kurz ansehen werden. Wir landen auf ihrem Dach. Die Engelsburg war ursprünglich ein Mausoleum. Später wurde es zu einer Burg umgebaut. Heute ist es ein Museum. Hier gibt es für uns nicht viel zu sehen. Von der Engelsburg sind es nur wenige Hundert Meter bis zum Petersdom. Dem werden wir jetzt einen Besuch abstatten. Vorher muss ich euch aber noch erzählen, wer Rom gegründet hat. Ihr habt bestimmt schon von Romulus und Remus gehört. Die wurden der Sage nach von einer Wölfin gesäugt, nachdem sie auf dem Tiber ausgesetzt worden waren. Romulus und Remus gelten als die Gründer von Rom. Sie gerieten jedoch in Streit über den Aufbau der Stadt. Später hat Romulus seinen Zwillingsbruder umgebracht. Rom war schon immer ein Schauplatz für tragische Ereignisse. Wir fliegen jetzt den Petersdom an. Der kreisförmige Petersplatz vor dem Dom wird von einem Säulengang umschlossen, der eine Aussparung für die Besucherströme hat. Wir werden uns rechts vom Eingang direkt auf dem Säulengang niederlassen. Von hier aus können wir das Treiben auf dem Platz verfolgen und sehen, ob der Papst zu Hause ist. Wir haben riesiges Glück. Heute ist Mittwoch, da hält der Papst in fast jeder Woche eine Generalaudienz ab. Es haben sich schon Hunderte Besucher unterschiedlicher Nationalität und Hautfarbe auf dem Petersplatz eingefunden.«

Neles Kopf hebt sich. Es sieht aus, als wollte sie den Blick zum Himmel wenden und mit Gott in einen Dialog treten. Sie hat sicher schon oft gebetet.

»Die Audienz wird gleich beginnen. Davor haben die Kardinäle in verschiedenen Sprachen gepredigt. Jetzt fährt der Papst in einem offenen Wagen freundlich winkend durch die Menschenmenge und wird leidenschaftlich begrüßt. Die Besucher, die direkt an der Absperrung stehen, versuchen eine Hand des Papstes zu greifen. An manchen Stellen hält der Wagen und der Papst ergreift einmal sogar ein Kind aus der Menge. Unter dem Jubel der Umstehenden küsst er es auf die Stirn und segnet es. Spürt ihr auch die Gottesnähe auf diesem Platz? Millionen Menschen pilgern jedes Jahr mit den unterschiedlichsten Wünschen in der Hoffnung hierher, dass Gott sich ihrer Sorgen annimmt. Sie erbitten seinen Segen. Ich habe euch hierhergeführt, weil uns auch große Sorgen umtreiben – die Gesundheit der Möwe Nele, wenn sie dem Federkleid wieder entschlüpft. Lasst uns die Augen schließen und still verweilen. Lieber Gott, wir bitten dich, Nele gesund zu machen. Gib ihr deinen Segen, mach sie stark, damit sie die Lasten der Krankheit erträgt. Gib ihr die Hoffnung, die sie nie verlässt, schenke ihr das Leben. Amen.«

Andreas denkt an drei Möwen, die auf dem Säulengang des Petersplatzes sitzen. Ihre Augen sind geschlossen, die Gedanken beim Stellvertreter Gottes, der mit der Ansprache beginnt.

Da kommt ihm eine Idee. »Nele, hol dir deinen Segen persönlich beim Papst ab. Flieg zu ihm, setz dich vor ihm auf den Wagen und senke den Kopf. Dann nicke ihm mehrere Male zu und strecke ihm deinen gesenkten Kopf entgegen. Dein Besuch wird ihn begeistern, denn er ist ungewöhnlich. Für den Papst gibt es keine unterschiedlich wertvollen Lebewesen. Er wird dich nicht verjagen, sondern freudig willkommen heißen.«

»Ja, Nele, mach das. Flieg zu ihm!«, bekräftigt Lara Andreas' Worte.

»Nele, breite deine Flügel aus und stoße dich von deinem Platz mit einem kurzen Hüpfer ab. Ohne Flügelschlag gleitest du die wenigen Meter zum Papst und landest vor ihm auf dem Wagen. Weil du so langsam angeschwebt kommst, verfolgen alle das Schauspiel und viele verwechseln dich wegen deines weißen Federkleides mit der Friedenstaube, die den Papst besucht. Es entsteht eine mystische Situation. Der

Papst lächelt entzückt und wundert sich über das menschliche Verhalten der Möwe, die keinerlei Scheu zeigt. Der Papst streckt die Hand nach der Möwe Nele aus, um sie zu berühren.« Andreas legt seine Hand ganz zart auf Neles Kopf und erzählt weiter: »Der Papst streicht mit seiner Hand über deinen Kopf und flüstert dir zu: ›Du bist ein mutiger Vogel. Ich segne dich im Namen Gottes. Egal, wo du bist, Gott ist immer bei dir.‹ Möwe Nele verneigt sich vor dem Papst und fliegt mit einem kraftvollen Flügelschlag zurück zu uns.« Andreas fährt fort: »Der Papst hält seine Ansprache in italienischer Sprache und zwischendurch gibt es von den Kardinälen Erläuterungen in verschiedenen Landessprachen. Heute geht es um Vergebung von Schuld und Hilfestellung für die Schwachen der Gesellschaft. Ich weiß, dass der Papst euch zwei nicht daran erinnern muss. Viele andere Menschen aber schon. Lasst uns noch einen Moment die heilige Atmosphäre dieses Ortes einfangen.«

Das nächste Ziel hat für Andreas eine symbolische Bedeutung. Er liebt und fotografiert wahnsinnig gerne Treppen. Sie sind für ihn Symbole für Aufstieg und Abstieg, eine Herausforderung, denn sie führen entweder zu einem höheren Ziel oder hinab zu weniger wichtigen Zielen, manchmal Abgründen. Das Ziel, das sie gleich ansteuern werden, ist für ihn besonders.

»Wir fliegen jetzt zur Spanischen Treppe. Gegenüber der Treppe gibt es ein Gebäude, auf dem wir sicher landen können und von dem wir einen tollen Blick auf sie und die Kirche haben, zu der sie führt. Die Treppe ist ein beliebter Treffpunkt vor allem von jungen Leuten. Die 138 Stufen sind oft fast vollständig besetzt. Die Treppe ist zwar die eigentliche Sehenswürdigkeit, es ist aber ein wundervolles Erlebnis, dass eine Vielzahl von Menschen aus den unterschiedlichsten Ländern hier einfach friedlich und entspannt sitzen, sich unterhalten, Kontakte knüpfen, Freundschaften schließen, die Atmosphäre dieses Ortes aufsaugen und das Gefühl vermitteln, hier wäre der Weltfrieden zu Hause. Wenn es nur so wäre. Leider ist er weder hier noch woanders zu Hause. Dennoch gehört dieser Ort für mich zu den schönsten in Rom. Es gibt noch viele andere schöne Orte. Wir können leider nicht alle besuchen, einen solltet ihr jedoch unbedingt sehen, den Fontana Di Trevi, ein Brunnen von herausragender Schönheit. Den dürft ihr euch nicht vorstellen wie einen Brunnen mit einem großen Bassin, in das aus verschiedenen Rohren oder Figuren Wasser hineinläuft. Der Trevi-Brunnen erstrahlt als einzigartiges Kunstwerk wie ein Palast für Meeresgötter. Eine haushohe Palastfassade mit einem Triumphbogen bildet den Hintergrund. Darin sind Fenster mit knappen Balkonen eingearbeitet, in Nischen stehen mannshohe Skulpturen. Auf dem Dach thronen zwei Engel. Darunter auf einem Sims finden Skulpturen von Frauen ihren Platz. Unterhalb der Fassade ist eine Felslandschaft geschaffen worden, auf der sich Meeresgestalten tummeln, und das Wasser rauscht lautstark über die Steine wie ein Meer an den Strand. Das entsteht durch eine besondere Gestaltung der

Oberfläche. Es ist bis in die Nebenstraßen zu hören. Die helle, fast weiße Fassade und der wolkenfreie Himmel erwecken den Eindruck, dass das Wasser türkisblau ist. Der Boden des Beckens ist eine wahre Schatzkammer. Hier liegen Tausende Münzen in allen Währungen dieser Welt. Die Geldstücke sind unterschiedlich wertvoll. Glauben manche Werfer vielleicht, der Wert der Münze müsse dem Wert der Wünsche entsprechen? Die Besucher werfen das Geld hinein, weil sie glauben, ein dabei ausgesprochener Wunsch würde in Erfüllung gehen. Wenn ihr Leute seht, die komische Verrenkungen am Brunnenrand machen, dann hängt das damit zusammen, dass man angeblich dem Brunnen den Rücken zukehren und das Geldstück über seine Schulter ins Wasser werfen muss, ohne zu wissen, wohin es gefallen ist. Sonst kann der Wunsch wohl nicht in Erfüllung gehen. Ich werfe jetzt auch eine Münze. Das ist schwierig, weil ich sie im Schnabel halten muss und meinen Kopf vielleicht nicht so effektiv bewegen kann, dass die Münze in den Brunnen fliegt, ohne dass ich ihre Landung sehe. Ich nehme ein Zweieurostück und knüpfe daran einen Herzenswunsch. Geht er in Erfüllung, werden gleich mehrere Menschen glücklich. Ich suche mir einen guten Platz auf einem der Felsen. Drückt mir die Daumen, äh, ich meine die Füße. Ihr müsst euch auch umdrehen, wenn ich die Münze werfe, sonst kann sie meinen Wunsch nicht an den geheimen Wunscherfüller weiterleiten. Irgendwie ist der Brunnen ein magischer Ort. Erwachsene Menschen werden wieder zu Kindern mit Illusionen und dem Glauben an überlieferte Geschichten. Mit dem Unterschied, dass Kinder es wirklich glauben, Erwachsene es aber nur glauben möchten. Wie dem auch sei, für den Augenblick macht es sie glücklich und zufrieden. Und uns sicher auch. Was haltet ihr davon, wenn wir noch ein kurzes Bad im Brunnen nehmen? Es ist heute so heiß und ein bisschen Abkühlung täte uns gut. Fliegt zu mir. Das ist dann auch eure erste Wasserlandung. Hier kann ja nichts passieren. Ich wette, wir werden von sehr vielen Besuchern fotografiert und sie werden das Bild sicherlich stolz herumzeigen, wenn sie die Urlaubsfotos zu Hause präsentieren. Der Brunnen soll ja das Meer symbolisieren und wir Möwen geben ihm den letzten Schliff.«

Andreas beobachtet, wie die Mädchen sich ein bisschen rekeln, als würden sie wirklich wie Möwen im Wasser planschen.

»Nachdem wir uns erfrischt haben, fliegen wir in die Vergangenheit. Wir besuchen die größte Freizeiteinrichtung im antiken Rom, das Kolosseum. Es ist heute noch das größte Amphitheater der Welt. Damals fasste es fast 50.000 Besucher. Der Kaiser hatte es seinem Volk gestiftet, um es zu erfreuen. Der Eintritt war kostenlos und es gab hundert Spieltage im Jahr. Der Kaiser nutzte das Theater auch, um zu sehen, wie sich sein Volk fühlt. Heute erkennt man leider nicht mehr, wie aufwendig das Bauwerk einmal war. Es ist nur noch eine Ruine. Wir fliegen ins Zentrum des Gebäudes, dorthin, wo der Kaiser in seiner Loge saß. In dem Bereich dahinter hatten hohe Beamte und andere einflussreiche Persönlichkeiten ihre Plätze. Die oberen Ränge besetzten Männer, die nicht der Oberschicht angehörten, Frauen und Sklaven. Das Showprogramm bestand aus verschiedenen Darstellungen. Es begann mit Tierkämpfen. Danach mussten Menschen wilde Tiere bezwingen. Ein fragwürdiges Element war die Hinrichtung von Gefangenen. Manchmal ließ man auch zwei Todeskandidaten gegeneinander kämpfen, was darauf hinauslief, dass einer danach nicht mehr lebte. In den Boden des Amphitheaters ist viel Blut geflossen. Blut, an dem sich die Zuschauer ergötzt haben. Der Höhepunkt war immer der Auftritt der Gladiatoren. Kraftstrotzende Männer, die extreme Kämpfe ausfochten, bei denen es aber nicht darauf ankam, den Gegner zu töten. Sie standen gesellschaftlich ganz unten und genossen dennoch ein erhebliches Ansehen. Sie wurden wie Spitzensportler gut ausgebildet und regelmäßig für die Kämpfe trainiert. Ihre Disziplin, ihr Mut und ihre Kampfeslust waren das, was ein guter Soldat besitzen sollte. Bei den Frauen waren sie wegen ihrer gut geformten Körper und ihrer zur Schau gestellten Männlichkeit besonders beliebt. Angeblich sind einige von Frauen verführt worden. Das Kolosseum kann man mit den heutigen Fußballstadien vergleichen. Stellt euch mal vor, das Programm in einem Stadion wäre das gleiche wie im alten Rom. Ob es wohl voll besetzt wäre? Ich fürchte, das wäre es. Wir stellen uns lieber vor, dass es für uns eine Theatervorstellung gibt, bevor wir abfliegen müssen. Wir erleben die tragische Liebe von Romeo und Julia. Das ist ein würdiger Abschied von der Stadt der Liebe.«

Nach einer kleinen Sprechpause fährt Andreas fort: »Dank unserer telepathischen Fähigkeiten werden wir in wenigen Momenten durch das geöffnete Fenster des Zimmers 404 fliegen und die Gedankenreise langsam ausklingen lassen. Der Alltag fängt uns wieder ein, ohne ihn würden wir die Glücksmomente nämlich nicht so intensiv spüren. Alles braucht einen Gegenpol, um zur Geltung zu kommen.« Andreas legt seine Hände auf Neles Arme. »Zieht euer Federkleid aus. Die Erinnerungen an die Papstaudienz, den Trevi-Brunnen und das Kolosseum behaltet ihr bei euch. Für die Möwen haben sie keine besondere Bedeutung.«

Nele öffnet ihre Augen. »Ich wäre gerne noch etwas geblieben. Ich bin in Gedanken noch bei den Gladiatoren.« Sie sieht zu Lara, in deren Gesicht ein verklärter Glanz die Fantasiewelt immer noch widerspiegelt.

Sie geht zu Nele und umarmt sie liebevoll zum Abschied. Auch Andreas umarmt Nele. Sie schenkt Andreas und Lara ein überglückliches Lächeln. Lara ergreift Andreas' Hand und wendet sich zum Gehen.

TAG 6, DONNERSTAG

Hart am Wind

Wind des Schicksals, verwehst mein Glück.
Geh ich vor, treibst du mich zurück.
Forderst mich heraus, willst mich zerstören.
Seh dir ins Gesicht, bläst aus tausend Röhren.
Dein wilder Atem lässt mich spüren,
deine Kraft, die nie versiegt, will führen.
Dich besiegen, wär ein kühner Traum,
doch rasende Luft hält mich im Zaum.
Glauben, hoffen, beten und vergessen,
kann mich an dir nicht messen.

Nur wer deine Kräfte nutzt, gewinnt.
Hin zu dir heißt, steuern hart am Wind.

R. F.

Eine quälend unruhige Nacht hat Nele in ihren Fängen. Die Eindrücke der Flugabenteuer wirken noch lange nach. Da sind aber auch noch diese grässlichen Schmerzen und die dadurch aufkeimende Mutlosigkeit. Die Erinnerung an ihren Flug nach Rom verblasst und weicht einer plötzlich aufkommenden Angst. Nele grübelt über ihre Vergangenheit, lässt viele Bilder Revue passieren, sucht nach Haltepunkten im Chaos der widerstrebenden Gefühle. Sie denkt an ihre Eltern, an Lara und auch an Andreas. Er hat ihr wieder Mut gemacht, aber im Moment verliert sich das Glück der letzten Tage zunehmend im Nebel der ungewissen Zukunft. Gegen Morgen übermannt sie endlich die Müdigkeit und erlöst sie von den ängstigenden Gedanken. Sie fällt in einen erlösenden Schlaf.

Dann wird Nele geweckt und das morgendliche Ritual fordert seinen Tribut: Fieber messen, Puls fühlen und die Frage, wie es ihr geht. Kurze Zeit später bekommt sie Frühstück. Sie greift widerwillig eine Banane, isst sie nur halb auf und trinkt einen Schluck Milch dazu. Dann schläft sie vor Erschöpfung wieder ein.

Irgendetwas holt Nele erneut aus dem Schlaf. Sie spürt einen ruhigen Atem an ihrem Gesicht vorbeistreichen und eine warme, zärtliche Hand auf ihrem kahlen Kopf ruhen. Es dauert ein Weilchen, bis sie in der Realität ankommt. Dann erkennt sie das Gesicht, das ganz nah neben ihrem Kopf schwebt. Ein Glücksrausch überkommt sie. »Sandra«, ruft sie so laut, dass ihre Freundin überrascht zusammenzuckt.

Sie umarmen sich, halten sich fest und Nele möchte den Eindruck am liebsten einfrieren, um ihn bei Bedarf wieder auftauen zu können.

Nach der Wiedersehensfreude mustert sie erst einmal wieder das Gesamtkunstwerk Sandra. »Wo sind deine Haare?«, rutscht es Nele erschreckt heraus. »Die Chemo kann doch noch gar nicht wirken.«

»Im Müll. Abrasiert. Ich lasse mich nicht von der Krankheit in die Knie zwingen und sehe nicht zu, wie mir büschelweise die Haare ausfallen.«

Auch Sandras Augenbrauen sind rasiert, nur ihre Wimpern existieren noch und die sind dunkelgrün gefärbt. Der untere Teil der Oberlider ist mit schwarzem Make-up überzogen, das in ein helles Grün übergeht, um schließlich bis zu den Linien, wo die Augenbrauen waren, fast weiß zu werden. Der weiße Teil ist neben den Augen in die Wangen gezogen worden. Die unteren Lider ziert ein schwarzer Strich, der innen zart beginnt, dann keilförmig an den weißen Außenbereich anschließt. Ihre vollen Lippen erstrahlen in einem betörenden Grün. Heute trägt sie eine kurze ausgefranste Hose aus schwarzem Jeansstoff und darunter eine mit undefinierbaren Ornamenten gemusterte magentafarbene Strumpfhose. Nele erinnert sich an Sandras Vorliebe für die Kombination von Komplementärfarben. Für Nele ist diese Farbzusammenstellung ungewohnt. Sie hat aber nicht das Gefühl, dass das unharmonisch wirkt. Den Oberkörper bedeckt eine weiße Bluse mit großzügigem Dekolleté. Die silberne Brosche mit einer augenförmigen Malachit-Scheibe auf Sandras Brust ist heute der einzige Schmuck.

»Wow, du machst einem Popstar alle Ehre«, entfährt es Nele spontan. Sie ist so hingerissen von Sandras Erscheinung, dass sie sie weiter anstarrt.

»Stimmt was nicht mit mir? Du siehst mich so komisch an«, sagt Sandra belustigt.

»Nein, alles in Ordnung. Du bist so besonders. Ich sehe mich ja nur noch im Pyjama. Wie gerne würde ich mal mit dir tauschen.«

»Mäusken, lass uns nicht über mich sprechen. Wie geht es dir? Ich habe den Eindruck, irgendetwas ist passiert. Du kommst mir heute so entspannt vor. Beim letzten Besuch warst du niedergeschlagen. Du hast zwar gelächelt, aber deine Augen haben das Gegenteil ausgedrückt. Sie waren ohne Glanz. Es hat mich bedrückt, dich so leiden zu sehen.«

Dass Sandra sie Mäusken genannt hat, ist für Nele ein Beweis, dass ihre Freundin viel erwachsener ist als sie. Sie hat es aber sehr zärtlich gesagt. Es vermittelt Nele ein ähnliches Vertrauen, wie wenn ihre Eltern sie Fee nennen.

Sandra schaut sie überrascht an, als sie lächelt.

»Du hast recht, Sandra, es ist etwas sehr Wichtiges passiert. Ein Wunder und ein Märchen. Wenn jemand mir das vorher erzählt hätte, wäre meine Antwort ›Das geht nicht‹ ›Das bildest du dir ein‹ gewesen. Jetzt weiß ich, dass es doch möglich ist. Ich habe mich in eine Möwe verwandelt und lerne die Welt kennen. Ich lerne sie so kennen, wie es kein anderer Mensch je könnte. Das verdanke ich meiner besten Freundin Lara und ihrem Onkel Andreas. Weißt du, der ist Pilot und hat mir das Fliegen beigebracht, aber als Möwe, nicht mit einem richtigen Flugzeug. Das geht ja auch nicht.

Ich erlebe alles nur in meiner Fantasie, es ist jedoch so realistisch, dass ich es meistens für echt halte. Manchmal träume ich davon und dann kann ich es noch mal erleben. Es macht mich sehr glücklich, jetzt noch die Welt kennenzulernen. Sie ist so schön und ich habe es bisher nicht bemerkt.«

»Toll, was du da erzählst. Da siehst du mal, wie geil unser Gehirn ist. Es kann sich alles vorstellen, was wir wollen. Vielleicht hast du jetzt schon mehr erlebt als Leute, die verreisen können. Und wie lebt es sich so als Möwe?«

»Ich sehe die Welt von oben. Das ist superschön. Außerdem ist es der Wahnsinn, als Vogel über allem zu schweben. Als Möwe kann ich überall landen, auch auf dem Wasser.«

»Und wohin bist du schon geflogen?«

»Ich war am Schloss Neuschwanstein und im Grand Canyon. Da kommt man sonst gar nicht hin. Und ich habe in Rom den Papst getroffen und bin auf seinem Wagen gelandet, damit er mich segnet.« Neles Wangen glühen in ihren Gedanken, obwohl sie sich gar nicht heiß anfühlen.

Sandra blickt ihr in intensiv in die Augen und lächelt sie länger an, ohne etwas zu erwidern. Dann ruft sie begeistert aus: »Wow, das ist ja unglaublich.« Plötzlich ergreift sie Neles Hände und fragt: »Nele, hast du eigentlich einen Freund?«

Nele sieht Sandra an, als wäre sie eine Außerirdische. Die Frage macht sie verlegen. »Wie denn, wenn ich hier rumliegen muss? Ich bin schon mal mit einem ins Kino gegangen, der war aber nicht mein Typ.«

»Gibt es denn jemanden, mit dem du gerne gehen würdest?«

»Ich weiß nicht. Vielleicht.«

»Jemanden Bestimmten?«, bohrt Sandra nach.

Die Fragen sind Nele unangenehm. Sie merkt, dass sie anfängt zu schwitzen. »Es gibt einen Jungen, Ben, hinter dem sind alle her. Der sieht super aus und ist total nett. Ben ist aber schon sechzehn, der interessiert sich nicht für Dreizehnjährige.«

»Dann hast du wahrscheinlich auch noch nie richtig geküsst, oder?«

Nele spürt, wie sie rot anläuft, und ihr Puls beschleunigt sich auf gefühlte zweihundert Schläge. »Du kannst vielleicht merkwürdige Fragen stellen.«

»Ich meine es ernst, Nele. Wenn du dieses unbeschreibliche Gefühl eines zärtlichen oder leidenschaftlichen Kusses noch nicht erlebt hast, musst du es unbedingt kennenlernen. Gibt es einen Jungen, den du gerne mal so küssen möchtest? Vielleicht Ben?«

»Ich hab dir doch gesagt, der interessiert sich nicht für mich. Außerdem müsste er mich ja dann hier besuchen.«

Sandra lässt nicht locker, das erkennt Nele an ihrem entschlossenen Blick, der keinen Widerspruch akzeptiert. »Muss er nicht. Du kannst dir doch alles vorstellen, hast du mir gesagt. Warum dann nicht das?«

»Ich glaube nicht, dass das geht«, sagt Nele resigniert.

»Warum versuchst du es nicht? Schließe mal deine Augen und beschreibe mir Ben.«

»Nee, das funktioniert nicht. Jetzt nicht. Vielleicht ein andermal.«

»Komm, Mäusken, versuch es doch wenigstens. Es kann doch nicht so schwer sein, ihn zu beschreiben. Los, gib dir einen Ruck!«

Nele schließt widerwillig die Augen. Und schweigt.

Nach einiger Zeit fragt Sandra: »Wie groß ist er? Welche Haarfarbe, welche Figur hat er? Was für Kleidung trägt er?«

»Er ist größer als ich, aber nicht zu viel, und er hat einen muskulösen Körper. Wahrscheinlich geht er ins Fitnessstudio. Zur Schule kommt er immer mit einem Mountainbike. Ich glaube, er spielt auch Badminton. Er hat ein hübsches Gesicht und dunkle Augen. Seine Haare trägt er als blond gefärbte Tolle mit kurz geschorenen Seiten. So wie ein paar berühmte Fußballspieler. Ich glaube, seine Eltern sind reich. Der hat immer so coole Klamotten an, die teuer sind. Und er lacht viel und ist zu allen nett.«

»Stell dir doch mal vor, die Tür geht auf und Ben kommt herein. Ich bin jetzt Ben und komme zu dir ans Bett. Ich nehme deine Hand.« Sandra fasst vorsichtig Neles Hand. »Ich streichle dich.«

Nele sieht den freundlich lächelnden Ben plötzlich vor sich sitzen. Sandra lässt ihre Hand über Neles Arm gleiten, doch Nele spürt Bens Hand. Sie fühlt sich warm und zärtlich an.

»Ich bin gekommen, um dir zu sagen, dass ich dich schon länger beobachtet habe und sehr nett finde. Es ist mir egal, wie alt du bist. Die Zeit vergeht so schnell und Mädchen entwickeln sich schneller als Jungs. Ich umarme dich. Du spürst meinen Atem in deinem Gesicht. Du möchtest mehr. Ich küsse dich jetzt.«

Nele zuckt überrascht zusammen, als sie eine Berührung auf ihren Lippen spürt, und denkt: »Ben küsst gut, so zärtlich. Solch einen Kuss habe ich noch nie bekommen.« Sie lässt ihre Augen noch eine Weile geschlossen und löst sich nur langsam aus dem gerade Erlebten. Als sie die Augen öffnet, sieht sie Sandra beglückt an. Sie weiß genau, es war Ben. Und sie möchte es wieder erleben. Sie schmiegt ihre Ärmchen um Sandras Hals und flüstert: »Danke, es war sehr schön. Ich hätte nicht gedacht, dass das funktioniert.«

Nele befindet sich momentan in einem Ausnahmezustand. Sie weiß nicht, ob sie träumt oder wach ist. Sie denkt daran, dass sie bald sterben muss. Die Vorstellung von Ben hat sie aufgewühlt. Nach ein paar Schweigeminuten zweifelt sie wieder an einer glücklichen Zukunft. »Ich kann die Wirklichkeit nicht einfach so wegdenken«, schießt es ihr durch den Kopf.

Sandra nimmt sie in den Arm und fragt sie: »Was ist los, Mäusken? Hast du Ben schon wieder vergessen?«

»Sandra, du weißt, meine Zeit läuft bald ab. Vermutlich wird es für mich keinen Ben und auch keinen anderen Jungen geben. Wenn es aber doch passiert, dass ich jemanden kennenlerne, werde ich beim ersten Kuss garantiert an dich denken.«

»Nele, wann deine Zeit abläuft, wissen weder du noch ich. Unsere Krankheit hat keinen Plan. Sie hält sich nicht an Fristen, bleibt immer unberechenbar. Deshalb schwanken wir jeden Tag aufs Neue zwischen Hoffen und Bangen. Falls überhaupt einer weiß, wann es so weit sein wird, dann wohnt er weit über uns im Himmel. Wenn die Leukämie schon ohne Disziplin ist, hoffe ich, dass wenigsten du dich an Verabredungen hältst. Du machst dich nicht vom Acker, das befehle ich dir! Ich komme wieder vorbei und ich möchte nicht vor einem leeren Bett stehen. Versprichst du, dass das nicht geschehen wird?«

»Sandra, ich …«

»Stopp, Mäusken. Ja oder ja!«

»Wir haben uns mal über das unterhalten, was man vielleicht vermisst. Ich würde dich vermissen, Sandra. Deshalb möchte ich gerne noch lange leben. Du musst mir aber das Gleiche versprechen!«

»Klaro, Nele. Ich muss jetzt los, hab noch wichtige Termine.« Sandra lächelt vergnügt, küsst Nele zum Abschied auf die Wange und verschwindet mit Lichtgeschwindigkeit aus dem Zimmer.

Nele ist nach Sandras Besuch ziemlich aufgekratzt. »Wie schade, dass man Menschen wie Sandra und Andreas ohne die Krankheit nie kennengelernt hätte. Diese kurze Zeit mit den beiden hat mein Leben sehr bereichert«, denkt sie. Das muss sie sofort in ihr Tagebuch schreiben.

Donnerstag

Liebes Tagebuch, ich möchte dir heute etwas Wichtiges anvertrauen. Ben aus meiner Schule, den ich so toll finde, hat mich geküsst. Da staunst du, was? Das mit dem Kuss stimmt natürlich nicht wirklich. Ich habe Ben in meiner Fantasie erlebt und den Kuss hat Sandra mir gegeben. Das war mir in dem Moment aber egal. Es war wunderschön.

Sandra war heute da. Sie ist einfach unglaublich. Auf ihrem Arm ist ein Engel tätowiert. Sie sagt, es sei ein Schutzengel. Manchmal denke ich, Sandra ist mein Schutzengel. Sie hat mir mal gesagt, sie möchte nach ihrem Tod mein Schutzengel sein. Sandra hat auch Leukämie. Sie hat es nicht verdient, zu sterben, um mich zu beschützen. Ich weiß, es liegt nicht in unserer Hand. Ich wünsche mir trotzdem, dass wir beide die Krankheit besiegen und noch viele Jahre enge Freundinnen sein können. Ich werde jeden Abend für sie beten. Mir ist heute etwas bewusst geworden, was ich als Trost empfinde. Ohne die Leukämie hätte ich so großartige Menschen wie Sandra und Andreas vermutlich nie kennengelernt.

Gestern war ich beim Papst in Rom. Er hat mich gesegnet. Vielleicht hilft es ja. Papst Franziskus ist die Güte in Person, seine Worte treffen in die Seele. Wir sind zum ersten Mal zu dritt geflogen, Lara war mit dabei.

Es ist ein unbeschreibliches Gefühl, die Welt als Vogel zu erleben. Man fühlt sich, als hätte man bereits einen großen Schritt Richtung Himmel gemacht. Wir haben die Alpen überquert und konnten ohne viel Kraftanstrengung bis nach Rom fliegen. Rom ist wunderschön. Leider konnten wir nur einen Bruchteil davon sehen. Am Petersplatz hat man das Gefühl, dort ist der Eingang zum Himmel. Es wimmelt von Menschen, die alle hierherkommen, um Hilfe von Gott zu erbitten.
Von dort sind wir zur Spanischen Treppe und zum Trevi-Brunnen geflogen. Der Brunnen ist bombastisch. Eigentlich ist er für mich kein Brunnen, sondern ein Kunstwerk aus Marmor, in dem Wasser fließt.
Das Beeindruckendste war die Vorstellung, was sich vor vielen Jahren im Kolosseum abgespielt hat. Hier ist viel Blut geflossen und die Zuschauer haben sich daran ergötzt. Menschen sind merkwürdig. Ich muss jetzt Schluss machen. Ich fühle mich auf einmal so merkwürdig.

Nele erfasst urplötzlich eine innere Unruhe, Furcht vor ihrer kürzer werdenden Zukunft. Der Gedanke an den Tod ängstigt sie. Sie glaubte, sie hätte sich damit abgefunden. Wie aber soll das gehen, wenn man erst dreizehn ist? »Ich muss meinen Eltern einmal Danke sagen, Ihnen erzählen, wie wichtig sie für mich waren. Vielleicht komme ich später nicht mehr dazu.«

Nele ergreift ein Blatt Papier und schreibt:

Abschiedsbrief

Liebe Mama, lieber Papa,

wie es aussieht, werde ich euch bald verlassen müssen. Wenn nicht noch ein Wunder geschieht, war es das. Ich bin darüber unendlich traurig und unglücklich. Ich bin noch so jung und muss schon sterben. Meine Kraft lässt nach und ich möchte nicht aus dieser Welt gehen, ohne euch ein paar Gedanken zu hinterlassen.
Wenn ich jetzt sterbe, war mein Leben ein kurzes, aber ein sehr schönes, ein glückliches, unbeschwertes. Ihr wart die wunderbarsten Eltern, die man sich wünschen kann. Ich liebe euch über alles. Und euch nicht mehr sehen und spüren zu können, macht es mir besonders schwer, euch für immer zu verlassen. Ihr habt mir in den wenigen Jahren meines Lebens eure Liebe geschenkt, mich gefüttert, mir als Baby den Popo abgewischt, mich in den Schlaf gewiegt, mich bei allen kleinen und großen Problemen unterstützt, meine Launen ertragen und vieles mehr. Ihr habt mir während der ganzen Krankheit immer wieder Mut gemacht und den Glauben vermittelt, dass alles gut wird. Ihr habt mit mir gelitten und mich getröstet, wenn es mir nach den Chemos schlecht ging. Aber wir haben verloren. Ich schulde euch so viel und kann euch nichts mehr geben. Leider habe ich euch in

den letzten Jahren viel zu selten gesagt, was ihr mir bedeutet. Wenn man aus der Kindheit herauswächst, hält man vieles für albern. Heute weiß ich, dass es albern war, es euch nicht zu sagen.
Ich hatte einige gute Freunde, meine beste Freundin ist Lara. Vergesst bitte nicht, ihr auszurichten, dass ich sie vermisse. Blödsinn, ich kann sie ja gar nicht vermissen, weil ich dann ja tot bin. Sagt ihr, dass sie ein großartiger Mensch ist und dass ich sie sehr lieb habe. Sie hat mir sehr viel bedeutet.
Ich bin stolz darauf, sagen zu können, dass auch ihr nicht nur Eltern, sondern gleichzeitig beste Freunde für mich gewesen seid.
Ich bin ruhig geworden und auf den unausweichlichen Tod vorbereitet. Er kommt hoffentlich ohne Qualen. Seid nicht traurig und behaltet mich in guter Erinnerung.
Ich hoffe auf ein Wiedersehen im Himmel.
Eure euch über alles liebende Nele

Nele sieht gedankenverloren aus dem Fenster. Die Sonne sendet einen befreienden Lichtstrahl auf ihre Bettdecke und löscht ihre trüben Gedanken. Ihr fällt ein Song aus dem Musical *Cats* ein, das ihr so gut gefallen hat. Er heißt *Memories* und darin gibt es den Satz *A new day has begun*. In Gedanken hört sie die Melodie. Sie ist froh, diesen neuen Tag begrüßen zu können. Ein verschämtes Lächeln huscht über ihr schmales Gesicht. Hat sie soeben den Frosch in sich verraten? Sie nimmt ihn vom Nachttisch und drückt ihn fest an ihre Brust. In Gedanken spricht sie zu ihm: »Tut mir leid, kleiner Frosch. Das passiert nie wieder.«

Sie bekommt regelmäßig Schmerzmittel und Tabletten gegen die Übelkeit. Deshalb kann sie mit einiger Anstrengung im Bett sitzen. Im Sitzen fühlt sie sich nicht so hilflos. Sie will heute mit einem neuen Gedicht beginnen. Außerdem wartet sie voller Ungeduld auf ihre Eltern. »Sie bringen Geborgenheit. Die Geborgenheit, die ich so sehr vermisse und früher nicht einmal wahrgenommen habe. Sie war einfach da, so wie jeden Tag die Sonne morgens auf- und abends wieder untergeht. Etwas, das man nicht infrage stellt. Jetzt erst begreife ich, welch immense Bedeutung es hat, Eltern in dieser Zeit an seiner Seite wissen zu können. Nein, ich denke falsch. Ich meine nicht einfach nur *Eltern*. Ich meine euch, *meine* Eltern. Vielleicht war es gut, dass ich so krank geworden bin. Ich fange an zu verstehen. Ich begreife, welchen echten Wert alles hat. Das wirkliche Leben findet in tausend kurzen Momenten statt. Es gibt viele unglückliche alte Menschen, die vielleicht lieber sterben würden. Wenn ich früh sterben muss, nehme ich ein Leben voll echtem Glück mit in den Himmel«, denkt sie.

Nele sieht schon seit einer halben Stunde alle fünf Minuten auf die Uhr. Dann hört sie endlich das erlösende Pochen an der Tür und ihre Eltern kommen strahlend herein.

Nach der Begrüßung holt Neles Mutter etwas aus ihrer

Tasche. »Nele, wir haben ein Buch mitgebracht, aus dem ich dir gerne vorlesen möchte. Es handelt von Feen. Da du unsere Fee bist, will ich es dir nicht vorenthalten.«

Nele ist sehr überrascht, dass ihre Mutter ihr etwas vorlesen will. So wie früher, als sie noch nicht in der Schule war. Sie denkt gerne an die Zeit zurück und ist aufgeregt, von ihrer Mutter mal wieder etwas vorgelesen zu bekommen. Sie jubelt: »Au ja, das ist eine super Idee. Aber diesmal schlafe ich dabei nicht ein.«

Ihre Mutter lächelt und liest vor: »Im Feenreich herrscht ein großer Tumult. Es soll eine neue Königin bestimmt werden. Die alte Feenkönigin ist des Regierens müde geworden. Sie möchte, dass das Feenvolk eine würdige Nachfolgerin wählt. Die Fee Sasu und die Fee Raku haben beide ihr Interesse am Thron bekundet. Da es nur eine Königin geben kann, muss sich eine durchsetzen. Sie kämpfen zum Teil mit unfairen Mitteln um den Thron. Lass dich überraschen, wer Königin wird.«

Neles Vater wirft sofort ein: »Das sollte Nele sein.«

»Papa, was sollen die Feen denn mit einer so kranken Königin?«, entrüstet sich Nele.

Mama kommentiert den Einwand nicht und liest der andächtig zuhörenden Nele weiter vor. Natürlich siegt am Ende die gute Fee und die unfaire Nebenbuhlerin muss zu einem anderen Volk fliegen.

Nele liegt mit geschlossenen Augen entspannt und regungslos im Bett. Sie war Teil der Geschichte, so wie sie es bei Andreas gelernt hat. Nach einer Weile sagt sie: »Mama, das war sehr schön. Liest du mir morgen wieder was vor?«

»Es freut mich, wenn es dir gefallen hat. Das mache ich sehr gerne. Ich habe noch viele Geschichten.«

Die Eltern verabschieden sich von *ihrer* Fee mit den gleichen Liebkosungen und Umarmungen wie jeden Tag.

Nele denkt an das, was sie heute morgen geschrieben hat, und drückt ihre Eltern noch fester als sonst.

Ihre Verabschiedung wird begleitet von dem wohlbekannten Klopfen an der Türe.

Neles Vater sagt lachend: »Guten Flug, Liebes.«

Nele empfängt Andreas und Lara fröhlich, bereit zu neuen Flugabenteuern. »Wohin es wohl heute geht?«, fragt sie sich.

Lara beginnt mit der lieb gewonnenen Massage. Aus Nele sprudelt währenddessen heraus, dass Sandra sie besucht hat. Sie schildert jedes Detail ihres Outfits und des Gespräches. Nur das Erlebnis mit Ben und dem Kuss behält sie für sich. Sandra schafft es immer wieder, Nele in eine gute Stimmung zu versetzen. Sie ist ein Endorphin-Fass. Wenn sie es über Nele ausgeschüttet hat, wirkt es noch lange nach.

»Was hast du denn heute sonst noch erlebt?«, fragt Andreas. »Hast du die Schwestern auf Trab gehalten?«, blödelt er herum.

»Meine Mama hat mir heute eine Feengeschichte vorgelesen. Sie sagt ja immer, ich sei auch eine Fee. Ich glaube, sie hat noch nicht gemerkt, dass ich kein Kind mehr bin, sonst hätte sie vielleicht ein anderes Buch ausgesucht. Es war aber trotzdem eine sehr schöne Geschichte und meine Mama kann wunderbar vorlesen.«

»Weißt du, Nele, Kind bleibt man immer. Genauso wie die Eltern immer Eltern bleiben. Kinder und Eltern nehmen unverrückbare Positionen im Leben eines Menschen ein. Du kannst sicher sein, dass deine Mutter mitbekommt, wie du dich veränderst. Sie spürt, wie du ihre mütterliche Fürsorge immer weniger benötigst. Es ist am Anfang für deine Mutter schwer, loszulassen. Sie versucht deshalb instinktiv, deine Kindheit zu verlängern. Zeig ihr, dass du sie noch immer brauchst.«

Lara nimmt wie üblich Neles Hand und leitet das Finale ihrer Behandlung ein. Sie nickt ihrem Onkel zu, der die Hände der Mädchen zudeckt. Dann ertönt laut und ernsthaft der Schwur.

Ich will leben ist mehr als ein Spruch. Nele meint es sehr ernst damit. Sie genießt ihre derzeitige Situation und will den Sensenmann herausfordern. Sie ist bereit für ein weiteres Abenteuer. Deshalb schaut Nele Andreas neugierig an. »Wohin fliegen wir heute?«, will sie wissen.

»Wohin möchtest du denn?«, entgegnet Andreas.

»Auf eine einsame Insel, mitten im blauen Meer«, schwärmt Nele.

***

Eigentlich hatte sich Andreas so wie sonst auch für heute einen bestimmten Plan vorgenommen. Da er aber nie weiß, in welcher Verfassung er Nele antrifft, hält er immer noch Alternativen bereit. Heute ist so ein Tag. Er erinnert sich an eine sehr schöne Reise, die er vor ein paar Jahren gemacht hat.

Er sagt: »Ich kenne eine sehr schöne Insel mitten im blauen Meer, und zwar im Pazifik. Wir fliegen nach Viti Levu auf den Fidschi-Inseln. Diese Insel ist zwar nicht einsam, dafür aber ein Traum. Wenn ihr erst mal da seid, werdet ihr gar nicht mehr wegwollen. Es ist ein sehr weiter Weg. Haltet euch gut fest, wir fliegen mit Lichtgeschwindigkeit dahin und landen direkt auf der Insel. Seid ihr bereit?«

Wie aus einem Mund ertönt: »Na klar.«

»Ja ist es denn möglich? Gerade haben wir noch darüber gesprochen und schon sind wir in Viti Levu. 16.000 Kilometer von zu Hause entfernt. Für Supermöwen ist das möglich. Tausende Kilometer tiefblaues Wasser sind unter uns vorbeigezogen. Der Pazifik ist der größte Ozean der Erde und bis zu 11.000 Meter tief. Wenn der Mount Everest dort auf dem Boden stünde, würden ihn noch 2.000 Meter Wasser bedecken. Wir fliegen vorbei an breiten, einsamen Stränden mit Kokospalmen und Felsen im Hintergrund, über Korallenriffe, an denen sich das Meer bricht und weiß aufschäumt. Dann passieren wir eine einsame Bucht mit malerischem Blick auf den türkisfarbenen Ozean. Hier landen wir und genießen erst mal den warmen Strand. Habt ihr schon einmal einen so weißen Sand gesehen? Das könnt ihr auch nicht. Das ist nämlich keiner, es sind die Reste von Korallen. Das Meer hat sie über viele Jahre angespült, die Wellen haben sie zu einem feinen Zuckerguss zermahlen. Der Wind hat mit ihnen gespielt, sie hin und her geblasen, bis sie zu feinsten runden Körnchen wurden. . Das Sonnenlicht wird von den Korallenresten so stark reflektiert, dass man glauben könnte, es wäre Schnee. Wenn ihr darüber lauft, ist es ein wohltuendes Gefühl für eure Füße. Geht ein bisschen umher und lasst euch verwöhnen. Die Lufttemperatur beträgt 28 Grad, auch im Wasser ist es so warm. Wir können später noch ein Bad nehmen. Jetzt gehen, Entschuldigung, fliegen wir erst mal auf Expedition. Die Insel wurde durch einen unterirdischen Vulkanausbruch geschaffen. Der Vulkan hat so lange Lava gespuckt, bis er die Wasseroberfläche durchstoßen hat. Dann hat er noch weitere 1.300 Meter Lava obendrauf gepackt. Wir stehen hier über einem sogenannten Feuerring, der den gesamten Pazifik umfasst. Im Erdinneren befindet sich ein Vulkangürtel, in dem es viele aktive Vulkane gibt. Im Moment sieht es hier aber nicht nach einem Vulkanausbruch aus. Schaut mal nach rechts, da haben sich ein paar Kokospalmen niedergelassen. Sie scheinen sich vor dem gewaltigen Ozean zu verbeugen, so tief wachsen ihre geschwungenen Stämme über den Strand. Nur den Kopf heben sie selbstbewusst hoch. Lasst uns mal auf die Palmdächer fliegen, um mehr zu sehen. Von hier oben ist das Meer noch imposanter. Das dunkle Blau in der Ferne weist auf eine gewaltige Tiefe hin. In Strandnähe wechselt die Farbe des Wassers zu Türkisgrün, immer wieder unterbrochen von weißen Schaumkrönchen an den Korallen, die sich den Wellen in den Weg stellen. Lasst uns mal schauen, was uns die Landseite zu bieten hat. Seht ihr auch, was ich sehe? Ich glaube, da hinten links ist ein dunkler Fleck. Es könnte der Eingang einer Höhle sein. Die sollten wir uns mal genauer ansehen. Vielleicht finden wir einen vergessenen Schatz, den Piraten dort versteckt haben. Kommt, da fliegen wir hin. Der Eingang erschien von der Palme aus so niedrig, er ist aber eigentlich haushoch. Wir fliegen vorsichtig in das Innere. Wow, es ist eine Kathedrale. Die glühende Lava hat hier einen riesigen Hohlraum hinterlassen. Die Wände sind von vielen schmalen Spalten unterbrochen. Aus manchen, die noch genug Licht erhalten, wachsen anspruchslose Pflanzen. Flechten in unterschiedlichen Farben bedecken das Gestein. Von Weiß über Gelb und Orange zu Grün und Rot. Flechten sind Lebensgemeinschaften aus Pilzen und Algen. Sie sind die ersten Lebewesen, die von einem Stein Besitz ergreifen, und der Nährboden für weitere Pflanzen. Der Boden ist ganz nass. Hier muss irgendwo Wasser eindringen. Lasst uns mal weiter ins Innere fliegen. Dort kommt Wasser von der Decke und rinnt die Wand entlang zu Boden. Da, wo es auf den Boden trifft, hat sich schon eine ausgewaschene Mulde gebildet.«

Andreas kommt plötzlich eine verrückte Idee. »Alles, was wir in den letzten Tagen erlebt haben, existierte nur in unserer

Fantasie«, denkt er. »Meine Erzählungen wurden durch sie zu Erlebnissen. Das Reich der Fantasie ist grenzenlos, warum sollten wir uns also nicht etwas Unmögliches vorstellen?!«

Er sagt aufgeregt: »Da vorne in der dreieckigen Felsenspalte liegt etwas Kugelförmiges und es ist ziemlich groß. Lasst uns mal vorsichtig ein paar Schritte in diese Richtung laufen. Das ist … Wir müssen näher heran. Das ist doch … Ich kann's nicht glauben. Das ist ein Ei. Es gibt aber auf der ganzen Erde kein Tier, das so große Eier legt. Wenn es kein außerirdisches Wesen ist, dann kann es nur – ein Saurier sein. Wie kommt der nur hierher? In der Schale sind Risse. Wahrscheinlich hat er seinen Versuch zu schlüpfen nicht überlebt. Aber das gibt's doch nicht. Was hör ich denn da? Hört mal genau hin. Da ist so ein Scharren und Klopfen in dem Ei. Und seht, die Risse im Ei werden größer. Das Ei kullert hin und her. Drinnen scheint einiges los zu sein. Die Saurier sind ausgestorben. Das in dem Ei kann kein Saurier sein. Aber was ist es dann? Vielleicht entdecken wir gerade ein bisher unbekanntes Lebewesen. Seid aber bitte auf der Hut. Ein so großes Baby hat riesige Eltern. Macht euch für alle Fälle bereit zum schnellen Abflug. Jetzt bricht ein ordentliches Stück aus der Schale. Mann, ist die dick. Vorsichtig schiebt sich ein kleiner grüner Kopf heraus und tastet mit seinen gewölbten Augen die Umwelt ab. Das Lebewesen hat zwei kräftige Kiefer mit spitzten Zähnen. Jetzt hat es uns entdeckt und faucht uns heiser an. Es stemmt sich mit seinen kräftigen Schultern gegen die offene Schale, um sich aus seinem Gefängnis zu befreien. Dabei schießt es nach kurzen Erholungen immer wieder zischende Luftstöße hinaus. Es macht das genauso wie ein Gewichtheber. Mit jedem Luftstoß öffnet es die Schalen ein Stückchen weiter und jetzt ist es so weit. Das Eiergefängnis bricht in der Mitte entzwei und entlässt einen triumphierenden Saurier. Ungestüm blickt er in die Runde, schwankt aber noch. Er steht auf hohen Beinen, hat einen wuchtigen Schwanz mit einer Zackenreihe in der Mitte. Er faucht scheinbar grundlos in verschiedene Richtungen, bevor er seinen Geburtsplatz endgültig verlässt. Zwischendurch macht er mit einem durchdringenden Grunzen auf sich aufmerksam. Er ruft nach seiner Mutter. Die wird er aber nicht mehr kennenlernen, denn sie ist vor Millionen Jahren ausgestorben. Armer Dino, er wird auch nicht durchkommen. Wir könnten ihn nicht einmal füttern, da wir nicht wissen, wovon er sich ernährt. Die meisten Dinosaurier waren Pflanzenfresser, es gab aber auch Raubsaurier, die kleinere Artgenossen verspeist haben. Wir müssen uns allerdings keine Sorgen um ihn machen, Lebewesen in unserer Fantasie brauchen keine Nahrung. Wir werden ihn als frisch geschlüpften Dino in Erinnerung behalten. Nur um uns zu begrüßen, hat er in dem Ei Ewigkeiten überdauert. Wir sollten ihm für dieses einmalige Erlebnis dankbar sein. Bei diesem Erlebnis ist mir richtig heiß geworden. Lasst uns ein kühles Bad nehmen. Wir Möwen fliegen zurück zum Strand, landen kurz vor dem sanft anrollenden Wasser und lassen uns die Füße umspülen. Da rollt eine etwas größere Welle heran. Sie hebt uns vom

Boden ab und trägt uns einige Meter hinaus ins Meer. Wir genießen das angenehm warme Wasser, das uns fit für den Rückflug macht. Hier endet unser Ausflug in die Welt des Pazifiks mit seinem Feuerring, Korallen, Palmen, schneeweißen Stränden und nicht zuletzt einem Dinosaurier. Seid ihr bereit, nach Hause zurückzukehren? Beamen wir uns zurück in die Realität. Die Realität ist notwendig, damit wir das Irreale erkennen und die Wirklichkeit schätzen lernen. Lasst eure Augen während des Rückflugs noch geschlossen, denkt an die Erlebnisse und öffnet sie erst, wenn euch mein Flügel berührt.«

Andreas betrachtet die glücklichen, an den Händen gefassten, bäuchlings auf Neles Bett liegenden Freundinnen. Diese Reisen helfen nicht nur Nele, sie bescheren auch Lara einen unvergleichlichen Abschied. Jede Reise führt sie näher an Nele heran, gleichzeitig führt sie sie immer schneller von ihr weg zum bevorstehenden Ende ihrer wundervollen Freundschaft.

Andreas muss sich noch einen Moment beruhigen, bevor er die zwei Möwen ins Menschsein befördert. Er beugt sich zu ihnen hinab und streicht zärtlich über ihre Köpfe.

Neles und Laras strahlende Augen ruhen auf ihm, überwältigt. Die Wärme, die diese beglückten Kinderaugen aussenden, bringt Andreas fast zum Schwitzen. Seit sie die gemeinsamen Reisen machen, sind die beiden offenbar in einem Paralleluniversum, in dem es nur zwei Bewohner gibt und in dem das Glücklichsein seine Heimat hat. Die in Andreas aufkeimende Gewissheit tut weh, schrecklich weh.

Der Moment des Abschieds für diesen Tag kommt schnell, denn Andreas möchte Nele Zeit geben, sich zu erholen.

Nachdem er und Lara das Zimmer hinter sich gelassen haben, gehen sie beide eine Weile wortlos nebeneinander her.

Andreas ist heute extrem aufgewühlt, ohne sagen zu können, warum.

Als er Lara anschaut, bemerkt er, dass es ihr ähnlich geht.

Er legt seinen Arm auf ihre Schultern. »Kopf hoch, Lara, es wird schon wieder. Du darfst nicht daran denken, Nele zu verlieren. Denke an die Zeit, die du jetzt mit ihr verbringst. Die Abenteuer sind für euch vermutlich die intensivsten Erfahrungen, die ihr jemals erleben konntet. Betrachte es als ein einzigartiges Geschenk.« Mehr fällt ihm nicht ein.

Lara atmet schwer ein, stockend, gegen Tränen ankämpfend. Wenn sie ausatmet, hat Andreas das Gefühl, sie lädt dem Atem ihren Schmerz auf. »Ich weiß, ich kann aber an nichts anderes mehr denken. Wenn ich morgens aufwache, frage ich mich immer, ob ich Nele noch mal lebend sehen werde oder ob sie die Nacht vielleicht nicht überlebt hat. Ich habe in der vergangenen Woche gelernt, dass Zeit wehtut. Vom Aufwachen bis vier Uhr quält sie mich. Am liebsten würde ich statt zur Schule gleich zu Nele gehen, um nachzusehen, ob alles in Ordnung ist.«

***

Das heute war kein Urlaub, sondern eine Zeitreise. Nele braucht eine Weile, um wieder in die Realität zu finden. So wie nach jedem Flug. Heute braucht sie aber für das Verlassen der Fantasieebene länger. Die Eindrücke der Reise sind immer noch präsent. Nele muss die ganze Zeit an das Dinosaurierbaby denken. Es hat Millionen Jahre überlebt. Nele hat Mühe, es als Fantasiewesen abzutun. Für sie ist es existent und sie denkt daran, dass es ohne seine Mutter nicht weiterleben kann. In den wenigen Minuten ist es ihr regelrecht ans Herz gewachsen und jetzt will sie es nicht mehr loslassen.

Nele greift zu ihren Aufzeichnungen und vertraut ihnen ihre neuen Erlebnisse an. Sie fühlt sich plötzlich stärker, kann es sich aber nicht erklären. Die Erlebnisse der letzten Tage lassen sie zumindest für einige Stunden über sich hinauswachsen. Sie will deshalb so viel wie möglich aufschreiben, so lange sie es kann.

TAG 7, FREITAG

I wish I could fly

I wish I could fly
Like a bird in the sky
Leaving pain and fear
Angels singing I can hear

I wish I wouldn't die
To survive is what I try
But if it should be too late
Give me wings to heaven's gate

R. F.

Der Tag beginnt laut. Schwester Barbara poltert in ihrer unnachahmlichen Art in Neles Zimmer. »Guten Morgen, Nele. Gut geschlafen?«

Hinter ihr betritt ein etwas schüchterner Junge den Raum.

»Ich habe heute Hilfe mitgebracht«, erklärt Schwester Barbara, als Nele fragend den Jungen mustert. »Das ist Max. Max, das ist Nele, unsere Fee. Komm, Max, sag mal Guten Morgen.«

Vorsichtig nähert Max sich Neles Bett, streckt seinen linken Arm so weit aus, wie es geht, um Neles Hand zu greifen, und murmelt fast lautlos: »Morgen.«

Nele denkt: »Ist er Linkshänder oder hat er vor Aufregung den Arm verwechselt?«

Dann sieht sie, wie er schockiert auf ihren haarlosen Kopf schaut.

Eigentlich hat sie keine Lust, mit dem Eindringling zu reden. Irgendwie fordert er sie aber heraus. »Was guckst du so? Weißt du nicht, wo du bist? Hier ist eine Krebsstation. Aber du brauchst keine Angst zu haben. Leukämie ist nicht ansteckend.«

Nele erkennt, dass Max sich nach ihrer Bemerkung noch unwohler in diesem Raum fühlt. Sein Blick wirkt auf Nele irgendwie unsicher, sie erkennt fast Angst darin.

»Wahrscheinlich möchte er hier so schnell wie möglich weg, weiß aber nicht, wie ihm das gelingen kann«, denkt Nele und fixiert seine Augen. Sie überwindet sich zu einem aufmunternden, knappen Lächeln.

Schwester Barbara erlöst Max aus der Herausforderung, als sie ihn auffordert, ihr zum nächsten Zimmer zu folgen. »Tschüs, Nele«, ruft sie noch.

Max scheint die Sprache verloren zu haben, falls er jemals eine besaß.

Nele schreibt ein paar Zeilen zu dieser seltsamen Begegnung auf.

Freitag

Heute Morgen hat Schwester Barbara Dienst. Sie ist nicht zu überhören. Wenn sie das Zimmer betritt, denkt man zwangsläufig an einen Bundeswehroffizier. Sie redet nicht lange um den heißen Brei herum, sie macht unmissverständlich klar, was sie von einem erwartet. Ihr zu widersprechen würde nichts nützen, Befehl ist Befehl. Schwester Barbara ist aber eine gute Seele, raue Schale, weicher Kern. Böse kann man ihr nicht sein. Sie hatte einen Jungen im Schlepptau, der die Tabletten verteilt hat. Ich frage mich, was dieser Max hier soll. Vielleicht erfahre ich es noch.

Mittagszeit. »Ach du Schande. Schon wieder Max, diesmal ohne Verstärkung von Schwester Barbara«, denkt Nele fast belustigt.

Er setzt das Tablett mit dem Essen auf dem Tisch ab. Dann zeigt er darauf und fragt: »Isst du hier oder im Bett?«

»Im Bett.«

»Okay, dann stelle ich es auf deine Ablage.«

»Was gibt es denn?«, möchte Nele wissen.

»Ich glaube, Fisch.«

Nele ist neugierig und fragt Max ganz direkt: »Was machst du hier auf der Station?«

»Die haben gesagt, ich soll mich hier mal umsehen.« Er

macht einen Schritt zur Tür.

»Wer sind *die* und was gibt es hier zu sehen?«

Vor lauter Schreck bleibt Max so abrupt stehen, dass er fast gestolpert wäre. Er druckst herum. Es sieht aus, als wollte er es nicht sagen. Sein verdattertes Gesicht spricht Bände. Schließlich murmelt er aber: »Mein Psychodoktor und die Schwestern. Sie meinten, hier lägen Patienten, die vielleicht nicht mehr lange zu leben haben.«

»Und was sollte daran für dich interessant sein?«, fragt Nele erbost.

»Das kann ja wohl nicht wahr sein. Jetzt werde ich hier schon ausgestellt wie im Museum«, denkt sie.

»Na ja, sie wollten, dass ich mal sehe, wie es ist, wenn man sterben muss und das eigene Leben nicht einfach wegwerfen darf. Ich hätte doch noch mein ganzes Leben vor mir.«

Nele sieht Max nach dieser Antwort erschreckt an und eine düstere Vorahnung beschleicht sie. »Was meinst du damit?«

Max ist sichtlich überfordert. Sein Gesicht wirkt noch unglücklicher als vorhin. Er dreht sich hin und her, weiß nicht, wohin mit seinen Händen, Schweißperlen glänzen auf seiner Stirn. Neles Frage hat ganz offensichtlich einen wunden Punkt getroffen.

Nele sieht ihm fest in die Augen, sie will eine Antwort.

Er zaudert noch immer und sein Blick ist wie erstarrt. Seine Lippen zucken, als wüssten sie noch nicht, ob sie die Antwort zurückhalten oder loswerden wollen. Die Entscheidung scheint gefällt, als es aus ihm herausbricht: »Ich habe versucht, mir das Leben zu nehmen.«

»Du hast was?«, fährt Nele ihn wütend an. »Wollen wir tauschen? Dann hast du es hinter dir – und ich auch.«

Max steht mit gesenktem Kopf vor Neles Bett und schweigt.

Nele ahnt, dass es in ihm rumort. »Vielleicht ist es die Wut über seinen misslungenen Suizidversuch, vielleicht empfindet er plötzlich Mitleid mit mir. Er scheint zu begreifen, dass er eine Wahl hatte, ich habe sie nicht«, denkt sie.

Nele starrt in Max' verzweifeltes Gesicht. Es ist gut geformt, er hat große braune Augen und ein feiner Flaum auf seiner Oberlippe soll wohl mal ein Bart werden. Die dunkelbraunen Haare sind an den Seiten kurz geschnitten und oben lang. Die langen Haare sind nach hinten zu einer gegelten Tolle geformt worden. Er sieht nicht wie ein Versager aus. Was hat ihn nur zu dem fatalen Entschluss getrieben?

War Nele eben noch stinksauer, entwickelt sie plötzlich Mitleid für Max. Sie, die Todgeweihte, macht sich Gedanken über diesen Hirni. »Wie blöd muss ich eigentlich sein?«, denkt sie. Den Gedanken verdrängt sie aber sofort wieder.

»Kommst du morgen früh wieder?«, forscht sie nach. Das Gespräch jetzt fortzusetzen, hätte wohl keinen Sinn.

»Ich soll erst mal eine Woche hierbleiben.«

»Okay, dann bis morgen. Ich habe heute noch Großes vor.«

Max blick sie mit ungläubigem Erstaunen an.

Nele freut sich über ihren Witz, der Max mal wieder aus der Fassung gebracht hat. »Wenn der wüsste«, denkt sie.

Max verschwindet wortlos.

Nele holt ihre Tagebucheinträge hervor. Das muss sie festhalten.

Heute Mittag ist Max schon wieder aufgetaucht. Er kann doch sprechen. Ich weiß jetzt auch, warum er hier ist. Er hat einen Selbstmordversuch hinter sich. Jetzt soll er sich hier ansehen, wie es ist, wenn man sterben muss. Er ist erst mal für eine Woche auf meiner Station. Wie verrückt muss man sein, sein Leben wie einen ausgelatschten Turnschuh einfach wegzuwerfen? Soll sein Aufenthalt hier etwa eine Therapie für durchgeknallte Jugendliche sein? Ich könnte mir allerdings schon vorstellen, dass Max die Augen geöffnet werden. Er muss aber lernen, dass er eine Entscheidung treffen wollte, die endgültig ist. Vielleicht erkennt er beim Anblick sterbender Kinder, wie wertvoll auch ein Leben ist, das aus der Bahn geraten ist.

***

Die Tür öffnet sich und Neles Eltern treten ein. Sie machen einen gut gelaunten Eindruck. Nele begrüßt sie zurückhaltender als sonst. Gedanklich ist sie immer noch bei dem Gespräch mit Max.

Neles Mutter ergreift Neles Hände und hält sie so, dass sie auf Neles Handflächen schaut. Sie greift etwas fester zu und sagt: »Hallo, Fee. Du scheinst über etwas nachzugrübeln. Was beschäftigt dich?«

Nele sieht ihre Eltern vielsagend an. »Ihr glaubt nicht, was ich heute erlebt habe. Ich hatte Besuch von einem Selbstmörder. Max. Er ist hier auf der Station, um zu erleben, wie es ist, wenn man sterben muss. Ich überlege schon die ganze Zeit, was ihn zu seinem Selbstmordversuch gebracht hat. Zuerst war ich wütend auf ihn. Was bildet der sich ein, wegzuwerfen, worum andere jahrelang vergeblich kämpfen?! Wieder so ein Durchgeknallter, der sich in irgendetwas hineingesteigert hat und glaubt, jetzt geht für ihn die Welt unter. Das war aber ungerecht von mir. Er sah ziemlich unglücklich aus. Womöglich hat er Schlimmes durchgemacht. Vielleicht sagt er mir ja noch, warum er den Tod als letzten Ausweg gesehen hat. Er ist jedenfalls erst mal für eine Woche auf meiner Station.«

Neles Eltern haben ihr aufmerksam zugehört, ohne sie zu unterbrechen. Nachdem sie ihr Erlebnis mitgeteilt hat, sind ihre Eltern sprachlos.

»Wahrscheinlich überlegen sie jetzt, was das alles soll. Warum muss man ein todkrankes Kind mit solchen Themen behelligen?«, denkt Nele.

Dann fragt sie: »Findet ihr das mit Max falsch?«

Neles Mutter wendet sich ihr zu. »Ach Liebes, ich weiß schon lange nicht mehr, was falsch und was richtig ist.« Sie hält kurz inne, dann sagt sie: »Ich habe dir ein Geschenk mitgebracht.« Sie greift in die große Papiertüte neben sich.

Nele hat sich schon die ganze Zeit gefragt, welches Geheimnis die Tüte bewahrt.

Ihre Mutter holt eine Stoffmöwe heraus, deren Augen vom Schein der Deckenlampe zum Leuchten gebracht werden. »Damit du dich an deine neue Identität erinnerst.«

Nele nimmt die Möwe vorsichtig in die Hände und legt sie sich auf die Brust. »Oh, ist die schön. Danke, Mama«, schwärmt sie. Sie hebt die Flügel an und fordert: »Flieg, flieg, kleine Möwe. Vergiss aber nicht, zu mir zurückzukommen.«

Neles Vater, der bis jetzt noch kein Wort gesprochen hat, setzt sich neben seine Tochter aufs Bett. »Aber jetzt sag doch endlich mal, wo ihr gestern wart!«

Nele strahlt ihre Eltern an und erzählt begeistert: »Wir haben fast die halbe Erde umrundet, 16.000 km bis auf die Fidschi-Inseln im Pazifik. Wir sind über schneeweiße Strände und große Korallenbänke geflogen. Aber das Tollste kam erst noch. Da war eine Höhle. Und wisst ihr, was es da gab? Darauf kommt ihr garantiert nicht. Da lag ein Dino-Ei. Seit Millionen Jahren hatte es dort im Sand in einer Felsspalte wohl darauf gewartet, dass wir es entdecken. Das ist aber noch nicht alles. Während wir das Ei bestaunten, brach es plötzlich auf, und heraus kam ein Baby-Dino. Der war richtig süß, und wie er uns immer böse angefaucht hat. Natürlich weiß ich, dass er nur in unserer Fantasie existiert hat, aber ich musste den ganzen Tag daran denken.«

»Mensch, Nele, was du so erlebst. Da kann man ja richtig neidisch werden«, sagt ihre Mutter lächelnd. »Eigentlich wollte ich dir heute wieder etwas vorlesen. Ich glaube aber, du bist so voll mit Eindrücken, dass du für eine neue Geschichte keinen Platz mehr in deinem Kopf hast.«

»Du hast recht. Die Erlebnisse von gestern gehen mir nicht mehr aus dem Sinn. Ich kann mich auf nichts anderes konzentrieren.« Nele erzählt in allen Einzelheiten, in welcher Traumwelt sie sich gestern aufgehalten hat.

Nele will ihren Eltern das Gefühl vermitteln, dass sie trotz allem irgendwie glücklich ist. Das kann sie aber nicht auf ihre Eltern übertragen. Sie fragt sich, warum sie sich nicht mit ihr freuen können. Sie wirken extrem angespannt, anders als bei ihrer Ankunft. »Müsste es nicht umgekehrt sein?«, denkt sie.

***

Die Beschäftigung mit Nele lässt Andreas nicht genug Raum für eigene Interessen. Es fällt ihm zunehmend schwerer, abzuschalten. Nele ist nicht mehr irgendein krankes Mädchen, dem er hilft. Sie ist längst zu einem unlöschbaren Ereignis in seinem Leben geworden. Andreas leidet auch unter dem Alleinsein am Vormittag. Birgit und Roland müssen arbeiten und Lara ist in der Schule.

Heute Vormittag macht er einen Ausflug zum Gasometer nach Oberhausen. Bisher hatte er noch keine Gelegenheit, hier eine Ausstellung zu besuchen. Er ist zum richtigen Zeitpunkt gekommen, denn die Ausstellung *Wunder der Natur* ist für einen Naturverliebten wie Andreas ein Glücksfall. Die magischen Bilder fesseln ihn und er entrückt gedanklich der Wirklichkeit. Genau das ist es, was er Nele vermitteln will, die Magie der Bilder.

»In unserer schnelllebigen Zeit gehen viele wichtige Details verloren. Wir sehen nur noch das, was wir sehen wollen«, denkt er. Unwillkürlich fällt ihm das Zitat aus dem Buch *Der kleine Prinz* ein. »Das Wesentliche ist für die Augen unsichtbar.«

Auf seinen Flügen hat er schon sehr viel erlebt. In 11.000 Metern Höhe gehen aber viele Details der wahren Pracht unter ihm verloren. Die wunderschönen Bilder der Ausstellung erinnern Andreas daran, dass es sich um die reale Welt handelt, die Nele vermutlich nie sehen wird. Sie kennt die Welt nur aus Fantasiereisen mit ihm und Lara.

Seine eigene Wirklichkeit ist im Moment eingeschränkt. Sie hat einen Namen – Nele. Sein Urlaub geht bald zu Ende und er fragt sich, was dann aus seiner todkranken Möwe wird. Was, wenn Nele doch länger lebt als prognostiziert? Mit seinem Urlaub enden auch die Fantasieflüge. Die glückliche Möwe Nele wird sich in das kranke Kind Nele zurückverwandeln.

»Ich hätte ihr so sehr gewünscht, dass sie in der Erinnerung an eine beglückende Reise einfach ruhig einschläft«, denkt Andreas. Er erschrickt über seine Gedanken. »Habe ich ihr gerade einen schnellen Tod gewünscht? Soll sie sterben, solange ich noch hier bin?« Er kann es nicht nur denken, er spricht die Worte leise aus. Er schämt sich, obwohl seine Überlegungen einer gewissen Logik folgen.

Er sollte, so war es Laras Idee, ihr die letzten Tage verschönern. Ihm war sehr schnell klar, dass die ihm übertragene Aufgabe für ihn zu einem innigen Wunsch wurde. Der Gedanke dass er vielleicht weit weg irgendwo in der Luft ist, wenn Nele stirbt, schmerzt ihn. Die gemeinsamen Flugabenteuer haben Nele offensichtlich gutgetan. Sie zeigt mehr Lebensmut und ist aktiver als am Anfang. Es scheint, der Tod musste ein paar Schritte zurücktreten.

Andreas fragt sich: »Ist Nele die eine unter vielen, bei der eine Spontanheilung eintritt? Haben die Reisen vielleicht etwas dazu beigetragen?«

Er schaut auf die Uhr und erschrickt. Schnell verlässt er das Gebäude und hastet zu seinem Auto.

Lara hat heute früher Schulschluss und Andreas holt sie ab. Er hat versprochen, mit ihr Pizza zu essen, bevor sie zum Krankenhaus fahren. Lara braucht dringend Abwechslung. Ihr Denken, Fühlen und Handeln sind einer einzigen Prämisse untergeordnet. Diese Anspannung muss mal aufgelöst werden. Außerdem hat sie noch nicht die Leidensfähigkeit eines Erwachsenen, um die Eindrücke verarbeiten zu können. Sie kommt zu kurz. Die Jugend ist nur ein flüchtiger, aber ungleich wichtigerer Lebensabschnitt. Zwischen Kind- und Erwachsensein vergehen nur wenige Jahre, in denen sich ein Mensch formt und die Loslösung von den Eltern verkraften muss. Es ist die Zeit, in der er lernt, Verantwortung für ein selbstbestimmtes Leben zu übernehmen. Lara bekommt diesen Lebensabschnitt schmerzhaft gekürzt.

Als Lara Andreas erblickt, beschleunigt sie ihre Schritte. Ihre Augen leuchten ihm entgegen.

»Na, Strahlemann, freust du dich aufs Wochenende? Du hast die Schule geschafft. Oder hat sie dich geschafft?«

»Geht so. Schule Ist schließlich nicht zum Spaß.«

»Dann lass uns mal die Schule bei einer leckeren Pizza vergessen. Es gibt einen guten Italiener auf der Rüttenscheider Straße. Dem werden wir mal einen Besuch abstatten.«

***

In dem Geruch, der den beiden beim Betreten des Restaurants entgegenströmt, lösen sich die belastenden Gedanken vorübergehend auf. Hier gibt es handgemachte Pizza. Vom Tisch aus kann man zusehen, wie das Formen des Pizzabodens zelebriert wird. Die perfekte Konsistenz des Teiges und das handwerkliche Geschick des Pizzabäckers machen aus einem Teigklumpen einen Boden, der gerade so dick ist, dass er noch belegt und in den Ofen befördert werden kann. Auch das Verteilen der leckeren Zutaten wird zum Event. So wie Barmixer eine Show präsentieren, wird auch hier das Kunstwerk Pizza schon vor dem Backen zum Erlebnis. Der Belag wird nicht ziellos verteilt, sondern wie im Sternerestaurant mit viel Überlegung auf den Teig gelegt.

Lara schaut gebannt zu und Andreas ist froh, dass der Ausflug sie ablenkt.

Nach kurzer Wartezeit, in der das Pizza-Kunstwerk seiner Vollendung zugeführt wird, bekommen Lara und Andreas eine perfekte Komposition aus knusprigem Teig und nicht zu stark gegartem Belag. Vor dem Servieren hat Antonio, der sich beim Betreten des Restaurants mit einem höflichen Lächeln vorgestellt hat, noch frische Kräuter und geriebenen Pecorino dazugegeben.

Andreas und Lara haben bis jetzt kaum miteinander gesprochen. Das Prozedere hinter der Theke forderte offenbar Laras ganze Aufmerksamkeit.

Andreas legt nun eine Hand auf ihren Arm. »Lass es dir schmecken, Lara, du hast es dir verdient.«

»Danke, ich wünsche dir auch guten Appetit.«

Während des Essens beschränkt Andreas das Gespräch auf das Thema Schule.

Hierzu hat Lara viel zu erzählen. Ein Schüler wurde der Schule verwiesen, weil er einen anderen in den sozialen Medien gemobbt hat. »Das war so ein voll ekliger Typ. Gut, dass er weg ist«, sagt Lara abschließend.

Nach dem Essen sieht Andreas Lara fragend an. »Was hältst du von unserer Mission? Denkst du, Nele profitiert davon?«

»Vielleicht bilde ich es mir nur ein oder wünsche es mir bloß, aber sie kommt mir lockerer vor. Oder was meinst du?«

»Ich empfinde es auch so«, antwortet Andreas. »Sie lacht

viel und ist aktiver. Ich glaube, sie hat vergessen, wie es wirklich um sie steht. Wir wissen natürlich nicht, was sie denkt, wenn sie allein ist. Fängt sie dann der Krankenhausalltag wieder mit seiner Konzentration auf die Krankheit ein? Ich hoffe, sie nimmt die Flugerlebnisse mit über den Tag. Hoffen wir, dass nichts passiert, was sie aus der Bahn werfen könnte.« Andreas umfasst Laras Hände und sieht ihr fest in die Augen. »Lara, ich sehe, dass dich das alles sehr belastet. Das geht so nicht weiter. Ich bin sehr stolz auf dich, weil du dich so aufopferst. Du musst aber auch mal an dich denken. Du bist dreizehn, also jetzt Teenager. Da will man Spaß haben, Freunde treffen. Stell dir vor, du bist eine Waage. Auf der einen Seite stehen die Probleme, auf der anderen die erfreulichen Dinge. Bei einer ausgewogenen Balance wiegt das eine das andere genau auf. In deinem Alter sollte die Seite mit der Freude aber wesentlich mehr Gewicht haben.«

»Ich bin fast vierzehn«, widerspricht Lara.

Andreas lächelt. »Auch mit fast vierzehn gilt das, was ich gesagt habe. Die unbeschwerte Zeit, in der die Zukunft noch keine große Rolle spielt, ist kurz. Vernachlässige deine anderen Freundinnen nicht. Vielleicht hast du bald nur noch sie. Mach mal was Verrücktes, gehe auf eine Party oder sieh dir einen lustigen Film an. An deiner Einstellung zu Nele ändert das absolut nichts. Du erlebst eine wunderschöne Zeit mit ihr. Mach sie nicht kaputt, indem du dich unnötig quälst.«

Lara schluckt. Ihre Augen bekommen den Glanz unterdrückter Tränen. »Vielleicht hast du recht. Ich hab mich zu sehr zurückgezogen. Manchmal habe ich das Gefühl, dass ich langsam gemieden werde. Niemand weiß, wie es mir geht. Ich habe noch nichts von Nele erzählt.«

»Wer ist deine zweitbeste Freundin?«

»Jenny.«

»Wann hast du dich zuletzt mit ihr getroffen?«

»Da muss ich echt überlegen. Wir sehen uns zwar in der Schule, haben aber in letzter Zeit sehr wenig miteinander gesprochen.«

»Verabrede dich mit ihr. Sie versteht deine Zurückhaltung bestimmt falsch. Erzähle ihr ruhig, was dich bedrückt. Du weißt ja – geteiltes Leid … Wenn du nicht möchtest, dass es noch jemand erfährt, verlange von ihr Stillschweigen. Wenn sie eine wirkliche Freundin ist, wird sie deinen Wunsch respektieren.«

***

Auf dem Weg zu Nele diskutieren Lara und Andreas weiter über Andreas' Aufforderung, dass sich Lara mehr um sich selbst kümmern soll. Andreas beschwört sie, seinen Rat anzunehmen.

Nach einer Weile sieht Lara ihn schweigend an. Sie scheint mit sich zu kämpfen.

Andreas sagt auch nichts mehr. Er lächelt nur.

Schließlich lächelt auch Lara ihn an, bevor daraus ein erleichtertes Lachen wird.

»Wohin …«, beginnt Lara, bricht aber ab.

»Willst du wissen, wohin wir heute fliegen?«, fragt Andreas.

»Nein, ich habe es mir anders überlegt. Es ist unfair, wenn ich es früher erfahre als Nele. Sie soll es zuerst wissen.«

Andreas hat sich für heute eine aufregende Reise mit vielen Facetten vorgenommen. Entschlossen strebt er dem Krankenhaus entgegen.

Auf dem Weg zu Neles Zimmer begegnen ihnen ihre Eltern. Sie strahlen Zuversicht aus, wirken gelöst.

»Wie geht es Nele?«, will Andreas wissen.

»Den Umständen entsprechend gut. Sie hat uns von einem Dinosaurier erzählt. Der hat sie sehr beeindruckt. Ist schon komisch. Sie wirkte dabei wieder regelrecht kindlich. Wir sind so dankbar für die Ablenkung. Sie tut Nele gut.« Neles Vater drückt fest Andreas' Hand. »Ich weiß gar nicht, wie ich Ihnen danken soll. Sie hat der Himmel geschickt.«

»Übertreiben Sie nicht, Herr Wiebusch. Ich komme nicht vom Himmel. Ich möchte auch so bald nicht dahin. Und vergessen Sie nicht, dass Lara diese ausgefallene Idee hatte.«

»Trotzdem, wir werden es Ihnen nie vergessen«, sagt Frau Wiebusch. »Es gibt eine kleine Überraschung. Wir haben Nele eine Stoffmöwe zur Erinnerung an die schönen Reisen geschenkt.«

»Na dann wollen wir mal zu ihr gehen. Wir überqueren heute den großen Teich.« Andreas lacht laut auf. »Teich, was für eine Bezeichnung für solch einen großen Ozean.«

Als sie in Neles Zimmer kommen, hebt sie ihre Möwe hoch und bewegt sie hin und her, so als würde sie fliegen. »Schaut mal, was meine Eltern mir geschenkt haben! Ist sie nicht schön? Wenn ich sie betrachte, erinnere ich mich sofort an unsere tollen Flüge. Ich bin schon total gespannt auf heute. Aber zuerst müssen wir meine Möwe taufen. Sie hat noch keinen Namen. Liebe Möwe, ich taufe dich auf einen ganz besonderen Namen. Du kannst nur diesen einen Namen haben. Du sollst Andreas heißen.«

Andreas ist sehr gerührt. Er dreht sich für einen Moment weg und atmet tief durch. »Nele, ich danke dir. Es ist eine große Ehre.« Diese Tage mit Nele und Lara im Krankenhaus wird er nie vergessen.

Während er noch nachdenkt, tollen die beiden Mädchen mit der Möwe herum. Diese ausgelassene Stimmung im Krankenzimmer erinnert Andreas eher an ein Treffen mit Freunden zum vergnüglichen Plaudern als an das Zimmer eines sterbenden Kindes.

Der aufsteigende Duft nach frischem Eukalyptusöl unterbricht seine Gedanken. Lara hat bereits mit ihrer Massage angefangen. Nele behauptet, dass dadurch ihre Schmerzen etwas nachlassen und sie sich besser bewegen kann. Egal, ob es stimmt oder Einbildung ist, das Ergebnis zählt. Nach dem besonders enthusiastischen »Ich will leben«-Ritual legt Lara sich zu Nele ins Bett.

Andreas sieht die beiden aufmerksam an. »Wir machen heute eine weite Reise. Wir werden den Atlantik überqueren.

Das ist mit Risiken verbunden, weil es eine sehr große Distanz ist und sich jederzeit gefährlichen Stürme aufbauen können. Die erste Atlantiküberquerung der Gebrüder Wright war wirklich ein unkalkulierbares Abenteuer. Zum Glück haben sie es geschafft. Wir drei Supermöwen kennen solche Unwägbarkeiten nicht, da wir Superkräfte haben, die uns sicher überall hinbringen. Wir fliegen heute zu einer der faszinierendsten Städte der Welt. Sie liegt an der Westküste der Vereinigten Staaten von Amerika im Bundesstaat Kalifornien und ist so abwechslungsreich wie kaum eine andere. Um dahinzukommen, überqueren wir nicht nur den Atlantik, sondern auch ganz Amerika, und landen an der Westküste. Hier treffen wir auf den größten Ozean der Erde, den Pazifik. San Francisco ist eine Halbinsel. Sie liegt an der sogenannten San-Andreas-Verwerfung, wo sich zwei Erdplatten gegeneinander verschieben, was eine hohe Erdbebengefahr bedeutet. Ich versichere euch, ich habe damit nichts zu tun, auch wenn mein Name dafür steht. Zurzeit droht aber keinerlei Gefahr, für uns Möwen sowieso nicht. Deshalb fliegen wir zuerst zu einem Meisterwerk der Ingenieurkunst, zur weltberühmten Golden Gate Bridge. Sie war lange Zeit die größte Hängebrücke der Welt und steht am Eingang zur Bucht von San Francisco. Die Brücke ruht auf zwei riesigen Stützen, von denen sich die Tragseile entlang der Fahrbahnen zu den Enden und der Brückenmitte spannen. Daran sind viele senkrecht aufgehängte weitere Seile verankert, um das große Gewicht der Brücke zu halten. Die Brücke ist über zwei

Kilometer lang und leicht an ihrer charakteristischen Form, aber auch besonders an ihrer Farbe erkennbar. Sie ist nämlich rot gestrichen. Sie gehört wie die Freiheitsstatue zu den Wahrzeichen der Vereinigten Staaten von Amerika. Wir landen auf einer der Stützen. Von hier oben haben wir eine beeindruckende Sicht auf die ganze Stadt. In der Ferne erkennt ihr die Twin Peaks, die Zwillingsgipfel. Sie sind die zweithöchsten Erhebungen in San Francisco und etwa gleich hoch, ungefähr 280 Meter. Die größte Erhebung ist Mount Davidson mit 283 Metern. Um die Twin Peaks herum wurden viele Häuser entlang der Straßen gebaut, die in einem klassischen Rechteckmuster angelegt sind. Markante Betontürme befinden sich in Downtown, so nennt man die Innenstadt. Jeder Turm versucht, die anderen zu überragen. Hier versammelt sich das große Geld. Banken, Bürohäuser, Firmentempel. Auf einigen Türmen der hohen Gebäude gibt es Landeplätze für Hubschrauber. Unverwechselbar die Transamerica Pyramid. Mit einer Höhe von 260 Metern ist sie das zweithöchste Gebäude der Stadt. Viele Jahre hat man sich nicht getraut, solch hohe Gebäude in San Francisco zu bauen. In Kalifornien gibt es die meisten Erdbeben innerhalb der Vereinigten Staaten von Amerika. Die Ingenieure haben es aber fertiggebracht, solch hohen Bauwerken eine gewisse Erdbebensicherheit zu verleihen.«

Andreas bewundert die Mädchen, die mit geschlossenen Augen fast bewegungslos lauschen. Sicher würden sie gerne den einen oder anderen Kommentar abgeben. Sie vergessen aber nicht, dass die Möwen sich nicht in der menschlichen Sprache unterhalten.

Er fährt fort: »Außerdem blicken wir von hier auf eine der bekanntesten Inseln der Welt. Auf Alcatraz. Dort waren die größten Verbrecher eingesperrt. Es hieß, eine Flucht sei unmöglich. Einzelne haben es dennoch geschafft. Ob sie irgendwo angekommen sind, ist unbekannt. Da werden wir auch noch hinfliegen. Unser Brückenpfeiler ist kein angenehmer Landeplatz. Der eiskalte stürmische Wind, der vom Meer herüberweht, wirbelt uns kräftig die Federn durcheinander. Unter uns peitscht er das Wasser zu steilen Windwellen mit weißen Schaumkronen, die er zu einem Schweif wie bei einem Kometen verbläst. Das Wasser wird nie so warm, dass man darin ohne Neopren-Anzug schwimmen könnte. Wir Möwen aber schon, denn wir sind ja gut gepolstert.«

Die Mädchen schütteln sich, als würden sie das kalte Wasser spüren.

»Da ihr ja schon sehr geübte Flieger seid, besuchen wir jetzt mal die Stadt und kreisen um die Hochhäuser. Hier ist es zu ungemütlich. Auf geht's! Wir fliegen auf die Pyramide zu. Sie liegt von hier aus links von uns. Sie war bis 2018 das höchste Gebäude von San Francisco. Der Salesforce Tower hat sie mit 326 Metern von Platz eins verdrängt. Viele Stahlbetonsäulen tragen das hohe Gewicht der Pyramide. Zwischen ihnen sind waagerechte Querbalken angeordnet und darauf stehen großvolumige dreieckige Gebilde, die die Last darüber stützen. Dadurch entstehen Durchgänge. Es ist offen und doch enorm stabil. In dem unteren Teil sind Geschäfte untergebracht. Der Rest der Pyramide ist mit Hunderten Fenstern versehen. Sie gehören alle zu Büros, in denen Tausende Mitarbeiter pausenlos telefonieren, auf ihren Computertastaturen hämmern oder in Meetings sitzen und über wichtige Entscheidungen diskutieren.«

Die Beschreibungen der Hochhäuser wecken bei Andreas die Erinnerung an den 11. September 2001, als Selbstmordattentäter das World Trade Center in einen Haufen Schutt mit fast dreitausend Toten verwandelten. Die Videobeiträge in den Medien wirkten auf ihn wie ein Filmspektakel. So etwas konnte und wollte man sich nicht vorstellen.

Er löst sich von den schrecklichen Gedanken und widmet sich wieder seinen zwei jungen Möwen. »Wir drehen noch ein paar Runden um die Skyscraper. Von hier oben betrachtet sind die Straßen in der Tiefe der Grund enger Schluchten, auf denen sich Spielzeugautos bewegen und als Menschen verkleidete Ameisen zu ihrer Futterquelle krabbeln. Natürlich können wir überall hinfliegen, aber eine Fahrt mit einem Cable Car sollte man unbedingt erlebt haben. Es sieht aus wie eine uralte Straßenbahn und fährt auch genauso auf Schienen. Es ist aber eine sogenannte Kabelbahn. Unter der Oberfläche läuft ein Seil, in das sich die Cable Cars ein- und ausklinken können. Vielleicht fragt ihr euch, warum es wenig elektrische Straßenbahnen gibt. Seht euch mal die Straßen an. Sie erinnern an einen Hindernisparcours. San Francisco ist sehr hügelig, da ist es schwierig, mit einem eigenen Antrieb die Hügel hochzukommen. Etwas Ähnliches wie Cable Cars gibt es auch bei uns in den Alpen für den Transport von Skifahrern. Das sind aber Standseilbahnen und die Wagen sind fest mit dem Seil verbunden. Ein Standseil hat immer zwei Wagen, einer fährt tal-, der andere bergwärts. So spart man viel Kraft, weil immer nur ein geringes Gewicht gezogen werden muss.«

Andreas denkt schon ans nächste Ziel und amüsiert sich schon im Vorfeld über den Spaß, den die zwei gleich haben werden. Und dazu müssen sie nicht einmal ihr Möwenkleid verlassen.

Enthusiastisch fährt er fort: »Wir fliegen kurz rüber zur Powell Street, um die Bahn zu erwischen, die uns zu unserem nächsten Ziel bringen wird. Wir landen auf dem Dach des Wagens, der gemütlich seinem Ziel entgegenrollt. Die Wagenenden besitzen offene Plattformen, auf denen man stehen kann. Im Innenraum gibt es nur wenige Sitzplätze auf längs angeordneten Holzbänken. Die sind meist von älteren Menschen besetzt, denn die Amerikaner sind im Allgemeinen sehr rücksichtsvoll. Für die meisten Passagiere bleibt leider nur ein Stehplatz übrig. Sogar draußen sind Standbretter und Haltegriffe angebracht. Wir lassen uns Richtung Ghirardelli Square chauffieren. Dort gibt es tolle Geschäfte und viele Straßenkünstler unterhalten die Besucher. Vor allem Musiker versuchen hier, ein paar Münzen abzubekommen. Jetzt hält unsere Bahn an, um Passagiere ein- und aussteigen zu lassen. Seht mal, was da hinter unserer Bahn steht. Eine schwarze

Stretchlimousine mit dunkel getönten Scheiben. Solche Fahrzeuge sieht man hier öfter. Von innen sind die Wagen wie eine Miniatur-Wohnung mit Tisch, Bar, Fernseher, Stereoanlage und Kühlschrank mit Champagner und Kaviar ausgestattet. Man kann sitzen oder gemütlich liegen. Im Inneren dieser Büro-Wohn-Schlaf-Transport-Anlage wird aber auch so manches bedeutsames Geschäft abgeschlossen. Der Besitzer fährt natürlich nicht selbst. Für ein solches Statussymbol beschäftigt man selbstverständlich einen Chauffeur. Die Bahn fährt gleich weiter. Wir fliegen zur Vorderseite des Daches und schauen über den Rand auf den Steuerstand des Fahrzeugführers. Es ist ein älterer rundlicher Mann mit brauner Hose, einer beigen Steppweste und beiger Baseballkappe, auf der in Großbuchstaben PHL steht. Das ist die Abkürzung für Powell-Hyde-Line. Das gebräunte Gesicht des vielleicht sechzig Jahre alten Mannes wird von einem kurz geschnittenen Schnäuzer geziert. Der Wagenführer zieht den langen Hebel an, der den Wagen mit dem unter ihm verlaufenden Stahlseil verbindet. An den Haltestellen löst er den Wagen nur halb vom Seil, damit er sofort weiterfahren kann. Das Aufnehmen des Seiles mit völlig geöffneter Halteklaue ist schwierig, deshalb wird nur an Endhaltestellen und Kreuzungen die Verbindung vollständig gelöst. So, wir sind fast am Ziel. Südamerikanische Musik weht uns schon entgegen. Wir warten das Halten der Bahn nicht ab, sondern fliegen gleich zum Ghirardelli Square. Der wird euch besonders interessieren, denn er ist eine alte Schokoladenfabrik. Heute sind darin viele kleine Shops mit ausgefallenen Waren untergebracht. Wir landen auf dem Dach des Gebäudes mit dem viereckigen Türmchen. Von hier können wir alles überblicken. Und was sehen und hören wir als Erstes? Da steht eine Musikgruppe in ihren bunt gestreiften Ponchos. Zwei spielen Gitarre, einer Ukulele. Eine Panflöte und zwei Handtrommeln sind auch dabei. Die lateinamerikanische Musik ist sehr rhythmisch und geht sofort ins Ohr. Die dunkel pigmentierten Latinos haben lange schwarze Haare, die leicht gelockt bis über die Schultern reichen. Die Gesichter sind von der Sonne in zerfurchte Landschaften verwandelt worden. Die zwei Gitarrenspieler tragen jeweils einen dunklen, verbeulten Hut mit einem orangefarbenen Band und einer schmalen Krempe. Sie stehen vor dem Brunnen mit den zwei Meerjungfrauen. Um den Brunnen herum sitzen etliche junge Leute, die den sonnigen Tag und die klangvolle Musik genießen. Wir fliegen noch ein paar Meter weiter zum Fisherman's Wharf. Ihr müsst nur dem Geräusch der Möwen folgen. Ein paar Hundert Artgenossen füllen den Abendhimmel, an dem die Sonne schnell sinkt. Riecht ihr das Meer? Obwohl Möwen fast alles fressen, streiten sie sich um die erbeuteten Bissen. Der Diebstahl ist wohl einfacher, als sich selbst etwas zu besorgen. Vielleicht macht ihnen das Kämpfen um die Bissen auch einfach Spaß. Wer weiß? Die Möwen kreisen aufmerksam über dem Jachthafen und warten darauf, dass die Besitzer ihnen etwas zuwerfen. Manchmal stehlen sie sich auch selbst in einem unbeobachteten Moment etwas Fressbares von den

Jachten. Als geschickte Flieger, ausgestattet mit der nötigen Portion Frechheit, schaffen sie es oft, den Menschen im Fluge das Essen aus den Händen zu reißen. Ihr zwei würdet so etwas natürlich nie tun.«

Andreas sieht, wie Nele und Lara grinsen, obwohl Möwen das gar nicht können. Sie sind natürlich noch Mensch, sodass der Kommentar sie belustigt.

»Fisherman's Wharf erkennt ihr schon im Anflug an seinem Logo, das einem Steuerrad nachempfunden ist. Hier stehen Straßenkünstler, Porträtmaler, Komiker und flippige Typen. Es gibt viele Shops mit einer unvorstellbaren Auswahl an außergewöhnlichen T-Shirts. So etwas kann man zu Hause nicht kaufen. Schade, dass wir nichts mitnehmen können. Fisherman's Wharf ist ziemlich belebt, es ist eine typische Touristenattraktion. Seht mal, da kommt gerade jemand auf einem zwei Meter hohen Einrad angefahren. Wie der wohl aufgestiegen ist? An der Ecke vom Angelgeschäft lässt sich gerade eine junge Frau mit ihrem Hund auf dem Arm malen. Das sehen wir uns mal genauer an. In Windeseile legt der Maler zuerst ein paar flüchtige, zarte Umrisse an. Dann beginnt er damit, einzelne Konturen zu präzisieren. Er springt dabei hin und her, von der Nase zum Ohr und von dort zur Hundeschnauze, dann wieder zur Bluse der Frau. Das alles geschieht mit einer Leichtigkeit, dass man meint, seine Hand würde von einer unsichtbaren Macht geführt werden. Nach nur fünf Minuten sieht man schon deutlich die wichtigen Umrisse, die Frau und der Hund sind eindeutig erkennbar.

Nach spätestens zwanzig Minuten wird das Porträt fertig sein. So lange warten wir nicht mehr. Den Rest stellen wir uns einfach vor.«

Andreas denkt an den Rückflug. Ist Nele schon erschöpft? Das Gefängnis von Alcatraz müssen die zwei Mädchen aber noch sehen. Sie sollen nicht nach Hause fliegen, ohne etwas von den legendären Gangsterbossen erfahren zu haben.

Er sagt deshalb: »Die Sonne wird bald untergehen und wir wollen rechtzeitig zurückfliegen, bevor es dunkel wird. Vom Meer weht eine kalte Brise herüber, aber wir statten noch schnell der berühmt berüchtigten Insel Alcatraz einen Besuch ab. Das berühmteste Gefängnis der Welt ist heute ein Museum. Wir landen auf dem Wasserturm. Der bietet uns einen großzügigen Landeplatz. Hier auf dieser Insel wurden die größten Verbrecher des 20. Jahrhunderts wie zum Beispiel der auch heute noch bestens bekannte Al Capone gefangen gehalten. Es ist nur eine winzige, aber bedeutende Erhebung aus dem nur 11 Grad kalten Meer mit gefährlichen Strömungen. Die Bedingungen galten als ausbruchsicher. Selbst wenn es den Häftlingen gelang, das Gefängnisgebäude unbemerkt zu verlassen, galt die Bucht als tödliches Hindernis, das einige mit ihrem Leben bezahlen ließ. Die Ausbruchsversuche endeten in den meisten Fällen mit der erneuten Festnahme der noch lebenden Häftlinge. Einige hat man aber nicht gefasst. Man vermutet, sie sind ertrunken, Beweise dafür gibt es aber keine. Drei Sträflingen gelang die Flucht, weil sie Attrappen ihrer Köpfe angefertigt und ins Bett gelegt hatten, um die

Wärter zu täuschen. Aus gestohlenen Regenmänteln hatten sie Schlauchboote gebastelt.«

Andreas versucht sich vorzustellen, was er als Gefangener getan hätte, um zu flüchten. Ob die Mädchen auch an so etwas denken? In ihren Gesichtern kann er nichts als Glück ablesen.

Er erzählt weiter: »Gelebt haben die Häftlinge in sehr erbärmlichen Zellen, kaum größer als heute ein Gästeklo. Neben einem einfachen Bett gab es eine Toilette und eine Waschgelegenheit. Selbst für Schwerstverbrecher musste der Aufenthalt ein Martyrium gewesen sein. Die Zellen sind in Reihen auf zwei Etagen angelegt, eine neben der anderen, nur durch dünne Wände voneinander getrennt. Jedes Geräusch vom Flur oder einer anderen Zelle erreichte alle Insassen. Insgesamt waren etwa dreihundert Gefangene gleichzeitig inhaftiert. Die Gefängnisaufseher waren auch nicht viel besser dran. Sie mussten mit ihren Familien ebenfalls auf der Insel wohnen und ein eintöniges Leben führen. Auch wenn Alcatraz heute ein Museum ist, empfindet man als Besucher immer noch ein gewisses Gruseln. Man muss den Ort aber gesehen haben, wenn man San Francisco besucht. Mit diesem Einblick in die Welt der größten Ganoven endet unsere heutige Reise. Die Sonne versinkt gleich im Meer. Zeit, nach Hause zu fliegen.«

Nele und Lara landen zögerlich in der Wirklichkeit. Sie wirken erschöpft, aber ihre Gesichter lassen die Freude erahnen, die sie empfunden haben.

Nele fragt Andreas: »Ich habe das Gefühl, die Lebensart der Menschen ist in San Francisco ungezwungener als hier. Kann man das auch in anderen Städten in den vereinigten Staaten nachempfinden? In den Nachrichten kommt Amerika immer als der große Weltbestimmer daher. Ist der Durchschnittsamerikaner so?«

»Ich habe bei meinen Reisen viele Menschen in den Vereinigten Staaten kennengelernt. Mir ist aufgefallen, dass die meisten sehr rücksichtsvoll und hilfsbereit sind. Sie leben aber nach der Devise *Was nicht verboten ist, ist erlaubt.* Der Freiheitsdrang ist enorm. Außerdem steht in der amerikanischen Verfassung das gottgegebene Recht auf Streben nach Glück. Was viele Amerikaner auch auszeichnet, ist ihre Begeisterungsfähigkeit. Sie können sich oft freuen wie kleine Kinder. Das gilt selbstverständlich nicht für alle. Jedes Land hat aber seine Stereotypen. Bei den Deutschen ist es die Gründlichkeit, was jedoch nicht heißt, dass jeder Deutsche gründlich ist.«

»Möchtest du lieber in Amerika leben?«, fragt Nele.

»Ich glaube nicht. Man muss immer alle Facetten berücksichtigen. In Deutschland fühle ich mich wohl. Ich bin auch der Meinung, dass der Sinn des Lebens nicht darin bestehen kann, sich den schönsten Ort der Erde auszusuchen, um dann dort festzustellen, dass es diesen Ort nicht gibt. Und wenn es ihn gäbe, wäre es da ziemlich voll.«

Nele sieht Andreas erschöpft an. Ihre Augen scheinen gleich zuzufallen. Den Schlaf hat sie sich nach der langen Reise verdient. Auch Lara wirkt müde, obwohl es erst früher

Abend ist.

Andreas streichelt Nele über den Kopf und sagt: »Schlaf gut, kleine Möwe, und träum was Schönes. Morgen gibt es ein neues Abenteuer.« Er ergreift Laras Hand und verlässt mit ihr den Raum.

TAG 8, SAMSTAG

Wolkentraum

Auf sanften Windwogen reiten,
über grüne Auen gleiten,
Seen spiegeln dichte Wälder,
stolze Ähren, gold'ne Felder.

Himmelweit schneeweiße Schlösser,
es traben hundert Wolkenrösser,
wurden aus dem Nichts geboren,
vergehen schnell, im Nichts verloren.

Grenzen verlieren sich im Wind,
Freiheit, wo sonst Barrieren sind.
Vogelfrei, wunderbare Welt,
nichts hält dich auf am Himmelszelt.

R. F.

6:10 Uhr. Der Krankenhausalltag erwacht in Gestalt eines Orchesters, zusammengesetzt aus den unterschiedlichsten Geräuschen, jedes für sich allein schon eine atmosphärische Dissonanz. Die Ouvertüre für einen neuen Tag lässt erahnen, dass dieser Tag keine Entspannung verheißt, genauso wenig wie die Tage davor. Das wird Nele schnell klar.

Schwester Heike kommt mit dem Blutdruckmessgerät und einer Pappschale bewaffnet an Neles Bett. Die Schale ist gefüllt mit Tupfern, Pflaster, Desinfektionsmittel, Nadeln, einer Spritze und mehreren Röhrchen.

Als Nele erkennt, dass sie ihr eine Blutprobe entnehmen möchte, macht sich Verständnislosigkeit und Widerwillen in ihr breit. Man hat ihr doch erst gestern Blut abgezapft. Sie schaut Schwester Heike fragend an.

Diese sagt: »Wir müssen noch mal eine Blutprobe ins Labor geben.«

»Wieso denn schon wieder? Ist doch gestern erst gemacht worden.« Nele beobachtet Schwester Heike genau.

»Es hat Abweichungen gegeben, wir müssen deshalb nachprüfen, ob vielleicht ein Fehler vorliegt.«

»Was für Abweichungen? Was für ein Fehler?«, will Nele wissen. Sie ist von dem Ereignis völlig verstört.

»Nele, ich kann dir dazu nichts sagen. Wir müssen zuerst die Ergebnisse vergleichen.«

Nele denkt: »Es ist so weit. Meine Blutwerte haben sich verschlechtert. Sonst haben sie doch nur einmal in der Woche Blut abgenommen.«

Die Zeit bis zum Frühstück vergeht für Nele endlos langsam, scheint stillzustehen. Die erhoffte Unterbrechung ihrer ruhelosen Überlegungen lässt sich bitten wie eine Diva. Neles

Atmung verwandelt sich zeitweilig in einen unkontrollierten Wechsel zwischen Atemstillstand und nervösem Hecheln. Sie zwingt sich immer wieder, langsam ein- und auszuatmen, doch es ist eine Schlacht, die sie nicht gewinnen kann.

Ein Wortwurm schlängelt sich durch ihr Gehirn. »ichweißnichtwasichtunsollumnichtanssterbenzudenkenabereslässtmichnichtmehrlossosehrichesversucheichweißnichtwasich… « Der Wurm hat keinen Anfang und kein Ende, er dreht sich im Kreis. Wenn der Schwanz verschwindet, taucht sogleich der Kopf wieder auf und die Reise beginnt von Neuem.

Bisher hat sie *ihn* ignoriert. Jetzt grinst er sie aus jedem Winkel des Zimmers herausfordernd an. Er lehnt am Fenster, steht plötzlich hinter ihrem Nachttisch, setzt sich auf ihr Bett und legt seine eiskalte Hand auf ihre Brust. Der Tod lässt bitten.

»Geh weg! Ich will nicht sterben. Ich habe Angst«, schleudert Nele ihre angstvollen Gedanken mit geschlossenen Augen in den Raum. Der ganze Lebensmut ist von einer Sekunde auf die andere verpufft. In ihrer Panik drängt sich ihr der Gedanke auf: »Wenn ich jetzt sterbe, habe ich es hinter mir. Ich halte diese ständige Angst nicht mehr aus. Ich möchte dabei aber nicht allein sein. Mama und Papa sollen bei mir sein, wenn es so weit ist.«, denkt sie in ihrer Verzweiflung.

Das Scheppern der Frühstückswagen lenkt Neles Aufmerksamkeit zum Flur.

Nach einem fast unhörbaren Klopfen an der Tür betritt

Max den Raum. Wie jedes Mal spricht er sehr leise und unsicher: »Morgen, ich bringe dein Frühstück. Wieder auf die Ablage?« Ohne Neles Antwort abzuwarten, steuert er auf ihren Nachttisch zu und stellt das Tablett dort ab. »Lass es dir schmecken«, fügt er mutig hinzu und verlässt den Raum.

Etwas Unterhaltung hätte Nele jetzt gutgetan. Sie hat das Gefühl, Max geht ihr aus dem Weg. Vielleicht interpretiert sie die Mimik und den Klang seiner Worte auch falsch.

Ihre Gedanken kehren wieder zu ihren Sorgen zurück. »Vielleicht irre ich mich ja auch und bilde mir das alles nur ein«, überlegt sie. Die erneute Blutentnahme belastet Nele enorm. Sie hat schon wieder keine Lust, zu essen. Ihr Verstand zwingt sie dennoch dazu.

Dann greift Nele zu ihren Aufzeichnungen und vermerkt:

Samstag

Heute Morgen haben sie mir noch mal Blut abgezapft. Angeblich stimmte mit der ersten Probe etwas nicht. Wenn ich nur wüsste, was das zu bedeuten hat. Läuft meine Zeit jetzt ab? Ich glaube, mir bleibt nicht mehr lange. Ich weiß auch, dass ich die Zeit nicht beeinflussen kann. Es fällt mir trotzdem schwer, es zu akzeptieren. Das war schon mal leichter. Die letzten Tage waren so schön, dass ich mich stärker fühlte, auch wenn das vielleicht nur Einbildung war. Aber jetzt ist alles wieder auf Anfang. Der Frosch in der Milch hatte eine Per-

spektive. Ich glaube, ich habe sie nicht. Ich muss dauernd an diese Blutprobe denken. Ich denke an Mama und Papa und freue mich den ganzen Tag auf ihren Besuch. Und natürlich auf Andreas und Lara. Aber immer wieder drängt sich die Blutprobe in meine Gedanken. Ich glaube, ich schaffe es heute nicht, die Flugerlebnisse nachzuempfinden, weil ich zu sehr abgelenkt bin. Hoffentlich beruhige ich mich wieder. Vielleicht ist ja alles harmlos.

Nele spürt plötzlich den intensiven Drang, einige wichtige Gedanken in Reime zu fassen.

Was wird, was ist, was war?
Ich seh nicht mehr klar.
Muss ich geh'n, wo komm ich hin?
...

***

Neles Eltern betreten in gelöster Stimmung das Krankenzimmer.

Nele starrt sie mit weit aufgerissenen Augen an. Ihre Eltern kämpfen mit den Tränen. Die Tränen gewinnen. Die Begrüßung und Umarmung ihrer Eltern enden in einem Weinkrampf.

Nachdem die Tränenströme versiegt sind, sagt Neles

Mutter: »Fee, was ist mit dir? Wir erkennen dich gar nicht wieder.«

»Ich habe so auf euch gewartet. Ich fühle mich furchtbar elend. Mir gehen tausend Gedanken durch den Kopf. Ich habe schreckliche Angst.«

»Nele, aber warum denn nur?«, fragt ihre Mutter angstvoll.

»Sie haben mir heute Morgen eine neue Blutprobe abgenommen. Angeblich war mit der von gestern etwas nicht in Ordnung.« Nach einer kurzen Pause fügt sie hinzu: »Ich glaube, es ist so weit.«

»Schatz, du darfst dir das nicht einreden. Es ging dir doch die letzten Tage schon viel besser. Warum sollte das jetzt anders sein?«, sagt ihr Vater beruhigend. »Es gibt viele Gründe für eine neue Probe. Im Labor passieren auch mal Fehler. Da wird ein Wert nicht bestimmt, ein falscher Wert wurde versehentlich eingetippt, Proben werden verwechselt, da ist vieles möglich. Du musst dir wirklich keine Sorgen machen.«

Schweigend versinken die drei in einer engen Umarmung.

Nele würde ihren Eltern gern sagen, dass alles in Ordnung sein wird, doch daran glaubt sie in diesem Moment selbst nicht. Sie hat fast ein schlechtes Gewissen, weil sich ihre Eltern jetzt so viel Sorgen machen. Eigentlich haben sie recht, sie wissen nicht, was es mit der Untersuchung auf sich hat. Trotzdem stürzt eine simple Blutprobe sie in einen bodenlosen Abgrund, aus dem es kein Entrinnen zu geben scheint. Wo ist der Griff, ein Zweig, ein Netz, die den freien Fall bremsen könnten?

Ein normales Gespräch ist heute nicht mehr möglich. Die positiven Gefühle und die Freude der letzten Tage haben sich in Nichts aufgelöst. Also bleibt nur die alte Leier, an die sowieso niemand glauben will. »Mach dir keine Sorgen! Warte erst einmal das Ergebnis ab! Sei tapfer, es löst sich bestimmt alles in Wohlgefallen auf!«

Die folgende Sprachlosigkeit erzeugt keine Stille. Keine Ruhe. Die nicht enden wollenden Gedanken schwirren mit Höllenlärm durch den Raum. Schließlich murmelt Nele: »Vielleicht habt ihr recht und ich mache mir grundlos Sorgen. Ich fühle mich ja auch wirklich nicht schlechter als gestern. Wäre da nur nicht diese Unsicherheit. Die Ärzte reden immer nur in Rätseln. Klartext können sie nicht. Vielleicht wollen sie es auch nicht können.«

Neles Mutter streichelt ihr über den Kopf. »Na siehst du, du hältst es selbst für überzogen. Heute ist erst Samstag und du versaust dir grundlos die nächsten zwei Tage. Warte ab, bis sie dir sagen, dass alles in bester Ordnung ist.«

Nele ist nicht überzeugt, stimmt ihrer Mutter aber mit dünner Stimme zu.

»Weißt du schon, wo ihr heute hinfliegt?«, fragt ihr Vater.

»Nein, Andreas überrascht uns immer. Er hat gesagt, wenn ich gesund bin, nimmt er mich mal in seinem Flugzeug mit. Ich darf dann sogar mit ins Cockpit. Er ist wirklich furchtbar nett. Ich erlebe durch ihn so schöne Sachen. Wenn ich gesund wäre, hätte ich das alles nicht kennengelernt. Natürlich möchte ich lieber gesund sein, aber es tröstet mich, dass ich so viel Positives erfahre. Und ich bin dankbar, dass ihr für mich da seid. Ich hab euch ganz doll lieb.«

Neles Eltern umarmen sie innig, ohne auf ihre Worte zu antworten. Der Abschied ist für heute gekommen.

***

Punkt vier betritt Andreas mit seiner Nichte den Flur. Eine Frau kommt ihnen aus dem Schwesternzimmer entgegengestürmt »Guten Tag, Herr Bauer, Tag, Lara.«

Andreas und Lara bleiben stehen.

»Ich bin Schwester Julia«, sagt die Frau vor ihnen. Ihre dunklen Augen und die kräftigen schwarzen, leicht gewellten Haare, die bis über die Schultern reichen, geben ihrem Gesicht eine warme Note.

Andreas stellt gerade fest, dass es im Krankenhaus auch ganz schön sein kann, wenn *sie* da ist. Er antwortet ihr mit einem nicht ganz unverbindlichen Lächeln. Dann reicht er ihr die Hand. Ihre ist warm und die zärtlichste Hand, die er je in seiner gespürt hat.

»Wir haben … Möchten Sie vielleicht einen Kaffee, frisch aufgebrüht?«, stammelt Julia.

Andreas bemerkt ihre rot angelaufenen Wangen und nimmt das Angebot stetig weiterlächelnd an.

»Wie trinken Sie ihn, Herr Bauer? Milch, Zucker?«

»Ich nehme etwas Milch dazu.«

»Wird sofort erledigt«, verspricht Julia. Sie eilt ins Schwesternzimmer.

Als sie zurückkommt und den Becher überreicht, sieht Andreas sie aufmerksam an. »Danke, sehr freundlich.«

»Gern geschehen«, flüstert sie und lächelt verlegen zurück. Sie weist auf das Schwesternzimmer. »Wenn Sie noch mehr möchten, immer gerne.

Andreas ist belustigt von der kurzen Szene mit Julia, aber *sie* hat auch schon einen festen Platz in seinem Gedächtnis. Die verbliebenen Spuren des Lächelns noch im Gesicht betritt er das Krankenzimmer.

Sein Lächeln verschwindet im Nu beim Blick in Neles Gesicht. Ihre Gesichtszüge wirken eingefroren. Er ist sich sicher, es muss etwas vorgefallen sein, das von Bedeutung ist. Julia hat seine Gedankenwelt verlassen und das traurige Kapitel seines Besuches wird ihm schlagartig bewusst.

»Ich kann heute nicht fliegen«, kündigt Nele an und erzählt von der Blutprobe und ihren Schlussfolgerungen.

Das trifft Andreas unerwartet. »Sollte es wirklich schon so weit sein? Warum so plötzlich und ohne Vorzeichen?«, denkt er.

Lara ist Nele nach ihrer Eröffnung gleich um den Hals gefallen. Sie weint und schlägt sich mit den Fäusten auf die Knie. Andreas hält ihre Hände fest und versucht sie zu beruhigen. Lara nimmt seine Hilfe jedoch nicht an, wendet sich ab.

Andreas wendet sich Nele zu. »Du machst dir Sorgen über

etwas, das ungewiss ist. Du kannst recht haben, es kann jedoch auch alles ganz anders sein. Du kennst doch den Ausspruch *sei kein Frosch*. Erinnere dich aber an die Geschichte von den zwei Fröschen. Der eine hat nicht aufgegeben und konnte sich retten. Ihm ging es wie dir. Er wusste nicht, für was er kämpft. Ohne das Ergebnis zu kennen, hat er mit aller Kraft um sein Leben gestrampelt. Ich sage deshalb nicht zu dir *sei kein Frosch*, sondern *sei ein Frosch*! Nele, du brauchst zum Gesundwerden den festen Willen dazu, denn mit schlechten Gedanken schwächst du dein Immunsystem. Dein Körper braucht dringend jede Hilfe. Versage sie ihm nicht. Egal, ob wir heute fliegen oder nicht, den Rest machen wir aber wie immer.« An seine Nichte gewandt sagt er bestimmt: »Lara, walte deines Amtes.« Dann nimmt er den kleinen Plastikfrosch vom Nachttisch und legt ihn in Neles Hände. »Er ist deine Kraftquelle. Lass seine Energie auf dich überspringen!«

Nele ist wohl nicht nach Reden zumute. Sie hört Andreas' Worten zu, aber sie scheinen an ihr abzuprallen. Der Duft des Eukalyptusöls verbreitet sich im Raum und mit einem wohligen Stöhnen gibt Nele zu erkennen, dass sie die Massage, die Lara begonnen hat, genießt. Sie schließt die Augen.

Lara spricht sie an: »Nele, versuch mal die Beine zu entspannen, ich spüre einen ziemlichen Widerstand.« Als Nele plötzlich unter Laras Griff aufstöhnt, hört sie mit der Massage auf und lässt nur noch ihre warmen Hände auf Neles Unterschenkeln liegen.

Nach einer Weile ergreift sie Neles Hand und zieht auch

Andreas' Hand auf Neles Brust. »Nele, du weißt, was du jetzt sagen musst. Sag es laut. Sag es so, dass ich es dir glaube.«

Andreas gibt das Zeichen und Lara und er intonieren lauter als sonst den Schwur, bei dem die schwache Stimme von Nele untergeht: »Ich will leben.«

Der Satz hallt in Andreas' Kopf nach. Gestern noch wollte Andreas an einen positiven Ausgang glauben, heute empfindet er Bedeutungslosigkeit. Dabei hat sich nichts geändert. Es wurde nur eine Blutprobe entnommen.

Doch er weiß, dass er zuversichtlich sein muss. Für Nele. Er sagt zu ihr: »Große Ereignisse erfreuen uns oft für lange Zeit, kleine haben manchmal die Macht, uns in Sekunden zu zerstören. Das Leben ist plötzlich nur noch ein erbärmlicher Scherbenhaufen, den niemand mehr zusammensetzen kann. *Ich will leben.* Dieser Satz ist viel mehr als die Summe seiner Worte. Er drückt deine Überzeugung aus, dass du bereit bist, dich einer schwierigen Schlacht zu stellen und als Sieger daraus hervorgehen willst. Er demonstriert Überlebenswille und Hoffnung, stärkt die Kraft. Er sagt Angst und Verzagen den Kampf an.«

Nachdem sie eine Weile, die gefassten Hände auf Neles Körper übereinandergelegt, dagesessen haben, sagt Andreas: »Nele, auch wir wollen, dass du lebst, und wir werden dafür alles tun, was in unserer Macht steht. Das Wichtigste ist aber, dass du diese Worte als einen Schwur auffasst, den du dir selber auferlegt hast.«

Die Stille im Raum schmerzt Andreas' Sinne. Was kann

jetzt noch gesagt werden, das nicht schon gesagt wurde? Neles Teilnahmslosigkeit nach den Tagen der manchmal überschäumenden Laune ist schwer zu ertragen. Wenn er nur wüsste, was sie jetzt will. Er fragt sich, ob sie möchte, dass sie gehen. Er traut sich aber nicht, danach zu fragen. In ihrer angstvollen Stimmung können sie Nele nicht zurücklassen.

»Los, komm, lass uns fliegen. Nur ein Kurztrip zur Entspannung. Wenn es nicht geht, können wir ja schnell wieder landen«, fordert Lara Nele plötzlich auf.

Nele überrascht Andreas mit einem Lächeln. Sie schaut abwechselnd Andreas und Lara mit einem Blick an, der vage Zustimmung hoffen lässt, und antwortet: »Meint ihr wirklich, ich soll es versuchen?«

»Unbedingt, wir können es doch jederzeit abbrechen. Ganz kurz. Es ist auch nicht weit, nur ein paar Gedanken entfernt«, antwortet Andreas. »Wir fliegen zum Nationalpark *Bayerischer Wald.* Es ist ein durch Nichtstun von Menschen entstandener Urwald. Die Natur ist dort unangetastet. Viele Wälder sind bewirtschaftet und dienen der Produktion von Holz für verschiedene Zwecke. Das führt in der Regel zu einer Veränderung des natürlichen Gleichgewichts. Weil Fichten schnell wachsen, werden sie in großen Monokulturen gepflanzt. Das freut den Borkenkäfer. Fichten mag er am liebsten. Da es nicht genug Feinde für den Borkenkäfer gibt, kann er ganze Waldstücke zerstören. Damit das natürliche Verhältnis von Pflanzen und Tieren wiederhergestellt wird, hat man diesen Wald sich selbst überlassen. Hier könnt ihr sehen, dass das Leben ein ewiger Kreislauf ist. Kein Wesen verschwindet von unserem Planeten, es ändert nur seine Gestalt. Die Natur zerlegt alles in seine einzelnen Bestandteile und setzt sie wieder anders zusammen. Vielleicht steckt in dir ein Atom, das mal einem Dinosaurier gehört hat. Erforschen wir mal dieses besondere Biotop. Wir nehmen als Vögel viel mehr wahr, als der Wanderer erahnen kann. Aus der Höhe sieht man ein grünes Dach. Die Luft riecht moderig, wir hören das sanfte Rauschen der Blätter, ein Kuckuck meldet sich, ein Bach gurgelt langsam in vielen Windungen talwärts. Ab und zu trommelt ein Specht gegen einen Stamm und die Waldkulisse wirft sein Echo zurück. Tausende Bäume recken sich der Sonne entgegen, um sich gegeneinander zu behaupten, und kämpfen um ihr Überleben. Sie können nicht anders. Das ist ihre biologische Bestimmung. Das Licht lässt sie leben, wer nicht hoch genug zwischen den anderen wächst, wird vergehen. Dieses dichte Dach wird immer da sein, eine Lücke bietet sofort einem anderen Baum die Chance, sie zu seinem Nutzen zu schließen. Von weit oben ist es nur ein großes grünes Tuch mit Falten und unterschiedlichen Farbnuancen. Kommt man näher oder fliegt in den Wald hinein, sieht man aber das Miteinander von Laub- und Nadelbäumen, lichthungrige und schattenliebende Sträucher, Moose, Gräser und auch Blumen. Kennt ihr Charles Darwin, einen der bedeutendsten Naturforscher zur Evolution? *Survival of the fittest.* Gemeint ist damit, dass das Lebewesen überlebt, das am besten an seinen jeweiligen Standort angepasst ist. Jede prächtig wachsende Pflanze steht also an dem für sie am besten geeigneten Platz. Wenn eine Pflanze stirbt, geht ihre Energie auf andere Lebewesen über, Bakterien, Pflanzen oder Tiere. Wenn wir zwischen den Bäumen entlangfliegen, kommt der Wald einem wegen der vielen Stämme wie ein Labyrinth vor. Und jeder einzelne Baum ist eine eigene Welt. Ist es feucht und schattig, überziehen Moose seine Wurzeln mit einem grünen weichen Teppich, Pilze klappen ihre Hüte auf oder besiedeln als schirmförmige Baumpilze die Stämme. Die Regenseite erhält einen grünen Filzbelag. Selbst die kleinsten Pflanzen beherbergen wieder eine große Anzahl von Lebewesen. Hier heißt es *einer für alle, alle für einen.* Das bedeutet allerdings nicht, dass es nur Gewinner gibt. Entscheidend ist das Bestehen eines kompletten Ökosystems. Abgestorbene Stämme sind beispielsweise Wohnort für eine Vielzahl von Insekten und Pilzen. Wir folgen ein Stück dem Bach, überfliegen einige auf den ersten Blick nackte Felsen zu einer von der Sonne gefluteten Lichtung. Aus der Nähe betrachtet sind selbst die Felsen Lebensgrundlage für Flechten. Wir landen sanft im hohen Gras neben dem Bach. Sein munteres Murmeln beim Überspringen der steinernen Hindernisse, die sein Bett bedecken, erzählt von den vielen Erlebnissen auf seinem Weg hierher. Die Gräser wiegen sich bedächtig im warmen Wind und formen gruppenweise Muster, wie wir es von Vogelschwärmen kennen. Am Waldrand äst friedlich ein Sprung Rehe. Es sind auch Kitze dabei. In diesem Wald droht ihnen keine Gefahr vom Menschen. Wir steigen noch mal auf und sehen überall abgestorbene Fichten stehen, die der Borkenkäfer auf dem Gewissen hat. Ihren Platz werden andere Bäume einnehmen, denen der Borkenkäfer nicht gefährlich werden kann. Nach dem traurigen Anblick der abgestorbenen Fichten treten wir unseren Rückflug an. Es war ein kurzer Abstecher in eine besondere Welt, in gewisser Weise eine Kunstwelt, obwohl es ein natürlicher Lebensraum ist. Wir brauchen mehr davon. Was wir aber jetzt auch brauchen, ist Ruhe, um alles noch mal zu überdenken. Außerdem sollten wir unsere kranke Möwe, die ja eigentlich gar nicht fliegen wollte, nicht überfordern. Lasst uns den Heimflug antreten!«

Nach einer kurzen Pause verkündet Andreas: »Liebe Möwe Nele, liebe Möwe Lara, wir befinden uns im Anflug auf unsere Basisstation und werden in wenigen Augenblicken landen. Möwe Andreas bedankt sich für euer Vertrauen und hofft, dass euch der Ausflug gefallen hat. Es würde mich freuen, wenn ich euch bald mal wieder zu einem gemeinsamen Flug wiedersähe. So, und schon sind wir wieder zurück. Nehmt eure endgültige Parkposition ein und öffnet die Augen.«

Nele und Lara schmunzeln. Nachdem sie die Augen geöffnet haben, sagen beide wie aus einem Mund: »Es hat uns sehr gut gefallen.«

Nele ergänzt: »Wir möchten bald wieder mit dir fliegen.«

Andreas bemerkt: »Nele, ich finde es toll, dass du durchgehalten hast. Hoffentlich ist es dir nicht zu schwergefallen.«

»Zuerst dachte ich, ich schaffe es nicht. Als du aber dann so schöne Bilder beschrieben hast, habe ich mich richtig wohlgefühlt. Ich bin froh, dass ich es gewagt habe und bin dir dankbar für die Reise. Aber das Wichtigste ist, ich mache mir nicht mehr so große Sorgen wegen der Blutprobe.«

Lara drückt Neles Hand und scheint überglücklich zu sein.

Die drei unterhalten sich noch eine Weile, als ob vorher nichts gewesen wäre.

Es gibt bald Abendbrot, das heißt, Lara und Andreas werden Nele gleich verlassen. Andreas hofft, dass Nele nicht wieder in die Denkmuster von vorhin zurückfällt. Er faltet Neles Hände zusammen und umfasst sie mit seinen. Er sieht ihr fest in die Augen. Nele hält seinem Blick stand und zwischen ihnen entsteht ein Band, das niemand zerreißen kann.

Andreas stellt wieder fest, dass diese Augen immer noch einen unübersehbaren Glanz haben. »Ja, da ist noch Leben«, denkt er voll Überzeugung. Dann sagt er: »Nele, du hast heute drei Menschen glücklich gemacht. Lara und mich, aber vor allem dich. Lass dieses Glück nachwirken, damit wir morgen ohne Vorbehalte jeden erdenklichen Flug machen können. Lara und ich können es nicht erwarten, wieder hier zu sein.«

Jetzt kommt auch Lara, um Nele zum Abschied zu umarmen. »Es stimmt, was Onkel Andreas sagt. Wir können es nicht erwarten.«

Nele antwortet mit einem entspannten Lächeln: »Ich verrate euch ein Geheimnis, das eigentlich keines ist, – ich kann es auch nicht erwarten, euch wiederzusehen.«

Lara und Andreas verlassen mit langsamen Schritten Neles Zimmer. Ein Albtraum scheint vergessen zu sein.

Auf dem Weg zum Fahrstuhl fällt Andreas plötzlich ein, dass er was vergessen hat. »Lara, geh schon mal vor, ich muss noch etwas erledigen.« Er holt den Kaffeebecher aus Neles Zimmer und bringt ihn zum Schwesternzimmer.

Wie vor einem überdimensionalen Flachbildfernseher beobachten die Schwestern durch die große Scheibe im Schwesternzimmer neugierig, wie er auf ihren Arbeitsplatz zusteuert.

Andreas klopft höflich an der offen stehenden Tür an und wendet sich nach der Aufforderung zum Eintreten direkt Julia zu. »Ich möchte mich noch für den besonders leckeren Kaffee bedanken und den Becher zurückbringen.« Er zeigt auf die Tasse und fragt Julia: »Haben die Katzen auf dem Becher etwas zu bedeuten? Haben Sie welche?«

Julia starrt Andreas wie hypnotisiert an. »Es bedeutet nichts, ich fand das Motiv einfach süß. Aber ich mag Katzen. Als ich Kind war, hatten wir zu Hause immer Katzen. Ich konnte zusehen, wie sie Junge bekamen. Das war für mich ein großes Erlebnis. Bei meinem Beruf mit Wechselschicht ist es allerdings schwierig, ein Haustier zu halten.«

»Das kann ich gut verstehen. Ich habe als Pilot auch keinen geregelten Tagesablauf. Ich kann nicht nur keine Haustiere halten, ich habe es auch noch nicht geschafft, eine Familie zu gründen. Sie haben vermutlich Mann und Kind zu Hause«, antwortet Andreas etwas verlegen.

Julias Blick lodert ihm wie eine Feuersbrunst entgegen, als

sie traurig entgegnet: »Sie werden bestimmt bald die Richtige finden. Aber Sie täuschen sich. Ich habe es ebenfalls noch nicht hingekriegt. Ich bin zurzeit Single. Bei mir liegt es wie bei Ihnen am Beruf. Ich liebe meine Arbeit, so wie Sie wahrscheinlich auch. Wir zahlen aber einen hohen Preis dafür. Ach, ich möchte Sie nicht mit meinen Problemen langweilen. Ich habe noch viel zu tun. Wenn Sie morgen wiederkommen, steht frischer Kaffee bereit.«

Ihr Geständnis hat Andreas überrascht. Er denkt: »Eine so nette Person soll Single sein?

Schließlich antwortet er: »Das ist sehr nett, Schwester Julia. Sie langweilen mich ganz und gar nicht.

Ich will dann mal.« Er verabschiedet sich mit einem langen Blick in ihre hübschen Augen. Dann wendet er sich den anderen Schwestern zu und ruft mit erhobenem Arm: »Ich wünsche den Damen einen schönen Abend. Bis morgen.«

Unisono werden die Wünsche erwidert.

Andreas winkt noch einmal im Weggehen und beeilt sich, zu Lara zu kommen.

***

Nele ist deutlich ruhiger geworden und hat sogar etwas Hunger. Vielleicht wird sie das Abendbrot aufessen. Sie hört die Wagen mit den Abendspeisen anrollen und das alberne Geschwätz der Schwestern, das aber nicht laut genug ist, um es zu verstehen. Deutlich vernehmbar ist aber ausgeprägtes Lachen.

Die Tür fliegt auf und eine aufgekratzte Schwester Julia bringt den Teller mit zwei Scheiben Brot, eine mit Salami, eine mit Tilsiter. Dazu gibt es einen Fruchtjoghurt mit Heidelbeeren. Die Frage nach dem Getränk stellt sich abends nicht. Mal gibt es Früchtetee und am nächsten Tag Pfefferminztee. Heute ist Pfefferminztag. Den trinkt Nele auch zu Hause zum Abendessen. Hier schmeckt er anders. Doch das liegt nicht am Tee.

Schwester Heike schaut auch noch herein.

Nele empfängt sie mit einem schwachen Lächeln.

»Guten Appetit, Nele«, wünscht Schwester Heike und schließt hinter sich die Tür.

Während des Essens tauchen vor Neles innerem Auge vereinzelt Bilder von ihrem Ausflug auf. Wehmütig erinnert sie sich an die Schönheit der Natur, die sie dank Andreas erleben durfte, obwohl die Mauern des verhassten Gefängnisses Nummer 404 unüberwindbar scheinen. Sie entflieht ihm aber wieder und wieder und bedauert nicht einmal, dorthin zurückzumüssen. Andreas hat sie gelehrt, es so oft verlassen zu können, wie sie will. Fantasie kennt keine Grenzen, schon gar keine Zimmertür oder ein geschlossenes Fenster.

Nele lehnt sich nach dem Essen zurück und träumt etwas vor sich hin, bis das Geklapper auf dem Flur das Ende der Mahlzeit bestimmt und die Schwestern im Laufschritt die Essensreste und das Geschirr einsammeln.

»Hat es geschmeckt?«, fragt Schwester Heike während sie

Neles Geschirr abräumt.

»Ja, danke, ich hatte Hunger.«

Dann beginnt die Zeit der Ruhe. Schwestern kommen nur noch, wenn man den Rufknopf betätigt. Nele ist mit ihren Gedanken allein. Sie hatte einen mehr als aufregenden Tag. Die Erlebnisse muss sie unbedingt noch niederschreiben.

Der Tag war schrecklich. Die Sache mit der zweiten Blutprobe heute Morgen geht mir nicht mehr aus dem Sinn. Ich hab gedacht, ich wäre auf alles vorbereitet. Die Blutprobe hat mich aber an die Wirklichkeit erinnert und plötzlich hatte ich eine Höllenangst. Vielleicht bin ich schon so gut wie tot. Dabei ging es mir doch gerade so gut. Irgendwie fühle ich mich ja auch körperlich besser. Ist es vielleicht nur ein letztes Aufbäumen, wie oft gesagt wird? Ich kann mir jedenfalls nicht vorstellen, dass bei der Blutuntersuchung etwas Positives herauskommt. Ich habe Angst, heute einzuschlafen. Vielleicht werde ich nicht mehr wach. Ich habe mich nicht von meinen Eltern verabschiedet. Ich will sie ja morgen wiedersehen. Ich kann nicht mehr unterscheiden zwischen Gefühl und Realität. Ich fürchte mich vor dem Ergebnis der Blutprobe. Aber würden sie noch eine Blutprobe entnehmen, wenn ich sowieso sterben müsste? Ich weiß nichts. Nur dass ich morgen wieder wach werden will.

Andreas und Lara haben mich überredet, zu fliegen,

obwohl ich mir das nicht zugetraut habe. Gut, dass ich nachgegeben habe. Wir haben einen wunderschönen Ausflug in die Natur gemacht, der mir für so manches die Augen geöffnet hat. Es fällt schwer, aber man muss alles in einem größeren Zusammenhang sehen. Unser Leben ist nur eine kurze Episode in der Erdgeschichte. Offen gestanden interessiert es mich in diesem Moment aber nicht, was aus meinen Atomen wird, wenn ich nicht mehr bin. Ich lebe jetzt und ich möchte glücklich sein. Dieser Flug war für mich aber auch wie eine Beruhigungsspritze. Jetzt bin ich sicher, ich werde morgen wach, und freue mich auf Mama und Papa.

***

Es ist schon nach zwanzig Uhr, als Nele ein leises Klopfen an ihrer Zimmertür vernimmt. Die Schwestern treten immer kurz nach dem Klopfen ein, ohne auf eine Antwort zu warten. Es kommt aber niemand. Noch ein zaghaftes Klopfen.

Nele ruft: »Ja?«

Die Tür öffnet sich zögernd einen Spaltbreit. Dann wird ein Gesicht erkennbar, das eine Tragödie widerspiegelt. Nur Seelenschmerzen können diesem Antlitz solche unsichtbaren Furchen eingeritzt haben. Max betritt zögerlich das Zimmer. »Darf ich?«, fragt er knapp.

»Was ist los?« Nele ist sehr überrascht über den späten Besuch. Bisher hat Max den Kontakt zu ihr weitestgehend vermieden. Jetzt kommt er so spät noch vorbei. »Ist etwas passiert?«, will sie wissen.

»Nein. Können wir reden?«

Nele spürt, dass Max etwas auf der Seele liegt, und fragt direkt: »Worüber?«

»Über dich und mich.« Max stellt einen Stuhl neben Neles Bett und rutscht unruhig darauf hin und her. Dann fragt er: »Musst du auch …«

»Willst du wissen, ob ich sterben muss? Ja, ich muss, es sieht ganz danach aus und ich sterbe vor Angst. Blöder Spruch.«

Nele beobachtet Max, vermutlich hatte er ihre Antwort erwartet. Er weiß schließlich, auf welcher Station sie sich befinden. Er ist jedoch bei ihren Worten schaudernd zusammengezuckt. Nun verharrt er schweigend neben Nele.

»Max, was ist? Ich dachte, du wolltest mit mir reden.«

Max druckst herum: »Vom eigenen Tod zu reden, so jung wie du bist. Du hast garantiert keinen Grund, dir den Tod zu wünschen. Ich glaube, ich verstehe langsam, wie kostbar das Leben sein kann, wenn man Gefahr läuft, es zu verlieren. Ich wollte mich umbringen, habe mir aber nicht die Unumkehrbarkeit vor Augen geführt.«

»Wie alt bist du?«, fragt Nele.

»Sechzehn. Und du?«, erwidert Max.

»Fünfzehn«, sagt Nele beinahe. Gerade noch rechtzeitig entscheidet sie sich, etwas näher an die Wahrheit heranzurücken. »Fast vierzehn.«

Max sieht Nele fragend an.

»Warum schweigt er?«, denkt sie. »Er hat doch gesagt, er ist gekommen, um mit mir zu reden. Vielleicht glaubt er, dass ich ihn nicht verstehe, vielleicht verachte. Ich kann ihn aber erst verachten, wenn ich weiß, warum er sich umbringen wollte. Vielleicht hat er schreckliche Schuld auf sich geladen, vielleicht denkt er auch nur, dass er schuldig ist. Wird er mit einem Problem nicht fertig? Wurde er massiv gemobbt? Was kann so schlimm sein, dass man das Leben für sinnlos hält? Was, wenn er wegen eines Irrtums fast sein Leben weggeworfen hätte? Wenn ich ihn da so stehen sehe, tut er mir leid.« Sie versucht sich vorzustellen, was ein Sechzehnjähriger getan haben könnte, um sich schuldig zu fühlen. »Hat er jemanden umgebracht? Ist er an seiner Schule Amoklauf gelaufen? Dann wäre er aber nicht hier, sondern im Gefängnis oder in der Klapse.«

In Max' Gesicht kommt Bewegung und er fragt: »Warum musst du sterben und nicht ich? Du hast keine Schuld auf dich geladen und stirbst, aber ich lebe weiter, als wenn nichts passiert wäre. Keine Strafe für das, was ich getan habe. Die Verantwortung für meine Tat wird mich aber immer verfolgen und nicht mehr zur Ruhe kommen lassen. Ich wollte mich selbst bestrafen.«

Nele wird ungeduldig. »Wofür wolltest du dich bestrafen? Bestrafen mit dem Tod?«

Max ist die Erregung anzusehen. Das Sprechen scheint

ihn herauszufordern. Er presst die Lippen aufeinander. Dann fragt er mit gesenktem Blick kaum hörbar: »Willst du wissen, was ich getan habe?«

»Ja, denn ich frage mich, ob Selbstmord die einzige Lösung ist.«

»Du weißt nicht, welche Schuld ich für den Rest meines Lebens mit mir herumtragen muss. Ich bin verantwortlich für den Tod zweier Menschen. Nicht irgendwelche, mein Vater und meine Schwester.« Max' Stimme stockt, ihm fällt das Weiterreden sichtlich schwer. »Wir haben meinen Onkel besucht. Auf der Rückfahrt ist es dann passiert. Meine zwei Jahre ältere Schwester und ich saßen hinten im Auto. Vorne saßen Mama und Papa. Mein Onkel hat zwei Söhne, die älter sind als ich. Bei ihnen habe ich den ersten Joint geraucht. Wir haben bei unserem Besuch wieder zusammen gekifft. Auf der Rückfahrt war ich noch etwas neben der Spur. Meine Schwester und ich haben uns mal wieder gestritten. Sie wusste, dass ich wieder was geraucht hatte. Gegenüber meinen Eltern hat sie aber bisher immer dichtgehalten. Im Auto fragte sie mich, was wir drei denn schon wieder gemacht hätten, und ich habe geantwortet: ›Das geht dich gar nichts an.‹ Darauf meinte sie: ›Okay, dann weiß ich Bescheid. Ihr habt also wieder gekifft. Kannst du mit diesem Mist nicht mal aufhören? Hängst du demnächst an der Nadel und irgendwann findet man dich mit einer Überdosis auf einer Bahnhofstoilette?‹ Wir fingen an, immer heftiger zu streiten. Leonie hielt mir vor, ich bekäme nichts auf die Reihe, hätte meine Ausbildung geschmissen und würde nur ans Kiffen denken. Meine Eltern hatten uns schon vorher ermahnt, mit dem Streiten aufzuhören. Es hat aber nichts genützt. Ich bin ausgerastet, als Leonie dann noch sagte: ›Du bist voll der Loser.‹ Ich habe sie so stark geschubst, dass sie laut mit dem Kopf gegen das Seitenfenster knallte. Sie blutete an der Schläfe. Es tat mir unheimlich leid und ich wollte mich bei ihr entschuldigen. Dazu kam es aber nicht mehr. Mein Vater drehte sich kurz wütend zu uns um. Dann gab es einen fürchterlichen Knall.« Max schnappt nach Luft.

Nele ist schockiert. Sie kennt auch einige, die Drogen nehmen. »Aber was kommt jetzt noch?«, fragt sie sich.

Max hat sich wieder gefangen. »Ich bin im Krankenhaus aufgewacht und man hat mir erklärt, dass wir einen schweren Unfall gehabt hätten. Mein Vater hatte wohl das Lenkrad verrissen und war beim Zurücklenken in den Gegenverkehr geraten. Meine Mutter hatte etliche Knochenbrüche, ein Schädel-Hirn-Trauma und Schnittwunden. Mein Vater war sofort tot. Leonie war bewusstlos ins Krankenhaus gebracht worden und lag drei Monate im Koma. Vor zwei Monaten ist sie gestorben. Ihre letzte Erinnerung war, dass ich sie blutig geschlagen habe. Meine Mutter verkraftet das alles nicht und ist in psychiatrischer Behandlung. Ich konnte meiner Mutter nicht mehr in die Augen sehen. Was habe ich ihr angetan? Doch sie hat mich weiter so behandelt, als wäre das alles nicht geschehen. Sie hat mal gesagt: ›Du bist mein Sohn und wirst es immer bleiben, egal, was passiert ist.‹ Der Satz war immer in meinem Ohr. Ich wusste nicht, wohin mit meiner Schuld. Leonie hatte recht, ich kriege wirklich nichts auf die Reihe und das Kiffen war nur Ablenkung davon. Mich hat diese Erkenntnis zwar vom Hasch befreit, ich kann mich aber nicht mehr für mein Verhalten entschuldigen, weder bei meinem Vater noch bei Leonie.«

Nele, die die ganze Zeit auf der Bettkante gesessen und wie gebannt zugehört hat, lässt sich auf das Kopfkissen fallen. Sie atmet hörbar aus.

Max steht da wie ein begossener Pudel. »Jeden Tag quälten mich die Gedanken an den Unfall. Ich konnte mich auf nichts mehr konzentrieren. So konnte – so durfte es nicht weitergehen. Ich war für alle eine Belastung. Das Leid meiner Mutter war für mich unerträglich. Ich wollte sie erlösen und sah dafür nur eine Möglichkeit. Ich wollte mich umbringen. Als ich allein zu Hause war, habe ich versucht, mir die Pulsadern aufzuschneiden. Ich hatte auch einen Abschiedsbrief geschrieben und mich entschuldigt. Aber wie du siehst, habe ich sogar das wieder vermasselt. Im Krankenhaus war ich durch Bluttransfusionen schnell wieder klar. Sie haben mich zuerst zu meiner eigenen Sicherheit, wie sie es nannten, in die geschlossene Psychiatrie gesteckt. Zum Glück bin ich bald in eine normale Abteilung gekommen. Ich bin zwar immer noch in der Psychiatrie, aber in der offenen. Mein Arzt erzählte mir, in manchen Fällen würden sie Suizidgefährdete auf Stationen schicken, wo sterbenskranke Kinder und Jugendliche liegen. Ich wäre dafür geeignet. Deshalb helfe ich jetzt auf deiner Station aus. Sie hoffen, dass ich die Sinnlosigkeit meines Vorhabens verstehe. Wenn ich dich und die anderen hier liegen sehe, begreife ich wirklich langsam, was für ein großartiges Geschenk das Leben ist. Zweimal hing meins am seidenen Faden, aber ich lebe noch. Vielleicht gibt es einen Grund dafür. Ich weiß, für dieses Glück muss ich bezahlen. Ich will dafür bezahlen, das ist sicher. Ich habe keine Ahnung wie, aber ich muss.«

Nele hat die ganze Zeit mit Entsetzen die *Beichte* verfolgt. Was für ein schreckliches Erlebnis. Sie schiebt ihre Hand langsam zu seiner.

Beide schweigen. Nele genießt die Berührung und fühlt eine zarte Erwiderung.

Sie unterbricht nach einer Weile die beruhigende Wortleere: »Du willst bezahlen, sagst du. Kümmere dich um deine Mutter. Zeige ihr, wie sehr du sie liebst. Sie hat nur noch dich.« Sie drückt seine Hand fester und ermahnt ihn: »Vergiss das nicht.«

Max löst die Hand. »Danke, dass du mir zugehört hast. Ich muss jetzt gehen. Darf ich noch mal wiederkommen?«

»Ja, Max, wann du willst. Ich bin hier«, antwortet sie mit Selbstironie.

Heute hat Nele eine Menge aufzuschreiben. Danach wird sie sicher schlecht schlafen, trotzdem muss sie es tun. Es ist viel zusammengekommen. Sie möchte einerseits verstehen, was Max quält, andererseits fehlt ihr das Verständnis für seine Schlussfolgerungen. Nele spürt plötzlich, wie ihr eigenes Schicksal scheinbar an Bedeutung verliert. Sie denkt über Max nach. » ›Nimm es nicht so schwer. Das Leben geht weiter‹, hätte ich im sagen sollen«, denkt sie.

Und mit einem Schlag wird ihr klar, dass der Satz Wunschdenken ist. Auf sie trifft er leider nicht zu. Weiter geht es nur für die anderen. »Haben die alle mehr Glück oder habe ich nur Pech. Oder gibt es eine Bestimmung dafür?« Sie wird wehmütig bei diesen Gedanken. »Es ist doch gerade alles so schön«, entfährt es ihr laut.

Und dann taucht wieder dieser Frosch vor ihrem geistigen Auge auf. Er sieht sie mit großen Augen herausfordernd an und sagt zu ihr: »Du hast es versprochen. Du kämpfst bis zuletzt. Wie es ausgeht, weißt du erst, wenn es so weit ist. Bis dahin glaubst du an ein glückliches Ende.«

Sie antwortet ihm: »Ja, Frosch. Ich will mein Versprechen halten. Aber du ahnst nicht, wie schwer das ist. Leider hast du ja keine Daumen, die du für mich drücken kannst. Vielleicht denkst du mal an mich, wenn es gerade nicht so gut läuft.«

TAG 9, SONNTAG

Erinnerungen

Was wird, was ist, was war?
Ich sehe nicht mehr klar.
Muss ich geh'n, wo komm ich hin?
Hatte mein Leben einen Sinn?

Kurz war's, doch pralles Leben.
Mama hat es mir gegeben.
Papa oft mein Rettungsring,
wenn mal wieder gar nichts ging.

Lara, wie schön war doch die Zeit.
Mit dir vergisst man jedes Leid.
Andreas zeigte mir die Welt,
von oben, vom Himmelszelt.

Viele gingen durch mein Leben.
Erinnerungen bleiben an mir kleben.
Ich nehm sie mit, wohin es geht.
Letzte Gedanken, wenn's Leben verweht.

Ich danke allen, die mit mir gegangen,

die kurzen Strecken und die langen,
danke euch für schöne Stunden,
Minuten und Sekunden.

Nele

Kurz nach dem Frühstück erscheint Sandra. Nele begrüßt sie jedoch nicht, sondern liegt verstört und nachdenklich auf ihrem Bett.

Sandra kommt zu Nele, nimmt sie zärtlich in den Arm. »Ooch Mäuschen, was ist denn passiert? Ich erkenn dich ja kaum wieder.«

Nele schweigt und ihre Augen füllen sich mit Tränen. Sie starrt an die Decke. Da war etwas in Sandras Bemerkung. Irgendetwas, das sie wie eine feine, fast überhörbare Mitteilung empfindet. Nele ist beunruhigt. Wenn sie nur wüsste, was es war. »Weiß Sandra etwas? Ahnt sie etwas?« Sie grübelt, doch die Lösung scheint sich vor ihr zu verstecken.

Sandras Stimme unterbricht ihren Gedankenfluss: »Mäuschen, sag mir, was passiert ist.«

Nele sieht Sandra verwundert an und denkt: »Ja, jetzt weiß ich, was es war. Sandra hat mich Mäuschen genannt. Sonst war ich immer ihr Mäusken. Was hat das zu bedeuten?«

»Nele, warum antwortest du nicht?«, reißt Sandras ungeduldige Stimme sie abermals aus den Gedanken.

»Ich glaube, es ist so weit mit mir.« Sie schildert Sandra

die Geschichte mit der zweiten Blutprobe. »Das machen die nur, wenn etwas nicht stimmt. Ich habe meinen Gesundheitszustand doch die ganze Zeit wegen der schönen Reisen vergessen. Aber wenn ich es genau nehme, hat sich nichts verbessert. Ach ja, wieso sagst du plötzlich *Mäuschen* statt *Mäusken*?« Und dann bedrückt sie noch das Erlebnis mit Max. Nele erzählt Sandra davon.

Diese schaut sie ungläubig an. »Die schicken einen Selbstmörder auf deine Station? So was hör ich zum ersten Mal …«

Nele unterbricht sie: »Ich finde es überhaupt nicht schlimm. Außerdem tut er mir leid und wenn es ihm hilft, ist das in Ordnung. Ein bisschen hat es mich auch abgelenkt, dass er hier war. Aber das mit der Blutprobe, das beschäftigt mich die ganze Zeit.«

»Nele, mach dich nicht verrückt. Morgen werden sie zu dir kommen und dir sagen: ›Nele, anziehen, du gehst nach Hause.‹ Vergiss nicht, du hast mir was versprochen! Und *Mäuschen* erscheint mir angemessen. *Mäusken* ist eher lustig gemeint. Und lustig ist es gerade nicht.«

»Meine Zeit läuft bald ab, ob ich will oder nicht. Ich möchte aber nicht weiter darüber reden.« Nele stutzt plötzlich. Erst jetzt nimmt sie Sandras Aussehen wahr.

Sandra sieht umwerfend aus. Sie hat jetzt Haare. Schöne blonde Haare. Sie reichen ihr bis zur Taille. Klar, es ist eine Perücke. Ein Lächeln überkommt sie, als sie daran denkt, wie Sandra sie mit der Aussage, dass sie ihre Glatze grün streicht, überrascht hat. Den Kopf bedeckt eine weiße, zwei Fingerbreit umgeschlagene Strickmütze. Sandra ist heute dezent geschminkt, die Lippen sind ausnahmsweise rot angemalt. Ihre Lider hat sie mit einem Hauch von Weiß bedeckt, der zu den Wimpern hin zu einem Zartrosa wird. Sie trägt einen dunkelgrauen Rock aus weichem Stoff, der in losen Falten zwei Drittel ihrer Oberschenkel bedeckt. Eine hellgraue Strumpfhose mit dezentem Webmuster ziert ihre langen schlanken Beine. Auf ihrer weißen weiten Bluse trägt sie einen silbernen Anhänger an einem Kautschukband. Die Bluse hat sie mit einem schmalen Gürtel in der Taille geschoppt.

Nele wundert sich über Sandras ungewöhnliches Aussehen. So sieht sie ihre Freundin zum ersten Mal. »Sandra, du bist heute total verändert. Ist bei dir vielleicht auch etwas passiert? Deine Haare finde ich übrigens toll.«

Sandra lächelt vielsagend. »Ich habe einen Mann kennengelernt. Oliver. Er ist etwas älter als ich und super drauf. Er ist Ingenieur und seit einem halben Jahr Single. Wir gehen heute Abend zusammen ins Theater. Er hat mich eingeladen.«

»Ist er geschieden?«, möchte Nele wissen.

»Er lebt noch in Trennung und hat eine süße Tochter. Sie heißt Zoe, ist vier Jahre alt und ein Wirbelwind. Ich habe sie schon kennengelernt. Und Oliver ist auch süß. Er macht mir immer Komplimente und bringt mir Blumen und Naschereien mit. Als er erfuhr, dass ich Leukämie habe, war er völlig fertig. ›Du bist doch noch so jung‹, sagte er ungläubig. Ich habe ihm dann erst mal verklickert, dass die Krankheit auch viele Kinder und Jugendliche erfasst, sie jedoch gute Heilungsaussichten haben. Er wollte alles über die Krankheit und die Behandlung wissen. Und er wunderte sich, dass ich so gesund aussehe. Dass ich eine Perücke trage, hat er gar nicht gemerkt. Wir kennen uns zwar erst wenige Tage, es kommt mir aber vor, als wären wir schon lange zusammen. Ich fühle mich bei ihm geborgen.«

Nele lächelt. »Ich freue mich für dich, Sandra.«

»Das ist lieb von dir. Ich werde dir berichten, wie es weitergeht. Aber lass uns mal über Max sprechen. Das ist ja eine irre Geschichte, die du da erzählt hast. Was ist er für ein Typ? Ich fasse mal zusammen, was ich aus deinen Worten rausgehört habe. Zuerst war ihm offenbar alles piepegal und dann war er so neben der Spur, dass er sich umbringen wollte. Ich glaube, das passt zu den Drogen. Die sind im Prinzip auch so etwas wie eine Flucht vor dem Leben, wenn man es nicht gemanagt bekommt. Mit dem Selbstmord wollte er wieder flüchten. Der muss endlich lernen, Verantwortung für sich zu übernehmen.«

Nele greift nach Sandras Hand und erzählt: »Das ist wirklich krass. Der soll sich hier auf der Station ansehen, wie es ist, wenn andere sterben müssen, weil Ärzte ihnen nicht mehr helfen können. Die glauben, er wird dann seine Selbstmordgedanken aufgeben. Vielleicht haben sie ja recht. Es wäre ihm zu wünschen. Er hat einen fatalen Fehler gemacht, der ist es aber nicht wert, dafür zu sterben. Der Tod kann ja auch nichts an den Ereignissen ändern.«

»Doch, für ihn schon. Er muss sich keine Vorwürfe mehr machen. Er sollte sich aber mal fragen, wie es seiner Mutter geht, wenn sie ihn jetzt auch noch verliert«, antwortet Sandra.

»Ich glaube, so weit hat Max noch nicht gedacht. Er leidet extrem unter seinen Schuldgefühlen. Er macht aber den Eindruck, dass ihn das frühe Sterben von Kindern, das er hier erfährt, sehr mitnimmt.«

Sandra sieht Nele ernst an. »Nele, wenn er das nächste Mal kommt, musst du ihm das klarmachen. Er hatte ja nicht wirklich Schuld am Unfall. Es war ein simpler Streit, der zu dem Unfall geführt hat. Den eigentlichen Fehler hat aber sein Vater gemacht, auch wenn Max der Auslöser war. So darfst du es ihm aber auf keinen Fall sagen, hörst du?«

»Hoffentlich sehe ich ihn noch oft genug, um mit ihm reden zu können. Ich finde es ziemlich schlimm, dass er voller Schuldgefühle steckt. Eigentlich ist er ein ganz Lieber, nur aus der Spur geraten. Er hat es ja bestimmt auch nicht leicht mit der psychisch kranken Mutter.«

»Na Nele, was höre ich denn da? Du findest ihn nett? Bist du womöglich schon ein bisschen verknallt?«

»Quatsch, wie kommst du denn darauf? Ich hab darüber echt noch nicht nachgedacht.«

»Das brauchst du auch nicht. Wenn es so weit ist, wirst du es spüren. Glaub es mir.«

***

Andreas versucht, die Zweifel, die ihn seit gestern begleiten, zu verbergen. Die Angst um Nele schnürt ihm die Kehle zu. Er ist aber nicht in der Lage, eine neutrale Stimmung zu zeigen. Sein sprichwörtlicher Humor ist in Quarantäne.

Die Begrüßung der drei ist wie immer warmherzig, doch die Sorgen beherrschen auch die Gesichter von Lara und Nele.

Nichtsdestotrotz beginnen sie mit dem täglichen Ritual. Andreas möchte, dass sie sich so benehmen wie immer. Rituale spielen für die meisten Menschen eine wichtige Rolle. Sie schaffen Sicherheit und lenken von den Schattenseiten des Lebens zumindest vorübergehend ab.

Nachdem sie ihren Schwur erneuert haben, blickt Andreas Nele fragend an. »Ich vermute, heute ist dir auch nicht nach Fliegen zumute, oder irre ich mich?«

»Stimmt. Es tut mir sehr leid. Ich komme nicht in die richtige Stimmung dafür«, gesteht Nele mit einem gequälten Gesichtsausdruck, so als müsste sie sich bei Andreas dafür entschuldigen.

»Das macht nichts, Nele. Ich habe mir etwas anderes für heute überlegt. Ich möchte dir eine Geschichte vorlesen. Bist du damit einverstanden oder möchtest du lieber reden?«

»Die Geschichte«, erklingt es wortkarg.

»Okay, lege dich ganz entspannt zurück, schließe die Augen und lass deiner Fantasie freien Lauf.« Mit betont ruhiger Stimme beginnt Andreas zu lesen.

Die Geschichte heißt Grenzerfahrung. Die zehnjährige Laura spielt mit einigen Freundinnen auf dem großen Spielplatz an ihrer Schule, als plötzlich etwas sehr Merkwürdiges geschieht. Aus der geschlossenen Wolkendecke löst sich eine kleine schneeweiße Wolke und schwebt hinab zur Erde. Obwohl kein Sonnenstrahl sie trifft, umfängt ein goldener Lichtkranz sie.

Laura blickt wie gebannt auf die seltsame Erscheinung. Sie ist sich sicher, das ist ein UFO. Unglaublich, dass gerade ihr das passiert. Lernt sie womöglich gleich die Marsmännchen kennen?

Die goldene Wolke bleibt in einigen Hundert Metern Höhe stehen. Kurz darauf schwebt sie hin und her, so als würde sie etwas suchen. Vielleicht einen Landeplatz?

Laura winkt heftig. Sie möchte gerne, dass das UFO auf dem Schulhof landet.

Dann ist es so weit. Es sinkt weiter, direkt auf Laura zu. Eigenartig, das UFO schwebt völlig geräuschlos. Als es schon ganz nah ist, wird es Laura doch ein wenig mulmig. Das Raumschiff nähert sich vorsichtig und macht keinerlei Triebwerksgeräusche. Das beruhigt Laura einigermaßen.

Doch was dann passiert, ist unheimlich. Die Wolke landet direkt auf Laura, ohne sie allerdings zu berühren. Sie ist da, sie sieht sie schemenhaft, aber sie spürt sie nicht.

Dann verändert sich etwas. Die Wolke strahlt plötzlich eine wohltuende Wärme aus, die Laura nicht nur auf der Haut, sondern auch in ihrem ganzen Körper spürt. Die Wolke scheint sie zu umarmen. Laura empfindet das Gefühl als angenehm. Da sie immer noch an Außerirdische glaubt, fragt sich aber, mit wem sie es zu tun hat. »Wer bist du?«, ruft sie in die wabernde Masse.

»Mit wem sprichst du?« Was für eine merkwürdige Antwort. Doch dann merkt Laura, dass Lisa die Frage gestellt hat.

»Mit wem schon? Mit der Wolke.«

»Welche Wolke? Ich seh keine Wolke.«

Lisas Worte erschrecken Laura. Sieht nur sie das komische Ding? Wollen die Außerirdischen sie womöglich entführen? Mama und Papa werden sich wahnsinnige Sorgen machen, wenn sie nicht nach Hause kommt. Ehrlich gesagt ist ihr das Ganze nicht so ganz geheuer und sie versucht, aus der Wolke herauszutreten. Die Wolke macht aber jede ihrer Bewegungen mit und umhüllt sie weiterhin. Laura ist offenbar in der Wolke gefangen. Eine unbekannte Kraft scheint jedoch auf sie einzuwirken, denn obwohl die Situation merkwürdig ist, fürchtet sie sich auf einmal nicht mehr. Sie bleibt wieder stillstehen und harrt der Dinge, die geschehen.

Ein leichter Luftzug löst sich aus der Wolke und weht auf Laura zu. Er kommt ihr so nah, dass sie die sanfte Luftbewegung deutlich auf ihrer Haut wahrnimmt. »Laura!«, hört sie plötzlich eine weibliche Stimme in der Wolke. Sie sprach ihren Namen langsam und mit solch einer liebevollen Zärtlichkeit aus, dass Laura eine Gänsehaut bekommt. Der Luftzug umkreist sie mehrere Male und immer wieder tönt es: »Laura!«

Was mögen dieser Luftzug und die wunderbare Stimme

nur bedeuten? Wieder versucht Laura, die oder das Fremde zu verstehen. »Wer bist du? Woher kommst du? Wieso kennst du meinen Namen? Sprichst du etwa meine Sprache?«

Die Stimme schweigt, nur Lisa hört man unentwegt rufen: »Laura, Laura, was ist los mit dir? Warum führst du Selbstgespräche?«

»Ich spreche mit der Stimme in der Wolke. Stör mich jetzt nicht mehr. Es ist alles in Ordnung«, antwortet Laura ihrer Freundin.

»Laura, ich mache mir Sorgen. Soll ich deine Eltern rufen?«

»Nein, Lisa, es ist wirklich alles okay. Hier passiert gerade etwas Unglaubliches, etwas, das ich dir nicht erklären kann. Du kannst es nicht verstehen, weil du nicht siehst, was ich sehe. Aber du musst dir keine Sorgen machen.«

Die Wolke wirbelt plötzlich wie ein Tornado um Laura herum, als wollte sie sie in ihr Inneres aufsaugen.

»Nehmen sie mich jetzt doch mit zum Mars?«, denkt sie.

Doch von einer Sekunde auf die andere herrscht atemlose Stille. Aber nur für kurze Zeit. Dann geschieht wieder etwas Ungewöhnliches. Wie aus weiter Ferne vernimmt Laura auf einmal leise eine ihr unbekannte Melodie, gespielt von Instrumenten, die es auf der Erde nicht gibt. Die Töne erreichen auf ungewohnte Weise nicht ihre Ohren, sie durchfluten ihren Körper. Laura fühlt sich wie hypnotisiert.

Nach einer beängstigend langen Pause haucht die Stimme: »Wer ich bin, willst du wissen? Ich bin gekommen, um dich zu beschützen.«

»Wovor denn? Ich bin nicht in Gefahr.«

»Jetzt nicht, aber du wirst es irgendwann sein. Und dann bin ich da und helfe dir.«

»Das verstehe ich nicht. Woher willst du denn wissen, ob ich in Gefahr bin?«

Die Stimme lässt sich Zeit. »Ich werde es immer genau wissen.«

»Willst du jetzt immer mit mir herumschweben?«, fragt Laura zögerlich.

»Du siehst mich nur heute, danach nie mehr. Ich werde jedoch immer bei dir sein. Egal, ob es Tag oder Nacht ist, ob du zu Hause, in einem fernen Land oder auf einem anderen Planeten bist, ich werde an deiner Seite sein.«

»Aber warum willst du immer bei mir sein? Wie schaffst du es denn überhaupt, bei mir zu sein, wenn ich in Gefahr bin?«

»Ich bin ab heute dein Schutzengel. Vom Himmel auf die Erde gekommen, um auf dich aufzupassen.«

»Wieso hast du mich ausgesucht und nicht Lisa oder einen anderen Menschen?«

»Das ist eine lange Geschichte. Du musst zunächst wissen, dass nicht alle Menschen einen Schutzengel haben. Auch ich war mal ein Mensch und ich hatte keinen Schutzengel. Mit dreiundzwanzig Jahren bin ich gestorben. Als ich im Himmel ankam, hörte ich sofort: ›Malina, willkommen im Paradies.‹ Ich fühlte mich so geborgen wie noch nie in meinem Leben.

Absolut nichts, was dieses Gefühl hätte stören können. Absoluter Frieden, absolute Ruhe. Im Himmel herrscht aber ein unheimliches Gewimmel. Es kommen ständig neue Menschen, es gibt aber kein Gedränge. Sie gehen einfach durch einander durch. Sie haben keinen Körper mehr, sie sind nur Erscheinungen. Ich war auch körperlos. Dann lernte ich, dass Gott manche Menschen früh zu sich holt. Es sind die, auf die als Schutzengel eine wichtige Aufgabe wartet. Ich begriff sofort, dass ich dazugehörte. Gott erklärte mir, dass wir für Kinder da sind. Weil sie so vielen Gefahren ausgesetzt sind, die sie nicht kennen, brauchen sie besonderen Schutz, um die Kindheit und Jugend zu überstehen. Er forderte mich auf, mir ein Kind auszusuchen, um es zu beschützen. Nun bin ich hier bei dir. Du bist die wichtige Aufgabe, die Gott mir anvertraut hat.«

»Die Erwachsenen reden oft von Schutzengeln. Sie tun das meistens so, als wollten sie sich für ein besonderes Glück bedanken oder sich Hoffnung für eine bevorstehende schwierige Zeit machen. Vielleicht so eine wie meine. Ich habe aber noch nie gehört, dass einer seinen Schutzengel getroffen hat. Ich möchte gern mehr über dich erfahren Wo hast du als Mensch gelebt?«, sagt Laura nachdenklich.

»Ich weiß es nicht, das spielt im Himmel keine Rolle. Alle sind gleich. Wirklich alle. Es könnte Indien, Amerika, die Arktis oder auch Frankreich gewesen sein. Welche Hautfarbe ich früher hatte, weiß ich auch nicht. Nachdem man im Himmel willkommen geheißen wurde, hat man alle Äußerlichkeiten verloren. Nur seinen Namen behält man.«

Laura brennt schon die ganze Zeit etwas auf der Seele. Sie fragt Malina direkt: »Warum hast du gerade mich ausgewählt? Du hast gesagt, nicht alle haben einen Schutzengel. Es gibt doch bestimmt noch viele Kinder, die einen brauchen können.«

»Wir Engel haben eine besondere Fähigkeit. Wir können in den Seelen der Menschen lesen wie in einem Buch. Wir müssen dazu nicht mal in ihrer Nähe sein. Der Inhalt des Seelenbuches dringt wie ein Bündel Lichtstrahlen in unser Bewusstsein. Ich habe auf dem Weg zur Erde viele Lichtstrahlen empfangen. Deine haben mich besonders berührt. Ich wusste sofort, du erfüllst deine Aufgaben.«

»Welche Aufgaben?« Laura ist nun ganz aufgeregt.

»Man muss sich seinen Schutzengel verdienen. Du bist jemand, der anderen Menschen hilft, wenn es notwendig ist. Das hast du schon bewiesen. Ich habe es in deinem Seelenbuch gelesen. Und du wirst es weiterhin tun, da bin ich sicher. Das ist dein Preis für mich. Geh jetzt wieder spielen und denke daran, ich bin immer bei dir. Wenn du irgendwann nicht mehr bist, gehe ich für immer zurück.« Im nächsten Moment löst sich die Wolke spurlos auf. Lauras Schutzengel verschwindet im Nichts.

Malina denkt: »Mein kurzes Leben und mein irdischer Tod hatten einen Sinn. Wieso *hatten*? Ich lebe doch noch, nur anders. Und ich beschütze ein ganz besonderes Kind. Ja, einen tieferen Sinn für meine Existenz kann ich mir nicht vorstellen. Bei Gott geschieht nichts ohne Sinn. Ich bin jetzt bedingungslos glücklich. Bis in alle Ewigkeit.

Neles Kopf ruht auf ihrem Kissen. Ihre Augen hat sie geschlossen, aber sie sieht nicht tiefenentspannt aus.

Andreas ahnt, was in Nele vorgeht, und flüstert: »Es ist noch zu früh für eine Antwort.«

Sie bleiben noch eine Weile bei Nele sitzen.

Lara streichelt ihr über den Arm. »Morgen müssen wir aber wieder fliegen«, meint sie, als sie sich von ihrer Freundin verabschieden.

Lara gesteht Andreas draußen: »Die Geschichte hat mir gut gefallen und mich sehr bewegt. Ich glaube, ich kann Nele jetzt beruhigter loslassen, auch wenn es anfangs sehr wehtun wird. Aber ich hoffe, wir haben recht und die Blutprobe bedeutet keine Verschlechterung von Neles Krankheit. Ich wünsche mir so sehr, dass wir morgen wieder irgendwo hinfliegen«

TAG 10, MONTAG

Klang des Lebens

Einsamer Ton wird zum Lied,
wundersame Melodie erklingt,
fremd und doch vertraut,
durchdringt die Zeit der Stille,
schwillt an zur Ouvertüre
für neues Sein.
Genialer Zauber wohnt ihr inne,
schwärmt in jede Zelle,
sie zu beleben,
gibt Kraft, wird selbst nicht müde.
Ihr Wind wächst zum Orkan,
begräbt Zweifel und Verzagen.
Sie war verklungen, still,
erfüllt den Äther nun
mit Zuversicht und Mut,
ist, was fast vergessen war,
der Klang des Lebens.

R. F.

Nele hat eine Nacht voller düsterer Gedanken hinter sich. Wenn sie gerade mal entschlummert war, haben Albträume sie aufgeschreckt und in die bittere Realität zurückkatapultiert. Das Bettlaken liegt wie zufällig fallengelassen nur partiell auf Neles Körper. Es trägt Schweißränder. Den flauschigen, mit Daunen gefüllten weißen Leinensack, den sie umarmt, hat sie zu einem unförmigen Klumpen zerwühlt.

Als sie erwacht, hört sie wie aus weiter Ferne Geräusche. Sie lässt die Augen noch geschlossen und lauscht ängstlich. »Wo bin ich? Lebe ich oder bin ich schon im Jenseits?«

Endlich begreift sie. Der Tag beginnt, der Alltag. Gepolter, Stimmengewirr, Türen und Fenster werden sperrangelweit aufgerissen, als sollten fliegende Elefanten den Ort verlassen.

Allmählich sickert in Neles Bewusstsein, dass dieser Tag ihr Gewissheit über ihren Gesundheitszustand bringen wird. Länger kann sie die Angst, die bohrenden Fragen nach des Rätsels Lösung auch nicht ertragen. Haben sie gestern noch Zweifel und Resignation beherrscht, nimmt sie sich heute vor, wieder zu kämpfen. Verzweiflung ist ein starker Motor.

Professor Wexler, Oberärztin Dr. Viktorinová, Die Stationsärztin und zwei Assistenzärzte gruppieren sich wenig später um Neles Bett. Heute ist Montag. Das bedeutet Chefarztvisite.

Die Stationsärztin lächelt Nele freundlich zu und berichtet über Neles aktuellen Gesundheitszustand, ihre Therapie und ihr Allgemeinbefinden. Das bezeichnet sie als sehr positiv. Dabei lächelt sie Nele erneut an.

Professor Wexler ist betont geschäftsmäßig, dokumentiert professionelle Distanz. Er ist der leitende Hämatologe.

Nele blickt verängstigt in die flüsternde Runde. Die Ärzte besprechen ihre Krankenakte in einer Sprache, die ihr keinerlei Aufschluss bietet. »Wollen sie nicht, dass ich sie verstehe? Haben sie etwas zu verbergen?«

Endlich bricht Professor Wexler das Gemurmel der Ärzte mit den Worten: »Wie geht es dir, Nele? Gibt es irgendwelche Veränderungen?«

»Gut, so wie immer«, antwortet Nele.

»Was rede ich denn da für einen Blödsinn? Es geht mir doch überhaupt nicht gut«, schießt es ihr durch den Kopf.

Professor Wexler sieht Nele nachdenklich an. »Du weißt, dass wir eine zweite Blutprobe von dir überprüft haben. Die erste erschien uns merkwürdig. Beide Proben waren jedoch identisch. Es gibt eine Veränderung, für die es noch keine Erklärung gibt.«

»Also doch. Es hat sich etwas verschlechtert und sie wollen nicht zugeben, dass sie mit ihrem Latein am Ende sind«, vermutet Nele.

»Im Vergleich zur letzten Untersuchung hat es keine weitere Vermehrung von Krebszellen gegeben. Auch die Anzahl der Erythrozyten hat sich leicht erhöht. Es ist nur eine geringfügige Veränderung und wir müssen diese Entwicklung in kurzen Zeitabständen überprüfen, um sicher sein zu können, dass es sich nicht um eine übliche Schwankung handelt. Das ist erst einmal ein gutes Ergebnis und du musst dir keine unnötigen Sorgen machen.«

Nele kann noch nicht glauben, was sie gerade gehört hat, – ein gutes Ergebnis.

Die Assistenzärzte scheinen es auch nicht glauben zu können. Sie schauen immer wieder zu Nele, als wäre die Erklärung in ihrem Gesicht abzulesen. Dann studieren sie wieder ihre Krankenakte und blicken fragend auf den Professor.

Frau Dr. Viktorinová richtet das Wort an Nele: »Wichtiger als die Laborergebnisse ist dein persönlicher Eindruck. Fühlst du dich etwas besser? Die Schwestern haben mir erzählt, dass du wieder gut isst und viel lachst.«

»Ich weiß nicht. Manchmal denke ich, ja. Dann bekomme ich wieder starke Schmerzen und habe das Gefühl, es ist alles so wie immer. Na ja, vielleicht ein bisschen besser.«

Der Professor weist das Team an: »Wir nehmen alle zwei Tage Blut ab und bestimmen die üblichen Werte. Die Ergebnisse werden kurzfristig analysiert. Wenn sich Abweichungen zeigen, erfahre ich das sofort.«

Die Weißkittelgruppe verlässt grußlos den Raum. Nur die Stationsschwester zwinkert Nele zu und nickt aufmunternd.

Dann herrscht plötzlich eine geheimnisvolle Stille im Raum, in die Neles Gedankenwirrwarr wie ein Tornado hineinstürmt. Sie hatte die Visite gefürchtet, jetzt erfasst sie ein unbändiger Überlebenswille. Vielleicht gibt es doch noch ein Wunder. »Die Krebszellen haben sich nicht vermehrt. Zunahme der Blutzellen«, wiederholt sie in Gedanken mehrmals. Sie muss an Andreas' Geschichte denken. »Ich habe einen Schutzengel, der auf mich aufpasst. Er macht, dass ich wieder gesund werde. Danke, lieber Schutzengel. Schade, dass ich dich nicht kenne. Doch ich verspreche dir, auch ich werde meine Aufgabe erfüllen.« Sie lächelt überglücklich in sich hinein. Am liebsten würde sie sich in die Luft erheben, Kreise über ihr Elternhaus drehen und hinunterrufen: »Ich komme zurück. Ich werde gesund.«

***

Neles Eltern sehen überrascht aus, als sie das Zimmer betreten.

Nele strahlt sie an und reißt ihre Arme zur Begrüßung hoch.

Neles Vater sieht sich im Zimmer um.

»Suchst du was, Papa?«

»Ja, wo ist mein Kind? Wo ist meine Fee.«

»Aber Papa.«

»Du bist nicht das Mädchen, von dem ich mich gestern verabschiedet habe.« Er fliegt ihr um den Hals und küsst sie überschwänglich ab.

Auch ihre Mutter umarmt sie erleichtert.

Nele könnte platzen vor Aufregung. Sie möchte ihren Eltern unbedingt die Neuigkeiten mitteilen. Sie genießt aber mit ihnen diesen wunderbaren Moment, der ohne Worte auskommt.

Nach einer kurzen Pause will sie ihr Wissen endlich loswerden. Ihre Eltern sollen sich nicht mehr sorgen. »Ihr glaubt nicht, was passiert ist …« In allen Einzelheiten berichtet Nele von der Visite. Sie ist so aufgeregt, dass sie immer schneller redet.

Ihre Mutter flüstert ungläubig vor sich hin. »Die Krankheit ist gestoppt. Die Krankheit ist gestoppt«, ruft sie plötzlich laut und fällt ihrem Mann um den Hals. »Hast du gehört? Die Krankheit ist gestoppt, sie ist gestoppt.«

»Kleinigkeiten können Leben zerstören, Kleinigkeiten geben es wieder zurück«, sagt ihr Vater. Dann wendet er sich Nele zu. »Weißt du was? Wenn du zurück bist, machen wir zusammen eine schöne Reise, egal, was es kostet. Du suchst dir das Reiseziel aus und wir sagen einfach Ja, egal, was es ist.«

Nele muss nicht lange überlegen. »Ich möchte einen Ort besuchen, an dem ich als Möwe war.« Sie fügt hinzu: »Und ich mache die Reise nur, wenn Lara mitkommen darf.«

Neles Vater lächelt. »Ich habe es dir schon mal gesagt. Du bist eine Fee und kannst zaubern. Du hast mich schon wieder verzaubert. Ich habe den Verstand verloren und das Wort *nein* vergessen.«

Alle drei lachen

***

Als Andreas mit Lara vor Neles Zimmer steht, hat er keine Ahnung, was sie gleich erwartet. Er hofft auf einen Messfehler bei der ersten Blutuntersuchung, ist aber auf das Schlimmste gefasst. Das Durchschreiten dieser Tür, das ihn an den vorherigen Tagen mit Freude und Hoffnung erfüllt hat, ähnelt heute dem Gang zum Schafott.

»Geh du zuerst!«, bittet Lara ihn.

Seinem verschämten Klopfen an der Tür folgt ein fröhliches, unüberhörbares »Hereinspaziert!«

Andreas ist überrascht. Das kann nur etwas Gutes bedeuten.

Nele strahlt über das ganze Gesicht. Bevor Andreas etwas sagen kann, posaunt sie heraus: »Ich werde gesund. Ein Wunder ist geschehen.«

Lara stürmt zum Bett und umarmt ihre Freundin leidenschaftlich.

Andreas lässt es sich auch nicht nehmen, Nele herzlich zu drücken.

Aus Nele sprudelt heraus: »Ich habe einen.«

»Wie, ich habe einen? Was hast du?«, fragt Lara verblüfft nach.

»Na was schon, einen Schutzengel.« Nele lacht unentwegt, hebt die Hände über den Kopf und wiegt den Oberkörper dabei hin und her. Sie sprüht vor Enthusiasmus und grenzenlosem Tatendrang. »Mir fehlt jetzt aber etwas anderes«, eröffnet Nele Lara und Andreas. Bevor sie antworten können, fährt Nele fort: »Ich will fliegen, egal wohin, vielleicht bis zum Mond.«

Andreas schmunzelt, ist dankbar und von Herzen froh, dass Nele so hoffnungsvoll ist. »Ein Flug zum Mond wird schwierig. Wir müssten eine Schutzausrüstung tragen, um dort zu überleben. Bisher hat allerdings noch niemand einen Raumanzug für Möwen hergestellt.«

»Dann wird es aber höchste Zeit.« Nele lacht laut los. »Ich werde der NASA mal eine E-Mail schicken.«

»Ich habe eine andere Idee. Dabei kannst du zeigen, was du gelernt hast. Es ist eine Herausforderung, der sich nur die Besten stellen. Und es ist dem heutigen Tag angemessen. Dein Ergebnis ist es wert, dass wir zusammen etwas total Verrücktes machen, was noch nie vorher probiert wurde.«

»Hört sich cool an, was total Verrücktes. Verrätst du uns, was du meinst?«, ruft Nele begeistert.

»Natürlich. Wir starten gleich zur ersten Weltmeisterschaft im Möwen-Kunstflug.«

Die Mädchen flippen aus. Lara springt wie wild durch das Zimmer und Nele macht unglaubliche Verrenkungen in ihrem Bett. Die Bewegungsschmerzen scheinen Urlaub zu machen. Wenn man diese Stimmung doch konservieren könnte. Die unbändige Freude der zwei Teenager ist für Andreas berauschend. Mit diesem Ergebnis der Blutprobe hat er nicht gerechnet. Wenn wirklich wahr sein sollte, was Nele erzählt hat, dann kann es dafür nur eine Erklärung geben, die unwahrscheinlichste überhaupt. Sie ist nur wenigen Kranken vergönnt, Leukämiepatienten sehr selten. Doch es kann nur spontane Selbstheilung sein. Nele hatte recht. Sie hat einen Schutzengel. Und was für einen.

Haben seine Flugabenteuer und das Ritual vielleicht einen

Beitrag zur Selbstheilung geleistet? Gibt es womöglich andere Gründe, die ihm unbekannt sind? Man weiß ja, dass der eigene Überlebenswille manchmal zu übermenschlichen Kräften führt. Egal, was es ist, Hauptsache, Nele wird gesund.

Lara hat schon mit der Massage angefangen.

»Machst du das auch noch, wenn ich wieder gesund bin?«, fragt Nele spitzbübisch.

Lara lacht sie nur an.

Andreas will die Freundinnen erst einmal allein lassen. »Ich seh mal nach, ob es einen Kaffee gibt«, teilt er ihnen kurz mit und verschwindet Richtung Schwesternzimmer.

Schwester Julia ist nicht da. Schwester Barbara fragt jedoch, ob er einen Wunsch hat.

»Haben Sie vielleicht einen Kaffee für mich?«

»Klar doch«, sagt sie und Andreas denkt unwillkürlich an einen Überschallknall. Sie spricht wirklich sehr laut. Ob sie schwerhörig ist?

Er übergibt ihr einen Zehneuroschein. »Für die Kaffeekasse.«

Mit einem gefüllten Krankenhausbecher zieht er wenig später enttäuscht von dannen. Er hatte auf Julia gehofft. Sie hat sich in seinem Gedächtnis stärker eingenistet, als er sich zunächst eingestehen wollte. Dass sie auch Single ist, beflügelt seine Fantasie.

Als Andreas zurückkommt, schweigen die Mädchen, doch ihre übermütigen Gesten und Blicke sind mehr als beredt. Endlich gibt Neles Zustand für beide Raum, sich mit unsinnigen Späßen in einer vermissten Wirklichkeit wiederzufinden. Alberne Teenagersprüche, Gekicher über Nichtigkeiten, zaghafte Zukunftsvisionen und vor allem der Wille, diesen verhassten Raum zu vergessen.

Andreas fühlt sich in dieser Atmosphäre wie eine Persona non grata. Er beschränkt sich aufs Zusehen bei der Massage und denkt insgeheim: »Hoffentlich ist die ganze Freude nicht nur ein Strohfeuer.« Voller Stolz beobachtet er, mit welcher Zuwendung Lara Nele massiert. Dabei hat ihr nie zuvor jemand gezeigt, wie das geht. Es scheint zu stimmen, man wächst an seinen Aufgaben.

Die Massage ist beendet und sie erneuern ihren Schwur. Noch nie haben sie ihn mit einer so unwahrscheinlichen Chance in Verbindung bringen können.

Neles neugewonnene Kraft ist nicht zu übersehen. Sie nimmt ihre Möwe in die Hände und vollführt mit ihr akrobatische Flugbewegungen.

Mit überschäumendem Temperament läuft Lara mit ausgebreiteten Armen kreuz und quer durch das Krankenzimmer und fiebert nach Sensation.

Andreas versucht, ihre Aufmerksamkeit zu bekommen. »Verausgabt euch nicht schon jetzt. Ihr werdet eure Kräfte noch brauchen. Was wir jetzt vorhaben, erfordert volle Konzentration und viel Kraft. Erinnert ihr euch noch, dass ich mal gesagt habe, meine Flügel müssten 110 Meter breit sein, wenn ich eine Möwe mit meinem jetzigen Gewicht wäre. Es gibt aber die Möglichkeit, mit wesentlich kleineren Flügeln fliegen können. Dazu trägt man sogenannte Wingsuits, also Flügelanzüge. Sie sind so konstruiert, dass zwischen Rumpf und den ausgebreiteten Armen ein Flügelpaar entsteht. Damit genug Auftrieb entstehen kann, muss man damit sehr schnell fliegen. Je schneller ein Fluggerät fliegt, desto kleiner können die Flügel sein. Kampfjets haben wesentlich kleinere Tragflächen als Verkehrsflugzeuge. Der Luftwiderstand verhindert, dass Fluggeräte eine bestimmte Geschwindigkeit überschreiten können, weil er dann genauso stark ist wie der Flugantrieb. Astronauten, die zurück zur Erde kommen, nutzen die Atmosphäre zum Abbremsen aus. Je tiefer sie eindringen, desto größer ist der Widerstand, weil die Luft nach unten immer dichter wird. Beim Eintauchen in die Atmosphäre entsteht so starke Reibungshitze, dass eine Raumkapsel ohne Hitzeschutzschild verglühen würde. Solche Probleme kennen Vögel aber nicht. Sie verlassen die Atmosphäre nie. Aber auch sie kämpfen gegen den Luftwiderstand. Schwärme fliegen deshalb in Dreiecksformation. Sie können sowohl sehr langsam als auch schnell fliegen, weil ihre Flügel beweglich sind. Der Falke stürzt sich mit eingeklappten Flügeln kopfüber hinab auf seine Beute, die er mit atemberaubender Geschwindigkeit im Flug überrascht. Wir Möwen können zwar auch sehr schnell sein, sind bis jetzt jedoch in einem gemütlichen Tempo geflogen und haben kaum Kraft aufgewendet, sondern uns vom Wind tragen lassen. Was wir nun vorhaben, ist die Formel 1 in der Luft.«

»Puuh, ist das kompliziert. Gut, dass ich mir das nicht

merken muss«, entfährt es Nele plötzlich.

»Ein bisschen davon solltest du aber schon behalten, denn das, was ich gerade erklärt habe, wird euch gleich betreffen«, antwortet Andreas.

»Können wir jetzt los?«, meldet sich Lara. »Ich bin abenteuerlustig.«

»Damit das Abenteuer funktioniert, müsst ihr in Gedanken eins mit der Möwe werden«, sagt Andreas ermunternd.

»Was mag die Möwe beim Flug empfinden. Fliegt sie automatisch oder überlegt sie sich, was sie macht? Hat sie manchmal Angst? Machen ihr das Fliegen und die fantastische Sicht auf die Welt Spaß?«, fragt Nele.

»Ich bin mir sicher, dass Möwen sehr viel Spaß haben. Wenn sie jedoch das erste Mal aus dem Nest hüpfen, haben sie Angst. So wie du als Kind laufen gelernt hast und heute nicht mehr darüber nachdenkst, ein Bein vor das andere zu setzen, denkt auch die Möwe nicht mehr nach, was sie macht. Ihr müsst aber gleich sehr gut nachdenken. Für das, was wir vorhaben, müssen wir nicht weit fliegen. Wir können das überall tun. Nur eines zählt, wir müssen hoch genug sein. Ihr müsst kräftig mit den Flügeln schlagen, denn wir wollen auf 1.000 Meter steigen. Wenn wir oben sind, gleiten wir eine Weile ohne Flügelschlag, um uns zu erholen. Genießt die Aussicht! Wenn ihr ausgeruht seid, hebt ihr die Flügelenden etwas an. Was fällt euch auf? Ihr hört auf zu schweben, ihr kommt zum Stillstand. Wenn ihr die Haltung beibehaltet, fangt ihr an zu trudeln. Klappt deshalb die Flügelenden nach unten und senkt den Kopf. Ihr nehmt dadurch Geschwindigkeit auf und erreicht wieder einen stabilen Flug. Dabei verliert ihr allerdings an Höhe. Ihr habt jetzt gelernt, dass ihr nicht abstürzt, wenn ihr mal zu langsam seid. Dieses Wissen ist wichtig für den Kunstflug.«

Andreas hat beobachtet, wie die zwei brav auf sein Kommando hin den Kopf gesenkt haben.

Dann sagt er: »Jetzt kann es losgehen. Lektion eins – Geschwindigkeit. Ihr habt nur ein paar Meter Höhe verloren, deshalb können wir hier weitermachen. Ihr drückt die Flügelenden nach unten, bis ihr in einen senkrechten Sinkflug kommt. Kopf senken nicht vergessen. Wenn ihr diese Position erreicht habt, stellt ihr die Flügel parallel zur Körperachse. Ihr werdet schneller, der Fahrtwind reißt an euren äußeren Flügelfedern. Jetzt steigt eure Geschwindigkeit nicht mehr, weil die gespreizten Flügel zu viel Luftwiderstand erzeugen. Deshalb zieht ihr sie zur Hälfte an den Körper heran. Der Luftwiderstand lässt nach und der Turbo setzt ein. Ihr beschleunigt noch einmal kräftig. Lasst die Geschwindigkeit auf euch wirken. Die Erde rast auf euch zu, Objekte am Boden werden schnell größer. Jetzt hebt ihr die Flügelenden wieder leicht an. Ihr werdet langsamer und der Sinkflug geht in einen Geradeausflug über. Ihr könnt die Flügel langsam wieder öffnen.«

»Bisher sind wir geflogen, um irgendwo anzukommen. Nun machen wir es aus reinem Vergnügen«, meint Nele.

»Genau«, bestätigt Lara.

»Fragt ihr euch immer noch, ob Möwen Spaß am Fliegen haben? Wir kommen zu Lektion zwei – maximale Geschwindigkeit. Wir steigen wieder auf 1.000 Meter. Jetzt macht ihr das Gleiche wie eben, zieht aber die Flügel ganz an den Körper. Ihr rast wie ein Stein zu Boden, weil kaum noch Luftwiderstand den Fall bremst. Wir erreichen unsere individuelle maximale Geschwindigkeit. Mehr geht nicht. Also schön konzentriert fliegen. Der Fahrtwind braust in Orkanstärke an eurem Körper vorbei. Er ist der Boss. Die Flügel schön am Körper halten! Er kann gemein sein. Wie kommt ihr aus der Nummer aber wieder heraus, ohne abzustürzen? Wenn ihr jetzt die Flügelenden hebt und die Flügel wieder ausbreitet, muss das sehr langsam geschehen, sonst bricht der plötzliche Luftwiderstand euch die Flügel. Ihr hebt die Flügelenden ganz allmählich an, um wieder geradeaus zu fliegen. Dadurch werdet ihr langsamer und beendet den schnellen Sinkflug. Je langsamer ihr werdet, desto mehr könnt ihr die Flügel strecken. Ihr fliegt wieder gemütlich geradeaus. Durch den Sturzflug habt ihr 300 Meter Höhe verloren, die müsst ihr zurückerobern. Also schlagt ihr kräftig mit den Flügeln, um wieder eine sichere Höhe zu erreichen. Wir kommen zu Lektion drei – Looping. 1.000 Meter. Volle Konzentration. Ihr klappt die Flügel komplett ein und stürzt euch wie ein Bungeespringer kopfüber in die Tiefe. Der Wind heult, die Schwerkraft lässt euch mit atemberaubender Geschwindigkeit Richtung Erde rasen. Nach drei Sekunden habt ihr schon etwa 100 Kilometer pro Stunde erreicht. Der Luftwiderstand nimmt jetzt deutlich zu, doch ihr werdet noch immer schneller. Wir sind gleich bis auf 300 Meter gefallen. Jetzt aufpassen! Ihr öffnet die Flügel minimal und stellt sie deutlich nach oben. Euer Sinkflug geht in einen kurzen Geradeausflug über und dann steigt ihr auf wie eine Rakete. Durch den Fall habt ihr genug Bewegungsenergie, um ohne Flügelschlag weiterzufliegen. Flügel wieder ganz anziehen, um den Luftwiderstand zu reduzieren. Ihr werdet langsamer. Kurz bevor ihr zum Stillstand kommt, breitet ihr die Flügel voll aus und stellt sie nach unten, um wieder geradeaus zu fliegen. Das war die Vorübung zum Looping, das Hinabstürzen und Hochrasen. Jetzt wieder Aufsteigen auf 1000 Meter. Ruht euch erst mal aus. Ihr macht dann das Gleiche wie vorhin. Ihr stellt aber im Steigflug die Flügel nicht wieder parallel zur Körperachse, sondern lasst sie während des gesamten Manövers aufwärts gestellt. Dadurch fliegt ihr auf einer Kreisbahn auf dem Rücken, dann geht es wieder in den Sinkflug. Ihr habt jetzt viel Geschwindigkeit verloren. Wenn ihr erneut geradeaus fliegt, öffnet ihr die Flügel und stellt sie parallel zur Körperachse, um nicht wieder aufzusteigen. Geschafft. Das habt ihr schon sehr gut gemacht. Wenn ihr höher aufsteigt oder einen engeren Kreisbogen fliegt, könnt ihr noch einen Looping dranhängen.«

Belustigt hat Andreas zugesehen, wie die beiden Mädchen die ganze Zeit mit ihren Armen herumgefuchtelt haben. Nachdem sie wieder zur Ruhe gekommen sind, ist es Zeit für die nächste Aufgabe.

»Eine Übung machen wir noch. Die hört sich leichter an, als sie ist. Lektion vier – Rolle. Auch hierfür braucht ihr eine hohe Geschwindigkeit, weil ihr während der Figur keinen weiteren Antrieb erzeugen könnt. Auf 1.000 Meter stürzt ihr euch hinab, bis ihr eure maximale Geschwindigkeit erreicht. Ihr geht wie eben in den Geradeausflug, indem ihr die Flügel leicht öffnet und die Flügelenden anhebt. Die Flügel wieder an der Körperachse ausrichten. Jetzt wird es kompliziert. Jeder Flügel muss etwas anderes machen. Beim rechten Flügel hebt ihr das Ende stark an, beim linken senkt ihr es stark ab. Dadurch dreht ihr euch rechtsherum um die eigene Achse. Solange ihr genug Geschwindigkeit habt, könnt ihr in der Figur auch eine kurze Pause auf dem Rücken oder der Seite machen, bevor ihr weiterdreht. Dazu müsst ihr die Flügel wieder parallel stellen. Auch diese Übung habt ihr meisterhaft bewältigt. Ihr seid schon sehr flugerfahren. Eine letzte Übung machen wir noch, eine Kombi.« Andreas macht eine kurze Pause und beobachtet die Mädchen.

Genaugenommen sieht das wilde Bewegen ihrer Arme nicht nach einer präzisen Steuerung aus. Muss es auch nicht. Hauptsache, sie genießen den Flug.

Andreas fährt fort: »Wir werden einen Looping mit anschließender Rechtsrolle fliegen. Danach landen wir nach einem gemütlichen Gleitflug. Vorher geht der Blick noch mal nach oben und die Erinnerung an die tollen Manöver lässt sie euch wieder erleben. Bevor es losgeht, gebe ich euch ein paar Stichworte mit auf den Weg. Bungeesprung, Flügel leicht öffnen und die Enden anheben, Geradeausflug, rechts heben, links senken, um 360 Grad drehen, Geradeausflug, Flügel öffnen, nach Hause schweben.«

Nach der Landung im Zimmer sehen Nele und Lara sich an, fassen sich an den Händen und drücken sie fest. Dann geht ihr Blick Richtung Andreas.

»Da sind wir wieder. Ihr habt euch ganz schön verausgabt und seid bestimmt geschafft. Es war ja auch anstrengend. Ich bin sehr stolz auf euch zwei.«

In den Augen der Mädchen lodert noch ihre Begeisterung für die wilden Flugabenteuer.

Andreas bittet um Aufmerksamkeit und bezeichnet sich als Platzrichter. »Wir kommen zur Siegerehrung. Einen Unterschied zwischen euch auszumachen, vermag ich nicht. Ihr habt alles gegeben und respektable Leistungen erzielt. Und das Wichtigste – ihr habt es verletzungsfrei überstanden. Ich denke deshalb, es gibt nur eine faire Lösung. Einen geteilten ersten Platz. Außer euch hat keine andere Möwe teilgenommen. Sie hätte auch keine Chance gegen zwei so talentierte Kunstflieger wie euch gehabt. Außerdem hattet ihr einen erfahrenen Möwentrainer. Ihr seid ab heute Weltmeister.«

Nele und Lara reißen die Arme hoch, nehmen eine Siegerpose ein, strahlen Andreas an und er weiß, Glücklichsein hat zwei Gesichter. Nein, drei.

***

Und es gibt noch eine Überraschung am Abend. Nach dem Abendessen vernimmt Nele ein Klopfen an ihrer Tür, das nur einen Ursprung haben kann. Sie hört es aus tausend anderen Klopfgeräuschen heraus.

Max. Verlegen steht er in der Tür und wirkt unsicher. Er sieht Nele an wie eine Marsbewohnerin, deren Verhalten unkalkulierbar scheint. »Darf ich?«

Wie er so schüchtern und unbeholfen dasteht, wird Nele plötzlich eines klar. Sie mag ihn. Sandra hatte recht. Bis jetzt hatte sie noch keine Zeit, über die Worte ihrer Freundin nachzudenken. Es scheint ihr aber so, als hätte Sandra die Situation richtig eingeschätzt. »Schön, dass er mich besucht«, denkt Nele. Sie nickt ihm betont freundlich zu und schaut zu dem kleinen, quadratischen Tisch im Raum.

Eine weiße Kunststoffplatte, die auf vier klar lackierten Kiefernholzfüßen steht. Darauf hat es sich eine grüne bauchige Keramikvase gemütlich gemacht und wartet darauf, dass ihr eine Aufgabe zuteilwird. Eine Rose wäre schön, aber die kann Nele nicht einfach herbeizaubern.

Sie bittet Max: »Kannst du – Ich brauche Hilfe.«

Er geht zum Bett, schlägt die Decke zurück und hält Nele seinen Arm hin.

Nele hakt sich unter und versucht auf ihren wackligen Beinen den Tisch zu erreichen.

Max bleibt auf halbem Weg stehen und sagt zu Nele: »Warte, ich fasse dich anders.« Er greift ihr mit beiden Händen unter die Arme.

Nele fällt erschöpft auf den Sitz. Die harte Sitzfläche ist für ihren ausgemergelten Körper eine Folter. Sie schaut noch mal zum Bett und lächelt Max zu. »Kannst du – Mein Kissen?«

»Ja, klar, Sekunde.« Er hilft Nele wieder hoch und platziert das Kissen auf dem Sitz.

Eine kleine Zuwendung, die Nele genießt. Sie lächelt ihn dankbar an. Durch das lange Liegen sind ihre Muskeln immer mehr geschrumpft. Am Anfang versuchten Physiotherapeuten noch, sie durch Elektromassage zu stimulieren. Als dann klar wurde, dass sie die Muskeln nicht mehr braucht …

Max nimmt diesmal sogar vertraut neben Nele Platz, nicht gegenüber.

Nele atmet schwer. Sie muss sich noch von der Anstrengung erholen. »Wenn Max wüsste, wie wichtig mir seine Gegenwart ist«, denkt sie.

Max umfasst Neles Hand und fragt nach einer Weile: »Wie geht's dir?«

Nele lächelt ihn an. »Max, ich werde wieder gesund«, ruft sie.

»Das ist ja unglaublich.« Er steht auf und nimmt Nele für einen Moment in den Arm.

Nele umfasst auch Max und ist einfach nur glücklich.

»Wie du leidest, habe mir nicht vorstellen können. Dass du dein Schicksal so erträgst, hat mich getroffen. Ich habe mich so für mich geschämt und immer gehofft, du würdest dich irren«, sagt Max nach der innigen Umarmung.

So viele Worte und so viel Gefühl aus Max' Mund. Nele

ist überrascht. Bis jetzt war er wortlos.

Er rückt näher an sie heran und streichelt ihre Hand.

Nele wird heiß und kalt. Was hat Sandra noch mal gesagt? »Es kann jederzeit passieren.« Und jetzt ist es passiert.

TAG 12, MITTWOCH

All-Tag

Unendliche Weite,
tiefschwarzes Dunkel.
Milliarden Sonnen
weisen keinen Weg.
Punkte im Vakuum,
von Planeten umschwärmt.
Motten des Universums.
Das All drängt weiter
vom Nichts zum Nichts.
Galaktische Wahrheit,
ewige Antworten,
vergängliche Fragen,
allmächtige Ordnung
im Chaos der Gestirne.
Universum der Kälte,
absoluter Nullpunkt,
Stillstand der Atome.

R. F.

Schwester Barbara kommt um sechs Uhr morgens wie immer sehr geräuschvoll zur Blutentnahme herein.

Nele hat fest geschlafen. Die gestrigen Erlebnisse mit Max hatten sie beschäftigt, bis der Schlaf sie übermannte.

»Guten Morgen, Fee«, begrüßt sie Nele anders als sonst. »Du weißt ja, ich muss dich noch mal piksen.«

Nele reibt sich die verschlafenen Augen und stimmt zu. Natürlich ist sie neugierig, ob sich ihr Zustand weiter verbessert.

Im Gehen sagt Schwester Barbara: »Ich nehme an, Professor Wexler kommt heute noch zu dir. Du stehst auf seiner Prioritätenliste ganz oben. Lass dir gleich dein Frühstück schmecken.«

Nach der Blutentnahme ist Nele richtig wach und muss an Max denken. Sie schließt wieder die Augen und fühlt, wie er ihre Hand greift und sie umarmt. Wie schön es wäre, wenn er gleich ihr Frühstück brächte.

Nach dem Frühstück erscheint Sandra. »Ich war schon gestern hier. Sie haben mich aber wegen der Visite nicht hereingelassen.«

Nele sitzt aufrecht im Bett und schaut Sandra vielsagend an.

»Mensch, Mäusken, du bist ja wie verwandelt. Das kann nur mit guten Nachrichten zu tun haben. Ich freu mich so für dich. Jetzt erzähl aber mal, ich sterbe sonst noch vor Neugier. Man redet manchmal einen Quatsch daher. Noch nie ist jemand vor Neugier gestorben. Ich bin aber wahnsinnig gespannt auf den Grund für deine gute Laune.«

Aus Nele sprudelt enthusiastisch heraus, was sie gestern von Professor Wexler erfahren hat. Nüchtern betrachtet war die Nachricht nur ein Hoffnungsschimmer. Sie hat Nele dennoch von der Todesangst befreit und ihr Lebensmut ist nun grenzenlos. Sie hat keinen Zweifel daran, dass sie bald gesund ist und nach Hause kann.

Sandra stand vor Verblüffung die ganze Zeit mitten im Raum. Erst jetzt setzt sie sich zu Nele auf das Bett. Sie streichelt ihr zärtlich über die Wangen und ergreift dann mit festem Griff ihre Hände. »Siehst du, Nele, man darf niemals aufgeben, selbst dann nicht, wenn die Umstände hoffnungslos erscheinen.«

Nele platzt ebenfalls vor Neugier. Sie will jetzt endlich wissen, wie es Sandra erging. »Wie war es im Theater? Seid ihr jetzt zusammen?«

Sandra lächelt. Sie erzählt enthusiastisch: »Weißt du, Oliver ist so anders. So aufmerksam. Nicht wie die Männer in meinem Alter. Man spürt auch, dass er schon eine Familie hat. Er ist ein Kümmerer, denkt über den Tag hinaus. Bei ihm fühle ich mich geborgen. Ich glaube, das kann mehr werden. «

»Wie habt ihr euch denn kennengelernt?«, fragt Nele interessiert.

»Das war ganz unerwartet. In einem Café. Es war voll bis auf einen Stuhl an dem Zweiertisch, an dem ich saß. Dann kam Oliver auf mich zu und fragte, ob der Platz frei sei. Eigentlich wäre ich lieber allein geblieben, statt von so einem Typen zugetextet zu werden. Er hat mich aber komplett in Ruhe gelassen, ein Wirtschaftsjournal aus der Tasche geholt und gelesen. Trotzdem ärgerte mich irgendwie, dass er noch nicht mal einen Versuch unternommen hat, mit mir ins Gespräch zu kommen. So schlecht seh ich doch nicht aus.«

»Ich finde, dass du sehr gut aussiehst und er hätte wirklich versuchen können, mit dir zu reden. Wahrscheinlich hatte er das auch vor, wollte aber vielleicht nicht aufdringlich wirken«, meint Nele.

»Wer weiß? Nachdem er eine Weile gelesen hatte und unsere Blicke sich zufällig trafen, fixierte er mich für einen Moment. Dann sagte er mit einem Fingerzeig auf sein Journal: ›Da steht auch immer das Gleiche drin‹, und lächelte mich nett an. ›Warum lesen Sie es dann?‹, fragte ich. Mit der Bemerkung hatte er wohl nicht gerechnet. Ich ehrlich gesagt auch nicht. Nachdem es raus war, fand ich es etwas unhöflich. Er reagierte aber belustigt und meinte: ›Ich mag Frauen, die ihre Meinung sagen.‹ Peng. Er musterte mich interessiert. Ich hielt seinem Blick stand und merkte plötzlich, dass ich es angenehm fand, wie er mich ansah. Seine Augen strahlten Wärme aus. Dann entstand ein belangloses Gespräch, an dessen Ende er mich fragte, ob er mich in dem Café noch mal sehen würde.«

»Und hat er? Hört sich ja cool an.«

»Ich erzählte ihm, ich wäre öfter dort. Er wollte es genauer wissen. Ob ich vielleicht morgen oder übermorgen dort sei.

›Vielleicht bin ich morgen Nachmittag hier‹, erwiderte ich unverbindlich. Was soll ich dir sagen? Am nächsten Tag saß ich im Café und er kam. Er begrüßte mich höflich und bedankte sich für meine Gesellschaft. So fing es an, ohne Internet, ohne Kuppelparty, einfach so durch Zufall. Ein schöner Zufall.«

Nele hat den Ausführungen staunend gelauscht. »Das ist ja irre. Und wie war es nun im Theater?«

»Ich war zum ersten Mal in einer Oper. Ich hatte mich bisher nicht dafür interessiert, weil ich immer das Gekreische der Opernsängerinnen im Ohr hatte. Ich war aber wie berauscht von dem, was ich da gesehen und gehört habe. Wir waren in der Oper *Turandot.* Turandot ist eine Prinzessin, die den Männern Rätsel aufgibt. Wenn es einer löst, wird sie ihn heiraten. Wenn nicht, wird er geköpft. Wie überall geht es auch hier um Liebe und am Ende siegt sie über die Grausamkeit der Prinzessin. Es ist unglaublich, welche Bühnenbilder durch die moderne Technik gezaubert werden können. Weil es eine italienische Oper ist, wurde die deutsche Übersetzung auf einem Bildschirm über der Bühne eingeblendet. Aber das Tollste war die Musik, das hätte ich nicht gedacht. Die Sänger und Sängerinnen haben unglaubliche Stimmen. Sie können ohne Verstärkung vor Hunderten Leuten singen und du hörst sie noch in der letzten Ecke. Das Stück *Nessun Dorma* ist der Höhepunkt der Oper. Du hast es bestimmt schon mal gehört. Es ist eine der bekanntesten Arien. Ich hatte eine Gänsehaut und mir kamen die Tränen. Oliver umarmte mich zärtlich und mit meinem Kopf an seiner Schulter schwebte ich im siebten Himmel. Ich kann dir *Nessun Dorma* übrigens vorspielen. Ich habe mir nämlich ein Video heruntergeladen.«

Sie lauschen mit geschlossenen Augen der Musik.

Nele wünscht sich, Max wäre hier. Nach der einfühlsamen Musik und den Gedanken an Max keimt in Nele die Frage auf. »Bist du schon verliebt?«

»Ich glaube, ja. Aber jetzt erzähl mir doch mal was von Max.«

»Max hat mich vorgestern Abend wieder besucht. Wir haben am Tisch gesessen und uns unterhalten. Ich habe ihm gesagt, dass ich wieder gesund werde. Da hat er mich in den Arm genommen. Ich lasse mich gerne von dir und von Mama und Papa in den Arm nehmen. Das tut gut. Als Max das gemacht hat, war es ganz anders. Ich kann dir das nicht erklären. Es ist sehr schön gewesen. Jetzt muss ich dauernd an ihn denken und hoffe darauf, dass er mich bald wieder besucht.«

»Nele, was an dieser Umarmung anders ist, musst du mir nicht erklären. Ich kenne das Gefühl. Ich könnte es aber genauso wenig erklären wie du. Es ist ein Wunder. Genieße es. Er wird dich bestimmt auch noch küssen. Wenn er es nicht total vergeigt, wirst du dir wünschen, aus diesem Traum nie mehr aufzuwachen. Er kommt bestimmt heute Abend noch vorbei. Wahrscheinlich geht es ihm wie dir und er hat die ganze Zeit an dich gedacht.«

***

Kurz vor dem Mittagessen kommt Professor Wexler zu Nele. Ein leichtes Lächeln umspielt seine Mundwinkel, eine überraschende Abweichung von seinem üblichen Verhalten. »Ich habe die Laborergebnisse der heutigen Blutprobe. Es gibt eine weitere graduelle Verbesserung deiner Blutwerte. Spürst du schon etwas davon?«

Die Nachricht macht Nele sehr glücklich.

»Schwer zu sagen. Manchmal denke ich, ja, dann habe ich wieder das Gefühl, es ist unverändert.«

»Das ist völlig normal. Der Körper braucht eine gewisse Zeit, bis er sich erholt. Die Verbesserung hat ja auch gerade erst angefangen. Du bist extrem geschwächt. Das musst du erst wieder aufholen. Ich schicke dir eine Physiotherapeutin, die mit dir trainiert. Und gut essen.« Er schaut sie forschend an. »Du fragst dich bestimmt, wodurch die Verbesserung kommt. Wir hatten dir ein neues Medikament verabreicht, das zu der Verbesserung geführt hat. Für das gibt es in Deutschland noch keine Zulassung, aber in den Vereinigten Staaten von Amerika wird es in einer groß angelegten Studie untersucht. In einigen Fällen, die hoffnungslos erschienen, durfte das Medikament jedoch auch schon in Deutschland angewendet werden und hat oft geholfen.« Er fügt hinzu: »So wie jetzt auch bei dir. Wenn deine Eltern heute kommen, schicke sie zu mir.«

Nele kann ihr Glück noch gar nicht fassen. Kommt jetzt im letzten Augenblick doch noch die Wende? Sie kann gar nicht erwarten, ihren Eltern von der neuen Information zu berichten. Sie ist jetzt in der Stimmung, an einem Gedicht zu schreiben, und überlegt sich verschiedene Themen. »Vielleicht etwas mit einem Frosch oder einer Möwe?«

Kurz darauf kommen ihre Eltern. Nele empfängt sie übermütig. Als sie den mitgebrachten Eisbecher entdeckt, strahlt sie über das ganze Gesicht und albert: »Isse dasse für Nele?«. Sie hat heute viel zu erzählen. Von sich, von Sandra, die jetzt verliebt ist, von Max. Und von Professor Wexler, der ihr heute die gute Nachricht überbracht hat.

Neles Vater frotzelt: »Bekommst du jetzt Chefarztbehandlung?«

»Natürlich. Hast du es noch nicht gemerkt? Ich bin ein Wunder der Medizin.«

Während Nele genüsslich das Eis isst, gehen ihre Eltern zu Professor Wexler.

Erst nach einer halben Stunde kommen sie zurück. Ihre Gesichter sehen so entspannt aus wie schon lange nicht mehr.

»Na, was sagt der Prof?«, will Nele wissen.

»Tja, das ist eine interessante Geschichte, von der noch viel zu erwarten ist. Das Zauberwort heißt Zytoplasmin«, antwortet ihr Vater.

Nele fragt: »Was ist das für ein Medikament? Warum ist es viel besser als die anderen?«

»Das ist das Beste, das man sich vorstellen kann. Es ahmt das körpereigene Immunsystem nach, aber in verstärkter Form. Es ist keine Chemotherapie. Deshalb hat es auch weniger Nebenwirkungen. Das wird in Zukunft eine normale Behandlungsmöglichkeit bei lebensbedrohlichen Krankheiten sein. Man rechnet aber noch mit mindestens zehn bis fünfzehn Jahren Forschungsarbeit. Eines hat der Professor jedoch klar herausgestellt. Der Patient muss mitmachen und von seiner Umgebung unterstützt werden.«

Nele hat den Ausführungen ihres Vaters mit offenem Mund gelauscht. »Jetzt wird mir klar, warum es bei mir hilft. Eine bessere Unterstützung als ich hat sonst keiner. Ich habe euch, meine beste und liebste Freundin Lara und den großen Magier Andreas. Gegen den ist David Copperfield ein Stümper. Er hat mir eine Geschichte von einem Schutzengel erzählt und ich weiß jetzt, dass sie wahr ist. Ich habe auch einen und der hat mir Andreas geschickt.« Nele streckt die Hände nach ihren Eltern aus, möchte sie umarmen und Tränen des Glücks ergießen sich über alle drei Gesichter.

Die Zeit mit ihren Eltern vergeht wie im Flug.

»Ich freue mich schon so auf zu Hause«, verkündet Nele, als sie sich verabschieden.

»Wir auch, wir auch. Uns fehlt das kleine Scheusal. Wir hätten es gerne wieder bei uns«, erwidert Neles Mama.

»Bist du dir da sicher? Ich habe einiges an Stress nachzuholen.« Nele lacht.

»Mach dir keine Sorgen. Erstens glaube ich nicht, dass du übermütig wirst, und zweitens gibt es Schöneres nachzuholen, als sich mit seinen Eltern zu streiten. Wir räumen dann mal das Feld, damit du wieder Fliegen kannst.«

***

Andreas ist bedrückt. Heute besuchen sie das letzte Mal gemeinsam Nele. Andreas erinnert sich an die vergangenen Tage mit den wundervollen Erlebnissen. Das ist aber nicht alles, was ihm durch den Kopf geht. Vielleicht sind die anderen Gedanken sogar noch intensiver. Heute ist die letzte Gelegenheit, auf Julia zu treffen. Ob sie wohl Dienst hat?

Eine gut gelaunte Nele empfängt Lara und Andreas. An ihrem Gesundheitszustand hat sich gegenüber Sonntag noch nichts geändert. Doch die gute Nachricht hat sie offenbar aufleben lassen.

Andreas fällt das erste Gespräch mit Nele ein, als sie ihren Tod so lapidar beschrieben hatte, und was für ein Häufchen Elend sie gewesen war. Neles Körper ist immer noch ein Häufchen Elend. Ihre geänderte Einstellung pusht sie aber wieder.

Andreas setzt sich auf das Bett. Nele rückt rechts neben ihn, zieht ihre Beine unter der Decke hervor und lässt sie über den Bettrand baumeln. Andreas legt seinen Arm stützend um ihre schmalen Schultern. Lara setzt sich auf seine linke Seite. Andreas nimmt auch Lara zärtlich in den Arm und drückt beide Mädchen an sich. Wortlos. Es fällt ihm schwer, die bittere Wahrheit auszusprechen. Natürlich war ihm von Anfang an klar, dass er nur begrenzte Zeit zur Verfügung hat. Nele hat es aber bestimmt vergessen.

Er löst sich von Lara und drückt Nele an seine Brust. »Nele, ich muss dir etwas sagen. Heute werden wir vorläufig zum letzten Mal zusammenkommen. Mein Urlaub ist leider zu Ende. Das heißt aber nicht, dass wir uns nicht wiedersehen. Sobald ich eine Gelegenheit habe, komme ich dich besuchen, hoffentlich zu Hause. Lara wird mich regelmäßig über deinen Gesundheitsfortschritt informieren. Die Besuche bei dir waren für mich trotz der schrecklichen Zukunftsaussicht eine wunderbare Erfahrung, die ich nicht missen möchte. Zum Glück hat sich deine Perspektive verbessert und du wirst wieder gesund. Es macht mich sehr glücklich, dich in diesem Bewusstsein verlassen zu können. Ich habe mir immer eingebildet, etwas über das Leben zu wissen. Du hast mir klargemacht, dass es ein Irrtum war. Ich bin bei dir in eine Lehre gegangen, die meinen Horizont immens erweitert hat. Du hast mich erkennen lassen, wie wenig ich über das wirkliche Leben mit allen seinen Facetten wusste. Die Zeit mit dir war die emotionalste Phase meines Lebens.«

Lara und Nele schauen ihn mit traurigen Augen an, wie es nur Kinder können. Es gibt Momente, da werden auch Teenager wieder zu Kindern.

Der Druck der Mädchenarme um seine Taille verstärkt sich und Nele flüstert: »Danke Andreas, vielen lieben Dank. Die Zeit mit dir war wie ein Märchen.«

Lara wendet sich ab, ihr kommen die Tränen.

Andreas möchte die Mädchen aus der Trübsal retten und

sagt enthusiastisch: »Heute machen wir etwas Außergewöhnliches. Ich habe mir für heute einen sehr speziellen Flug einfallen lassen. In solch einen Genuss kommen nur wenige Auserwählte und schon gar keine Möwen.«

Sie blicken neugierig zu ihm auf und warten sichtlich freudig erregt auf die angekündigte Überraschung.

Es klopft leise. Andreas geht zur Tür, um zu öffnen.

Davor wartet die Frau, die ihm seit Tagen nicht aus dem Kopf geht. Julia steht mit ihrem Kaffeebecher mit den zwei Katzen darauf unschlüssig im Eingang. »Möchten Sie einen Kaffee, Herr Bauer?«

»Ja, sehr gerne. Haben Sie heute Spätdienst?«

»Eigentlich nicht, ich bin für eine Kollegin eingesprungen.«

»Was für ein Zufall«, entfährt es Andreas. »Wir sehen uns heute vielleicht zum letzten Mal.«

Julias herzliches Lächeln verfinstert sich schlagartig.

Andreas fügt hinzu: »Das finde ich sehr schade. Ich fühle mich hier fast schon wie zu Hause.« Er lächelt sie an. »Das liegt auch an ihrer netten Betreuung. Die werde ich vermissen.

Julia ist sichtlich enttäuscht. »Danke, gern geschehen.« Sie geht Richtung Schwesternzimmer, dreht nach ein paar Schritten wieder um und sagt: »Es war mir eine Freude, Sie kennengelernt zu haben. Ich wünsche Ihnen alles Gute.« Dann macht sie auf dem Absatz kehrt und eilt zum Schwesternzimmer.

Andreas wendet sich den Mädchen zu und fährt fort: »Wisst ihr, die Menschen verbringen sehr viel Lebenszeit mit

Belanglosigkeiten. Wenn sie sich am Ende des Tages fragen, womit sie die Zeit verbracht haben, müssen sie oft lange überlegen. Es war nichts Bemerkenswertes dabei, nichts, an das man sich erinnern möchte. Was bei der Betrachtung der Banalitäten verloren geht, ist der Blick auf das große Ganze. Um das zu sehen, muss man sich weit, sehr weit entfernen, bis die unwesentlichen Details verschwimmen.«

Die Gesichter von Nele und Lara gleichen zwei großen Fragezeichen, verhehlen dennoch nicht die Neugier auf die Auflösung des Rätsels.

»Wir fliegen nach Baikonur in Kasachstan und befinden uns in der Kapsel einer Sojus-Rakete, die uns zur Raumstation ISS bringen wird. Drei Astronauten aus den Vereinigten Staaten von Amerika, Russland und Deutschland sind auch schon an Bord. Wir stehen in einem am Boden verschraubten Drahtkäfig aus Edelstahl und sind mit Lederschlingen um die Beine fixiert. Das ist wichtig, damit wir sicher ankommen werden. Im Kontrollzentrum läuft alles auf Hochtouren, letzte Checks wie Wetterkontrolle, Bordinstrumente überprüfen, nach Vereisungen an der Rakete suchen und die medizinischen Daten der Crew abfragen. Jetzt ist es so weit. Der Countdown läuft. Die letzten Sekunden vor dem Abheben. Five. Four. Three. Two. One. Zero. Ignition. Unter unserem Gefährt braust ein mächtiger Feuerstrahl, wir spüren das Zittern der Triebwerke bis zur Kapsel. Mehrere Hundert Tonnen Gewicht, vor allem Treibstoff, müssen die Schwerkraft überwinden. Das erfordert einen gigantischen Schub. Im Gegensatz zu einem Flugzeug beschleunigt die Rakete aus dem Stand und startet senkrecht. Wir sehen langsam die Startrampe an unserem Fenster vorbeigleiten. Dann werden wir immer schneller und beschleunigen auf 28.000 Kilometer pro Stunde.«

Die Mädchen sitzen mit geschlossenen Augen auf dem Bett. Ihre freudige Anspannung ist regelrecht spürbar.

»Wir nähern uns der Raumstation. Trotz der Geschwindigkeit sieht es aus, als würden wir hinter der Station stehen, denn sie bewegt sich genauso schnell wie wir. Die Raumkapsel wird automatisch präzise an ihr Aufnahmemodul herangesteuert. Die Crew überwacht die Annäherung aufmerksam auf Monitoren, um im Ernstfall auf Handsteuerung umschalten zu können. Ein minimaler Ruck und die Hochzeit zwischen ISS und unserer Kapsel ist vollzogen. Nach dem Druckausgleich öffnet sich die Luke und die Astronauten gleiten in die Station. Sie werden von den anderen herzlich umarmt und willkommen geheißen. Auch wir verlassen die Kapsel, bleiben aber besser unsichtbar, um die Astronauten nicht zu erschrecken. Wir haben jetzt ein uns auf der Erde unbekanntes Problem. Wir befinden uns im Zustand der Schwerelosigkeit. Unsere Bewegungen müssen mit minimaler Kraft erfolgen, denn wir bewegen uns ja zeitlupenartig durch das Wohnzimmer der Astronauten. Nichts bremst uns, kein Luftwiderstand. Wir treiben weiter, bis wir irgendwo anstoßen. Also, maximale Aufmerksamkeit, die Flügel brauchen wir noch. Der Aufenthaltsraum ist vollgestopft mit Monitoren, Messgeräten, Computern und etlichen Testapparaturen und Laborgeräten. Sogar ein paar persönliche Dinge haben den Weg hierhergeschafft, ein Familienfoto, ein Kinderbild mit einem Astronauten, unter dem die Worte *mein Papa* neben einem rot ausgemalten Herz stehen.«

Andreas hält kurz inne. Julia fällt ihm ein. Ein Foto von ihr würde er mitnehmen, wenn er Astronaut wäre. Sie ist unendlich weit entfernt und ihm doch so nah.

Er schüttelt den Gedanken ab und fährt fort: »Aber jetzt seht erst mal aus dem Fenster. Da unten, 400 Kilometer unter uns, dreht sich unsere Mutter Erde, unser Blauer Planet.« Andreas witzelt: »Falls ihr bisher noch gedacht haben solltet, die Erde sei eine Scheibe, habt ihr jetzt den Gegenbeweis.« Dann wird er wieder ernst. »Ist sie nicht wunderschön? Sie dreht seit über vier Milliarden Jahren ihre elliptische Bahn um die Sonne und hat dabei noch die Gelassenheit, sich um sich selbst zu drehen. In vierundzwanzig Stunden, jeden Tag. Sie wird sich auch unbeeindruckt von den Torheiten der Menschen weiterdrehen. Milliarden Jahre. Wir sehen ganze Kontinente unter uns vorbeischweben. Gerade erreichen wir die charakteristische Silhouette von Afrika und der Arabischen Halbinsel. Afrika ist der zweitgrößte Kontinent. Er macht ein Fünftel der gesamten Landmasse aus. Den Norden bedeckt die Sahara, die größte Wüste der Erde. Das erkennt ihr deutlich an der hellbraunen Farbe des Sandes. Nach Süden hin breitet sich eine ausgestreckte grüne Zone aus. Der Südwesten verrät uns durch seine Farbe, dass sich auch dort eine riesige Trockenzone befindet, die Wüste Namib.«

Andreas pausiert kurz, damit Lara und Nele Zeit haben, sich alle Details genauestens vorzustellen. Er ist sich sicher, dass sie fasziniert sind.

»Europa erscheint im Vergleich zu Afrika als Winzling. Nach Deutschland muss man aus dieser Entfernung schon suchen. Aus unserer Perspektive müssen wir die Länder anhand ihrer Konturen erkennen. Von unserer Flugbahn aus können wir etwas nicht sehen, was uns zu denken geben sollte, Grenzen. Es gibt natürliche Grenzen, etwa Flüsse und Meere. Wir konnten aber keine von Menschen geschaffene erkennen. Es ist eine Erde, sie gehört allen, die auf ihr leben, uns Menschen, den Tieren und auch den Pflanzen. Staatsgrenzen existieren im Allgemeinen nicht als Zäune. Ihr kennt bestimmt den Begriff *Grüne Grenze*. Gut sichtbar ist der italienische Stiefel. Wir fliegen vorbei am Dreieck von Indien, an der Landmasse, die von den Urlaubsparadiesen Thailand, Malaysia, Kambodscha, Vietnam und Indonesien gebildet wird. Auf der Insel Sumatra, die zu Indonesien gehört, gibt es ein Reservat für Orang-Utans. Diese zotteligen rotbraunen Gesellen leben auf Bäumen, die sie nur selten verlassen. Ihr Bestand ist durch Abholzung von Regenwald und Jagd stark gefährdet. Unterhalb dieser Urlaubsländer seht ihr eine sehr große Insel, die zugleich ein Kontinent ist. Australien, die Heimat der niedlichen Koalabären, die für unsere Teddybären Modell gestanden haben, und die Kängurus. Auch dort gibt es viele helle Flächen, denn Wüsten und Halbwüsten bedecken den größten Teil Australiens. Wir passieren jetzt den schier endlosen Pazifik. Er ist so riesig, dass wir selbst von hier oben fast nur Wasser sehen. Die Westküste Amerikas taucht am Horizont auf. Einen Teil davon kennt ihr ja schon. An der schmalen Landzunge zwischen Nord- und Südamerika zieht gerade ein Wirbelsturm Richtung Florida. Die Wolkenspirale ist gewaltig. Ihr Rüssel reicht bis zur Meeresoberfläche. Trifft er auf Land, vernichtet er mit rücksichtsloser Wut Landschaften und macht ganze Städte dem Erdboden gleich, vor allem Haiti ist immer wieder Ziel von starken Wirbelstürmen. In Südamerika könnt ihr sehr schön den Gebirgszug der Anden erkennen. Die Gipfel liegen in fast 7.000 Metern Höhe. An der Westküste Südamerikas gibt es oft Vulkanausbrüche und Erdbeben, weil sie von einer sich darunter schiebenden Erdplatte angehoben wird. Der nördliche Teil Südamerikas trägt ein grünes Dschungelkleid. Es ist der größte tropische Regenwald der Erde. Noch. Die Menschen begreifen einfach nicht, wie wichtig er ist.«

Erneut hält Andreas inne, damit die beiden Möwen die vielen Informationen verarbeiten können.

Nach einer Weile fährt er fort: »Wir befinden uns jetzt über dem Atlantischen Ozean. Die Wolken über dem Atlantik formen ständig Tiefdruckgebiete, die uns in Deutschland das Wetter vermiesen. Deshalb sehen wir gar nicht viel Wasser. Aber auch Wolken sind von oben betrachtet schön. Vor uns taucht erneut Afrika auf. Das bedeutet, dass unsere Reise im Orbit zu Ende geht. Wir verlassen die Raumstation und steigen zusammen mit zwei Astronauten wieder in die Sojus-Kapsel. Nach kurzem Flug stürzen wir hinab Richtung Erde. Die Erdatmosphäre bremst uns enorm ab, wodurch Reibung entsteht, die den Schutzschild zum Glühen bringt. Ein kleiner Bremsfallschirm öffnet unseren Hauptschirm und wir gleiten zur Erde. Wir waren zwar nur kurz in der Raumstation, unser Körper hat sich aber schnell an die Schwerelosigkeit gewöhnt. Da jetzt die volle Erdanziehung wieder auf uns wirkt, sind wir nach dem Verlassen der Kapsel etwas wacklig auf den Beinen. Auch das Fliegen mit Gegenwind verlangt uns einiges ab.«

Die Möwen landen wieder in Raum 404 und Andreas muss sich verabschieden. Zwischen ihm, Lara und Nele ist ein unzertrennbares Band gewachsen. Er kann sich nicht vorstellen, ohne die beiden Mädchen zu leben. Jetzt, da es Nele wieder besser geht, muss das vielleicht auch nicht sein.

Andreas kramt einen Umschlag hervor, den er Nele übergibt.

Als Nele ihn öffnet, ist sie sprachlos. Sie umarmt Andreas liebevoll und er merkt, wie sehr sie um Fassung ringt. Nachdem sie sich einigermaßen beruhigt hat, liest sie vor: »Liebe Nele, wenn du wieder bei Kräften bist, lade ich dich ein, zusammen mit Lara mit mir nach Rom zu fliegen, inklusive Besuch im Cockpit. Dann zeige ich euch die Stadt aus einer anderen Perspektive, als Fußgänger. Ich hoffe und wünsche dir, dass das sehr bald sein kann. Die Zeit mit dir und Lara hat mich reich und glücklich gemacht. Dein Andreas.«

Andreas kämpft mit dem Bewusstsein, dass der fast zweiwöchige Traum, anders kann er es nicht beschreiben, zu Ende ist.

Doch noch wird er nicht aufbrechen. Er bittet Lara, noch einen Moment bei Nele zu bleiben, ergreift die leere Kaffeetasse und erklärt: »Ich bringe die mal eben zurück.«

Andreas trifft Schwester Julia auf dem Flur. Er hebt die Tasse hoch.

»Müssen Sie gehen?«, fragt Julia.

Andreas schaut ihr in die Augen und fühlt sich magnetisch angezogen. Er ist unschlüssig. Er würde sie gerne fragen, ob sie sich mal treffen können. Sie haben sich aber erst zwei- oder dreimal kurz gesehen und kaum gesprochen. Wenn er sich jetzt verabschiedet, wird er Julia vermutlich nicht mehr wiedersehen. Da ist er sich sicher. Er, dem sonst immer ein flotter Spruch einfällt, hat einen Kloß im Hals. Es ist keine Zeit für flotte Sprüche. Auch wenn er sich blamieren sollte, die letzte Chance auf mehr als eine Tasse Kaffee will er nicht ungenutzt verstreichen lassen. »Darf ich Sie vielleicht mal anrufen?«

Andreas realisiert, dass Julia überrascht ist. Sie blickt zu Boden. »Ja«, antwortet sie verschüchtert. »Ich gebe Ihnen meine Handynummer.«

Andreas zückt sein Mobiltelefon und gibt die Nummer gleich ein, die Julia ihm nennt. Er ergreift Julias warme, feingliedrige Hand. Fast zerbrechlich kommt sie ihm vor. Mit einem intensiven Lächeln sagt er: »Dann bis bald. Ich muss …«

Julia dreht sich langsam um und schreitet bedächtig zum Schwesternzimmer. Kurz davor wendet sie sich ihm noch einmal zu.

Andreas winkt ihr zu, dann lässt seine innere Erregung langsam nach.

Als Andreas Lara abholt, schauen sie und Nele zu ihm und lächeln sich dann an. Andreas wird das Gefühl nicht los, dass sich die beiden über ihn lustig machen. Haben sie etwa etwas bemerkt? Egal, er ist in mehrfacher Hinsicht glücklich. Die Verabschiedung von Nele reißt jedoch auch eine tiefe Narbe in sein Herz.

***

Nele sitzt vor ihrem Abendessen und kann noch nicht anfangen. Die Ereignisse des Tages beschäftigen sie immer noch. »Heute war verdammt viel los. Der Abschied von Andreas war schwer. Wenn ich erst wieder zu Hause bin, werde ich für ihn ein schönes Geschenk besorgen. Vielleicht verdanke ich ihm mein Leben. Er hat mir immer wieder Mut gemacht, wenn ich unschlüssig oder verzweifelt war. Er ist ein Mensch, der seine Energie auf andere überträgt. Ich habe davon enorm profitiert.« Nele widmet sich dem Abendbrot, die Gedanken an den Tag verfolgen sie aber weiter.

Nach dem Abendessen hält Nele ihre Gedanken für die Nachwelt fest. »Eigentlich vertraut man seinem Tagebuch ja Geheimnisse an, die man mit niemandem teilen möchte«, denkt sich Nele. Sie hatte mit dem Tagebuch jedoch eine andere Vereinbarung getroffen. Sie wollte ihren Eltern Erinnerungen für die Zeit hinterlassen, wenn sie nicht mehr lebt.

Kann sie jetzt so weiterschreiben, obwohl sie wieder gesund wird? Sollte sie ihre Erlebnisse für sich aufschreiben, um sie nicht zu vergessen? Oder wäre es besser, das Tagebuch zu verbrennen, um nicht an diese schreckliche Zeit erinnert zu werden? Es stehen allerdings auch viele schöne Erinnerungen darin. Nele findet keine schlüssige Antwort. Sie begnügt sich fürs Erste damit, aufzuschreiben, was geschehen ist.

Mittwoch

Schwester Barbara hat mir um sechs Uhr wieder Blut abgenommen. Sandra war heute Morgen da. Sie ist total verändert, denn sie hat sich verliebt. Ihr neuer Freund war mit ihr in einer Oper. Ich finde es schön, dass sie so glücklich ist. Sie hat sich riesig darüber gefreut, dass es mir besser geht und ich vielleicht doch nicht sterben muss. Ich glaube fest daran. Professor Wexler hat mich besucht und erklärt, dass es wieder eine Verbesserung meiner Blutwerte gab. Er guckt dabei immer so, als ob er es selbst nicht glauben kann. Ist mir egal.

Mama und Papa haben viel mit mir gelacht. Sie hatten das Lachen verlernt. Jetzt sind sie genauso hoffnungsvoll wie ich. Die Hoffnung tut ihnen gut. Mit Andreas und Lara bin ich zur ISS geflogen und habe einmal die Erde umrundet. Ich sehe jetzt manches anders. Die große Entfernung lässt einen die Kleinigkeiten vergessen. Die Ungerechtigkeiten in der Welt und die Kriege beschäftigen mich aber trotzdem. Blickt man von hoch oben auf die Erde, wirkt sie schön und unverletzt. Man mag kaum glauben, was man ihr schon alles angetan hat. Ich verstehe nicht, warum Menschen nicht in Frieden leben können.

Als das wohlbekannte Klopfen an der Tür ertönt, legt sie die Blätter und den Stift beiseite. »Komm rein, Max«, ruft sie laut.

»Woher weißt du, dass ich es bin?«

»Ich höre es an deinem Klopfen. Nach dem Abendessen kommt meistens auch kein Besuch mehr. Ich hatte damit gerechnet, dass du es bist.«

»Wollen wir uns wieder an den Tisch setzen?« Max dreht bereits einen Stuhl zur Seite.

Eigentlich wäre Nele lieber im Bett geblieben. Sie will sich aber nicht das Gefühl entgehen lassen, von Max in die Arme genommen zu werden. Wortlos streckt sie ihm ihre entgegen.

Max reicht ihr zuerst seine Hand zur Begrüßung.

Als er unter Neles Schultern fasst, schmiegt sie sich sanft an ihn. Herzklopfen. Der Weg zum Stuhl, vielleicht drei Meter, dehnt sich gefühlt. Sie bewegen sich zeitlupenartig, während die Fantasie in Neles Kopf schon die Überholspur entlangrast.

»So, geschafft«, sagt Max und reißt Nele damit aus ihrem fühlenden Denken. Oder ist es denkendes Fühlen?

Als er sie auf den Stuhl gleiten lässt, sind ihre Köpfe für einen Moment sehr nah beieinander. Für einen flüchtigen Augenblick versinkt Neles Blick in Max' Augen.

Er scheint ihr Gefühl zu spüren und sieht sie aufmerksam an. Nele kann sich nicht erinnern, dass er sie schon einmal so intensiv angesehen hat. Sie ist sich sicher, dass er sie auch mag.

Nele fühlt eine berauschende Nähe. Sie wünscht sich, dass er sie küsst, aber er erfüllt ihren Wunsch nicht. »Er traut sich nicht. Vielleicht hat er Angst, dass ich es nicht will«, denkt sie. Sie drückt Max' Hand und schließt die Augen. Sie möchte ihm sagen: »Mach es, küss mich. Ich warte darauf.« Doch dafür ist sie zu schüchtern. Sie spürt, dass er seine Position verändert und neigt ihren Kopf noch etwas nach hinten.

Seine Hände ergreifen sanft ihren Kopf und er gibt ihr einen zarten Kuss auf den Mund.

Ihr Griff wird fester. Es folgt ein langer, inniger Kuss, der sie überrascht zurücklässt.

Was für ein Gefühl. Vergessen ist das Leid. »Sandra hat mir gesagt, wie schön es sein wird. Es ist aber noch viel schöner«, denkt Nele.

Sie bleiben eine Weile so sitzen und küssen sich immer wieder. Nele fragt sich, warum er wohl gekommen ist. Doch eigentlich ist das egal. Sie haben kaum ein Wort gewechselt, sich nur geküsst und er hat sie gestreichelt.

Max verabschiedet sich, nachdem er Nele wieder zum Bett begleitet hat. Er gibt ihr noch einen Abschiedskuss und sagt: »Träum was Schönes.«

Nele ergänzt ihren Tagebucheintrag von heute.

Max war da. Wir haben nicht viel gesprochen. Er hat mich heute geküsst und es war wunderschön. Mein erster richtiger Kuss. In meinem Kopf explodierte ein Feuerwerk. Hoffentlich kommt er bald wieder und wir küssen uns noch mal. Dieser Tag ist einer der wichtigsten meines Lebens. Mein erster Kuss.

Nele malt hinter den Satz ein Herzchen. Sie denkt: »Das sind Eintragungen, die nur mich etwas angehen. Ich werde weiter Tagebuch schreiben – diesmal für mich. Max wird die Station in zwei Tagen verlassen und ich komme bald nach Hause. Hoffentlich besucht er mich in den zwei Tagen. Ob wir uns danach noch mal sehen?«

TAG 20, DONNERSTAG

Der Frosch in mir

Hatte mich schon aufgegeben,
glaubte nicht an Weiterleben.
Doch war da dieser Frosch in mir,
sagte gib nicht auf, ich helfe dir,

Denn du sollst leben.

Auch er war einst in großer Not,
vor Augen schon den sich'ren Tod.
Doch dann wuchs in ihm die Kraft,
die nur der Lebenswille schafft.

Er dachte: »Ich will leben.«

Wollte keinesfalls schon enden
und sein Los zum Guten wenden.
Keine Hilfe, ist es das Verderben?
Was tun, um nicht zu sterben?

Er dachte: »Ich will leben.«

Kämpfte hart und nicht vergebens,
war nicht am Ende seines Lebens.
Als endlich er gerettet war,
da war der Grund ihm sonnenklar

Er dachte: »Ich will leben.«

Niemals darfst du dich aufgeben.
Denk fest daran, »Ich will leben.«
Und jedem, der den Mut verlor,
dem hältst du diesen Satz stets vor

»Ich will leben.«

Nele

Die Zeit nach Andreas' Abschied ist schnell vergangen. Dazu hat auch Neles Allgemeinbefinden beigetragen. Die Verbesserung ihres Gesundheitszustandes spürt sie deutlich. Es geht rapide aufwärts. Sie kann in Kürze nach Hause.

Wenn Neles Eltern sie besuchen, stellt sie fest, dass sie von Tag zu Tag entspannter sind. So wie früher machen sie dauernd Witze mit ihr.

Auch Lara besucht sie immer noch jeden Tag. Auch gerade sitzt sie wieder an Neles Bett.

Heute fragt Nele schelmisch: »Wieso massierst du mich eigentlich nicht mehr?«

»Möchtest du, dass ich es weitermache?«, fragt Lara.

»Unbedingt, sonst bekomme ich noch einen Rückfall.«

Beide lachen herzhaft.

Während Lara sie massiert, gehen Neles Gedanken wieder auf Wanderschaft.

Professor Wexler wird Nele immer sympathischer. Er hat sie am Morgen besucht, gelächelt und zu ihr gesagt: »Ich will dich hier nicht mehr wiedersehen. Versprichst du mir das?«

»Der Mann hat sogar Humor«, wird Nele bewusst. »Und ob. Ich bin allen, die mir hier geholfen haben, sehr dankbar, aber zu Hause ist es schöner.« Sie denkt: »War es nun das neue Medikament, der von Lara und Andreas vermittelte Lebensmut, mein Schutzengel oder alles zusammen? Vermutlich werde ich es nie erfahren. Eines werde ich aber immer wieder beherzigen. Ein Frosch zu sein und niemals aufzugeben. Wie war das noch? Nichts ist schädlicher, als nichts zu tun.«

***

»Lara, träumst du etwa schon wieder?«, sagt Frau Heisterkamp aufgebracht.

Lara blickt lächelnd zu ihrer Lehrerin hoch. »Ja, Frau Heisterkamp. Den schönsten Traum, den man träumen kann. Aber es ist das letzte Mal. Versprochen.«

EPILOG

Ein Jahr später

Nele hat die Leukämie überstanden. Es können keine Krebszellen mehr nachgewiesen werden. Sie ist wieder völlig gesund und endlich kann sie wieder zur Schule gehen. Lara und sie sind unzertrennlich. Nele hatte ihr einst versprochen, für sie da zu sein, wenn sie Hilfe braucht. Lange Zeit sah es so aus, als würde sie dieses Versprechen nie einlösen können. Jetzt ist sie fest entschlossen, Lara zurückzugeben, was sie von ihr empfangen hat.

In den ersten Monaten nach der Entlassung aus dem Krankenhaus war die Angst, erneut einen Rückfall zu erleiden, ständig präsent. Jetzt denkt sie nur noch selten an den Krankenhausaufenthalt und versucht ein ganz normales Leben zu führen, so gut es geht.

Nele wird bald ein Brüderchen bekommen. Ihre Eltern wollten schon lange ein zweites Kind. Sie haben es aber hinausgezögert, um zu verhindern, dass Nele denkt, sie wollten sich einen Ersatz für sie beschaffen. Da war auch immer die latente Angst, die Leukämie würde vielleicht vererbt werden. Leukämie ist nicht vererbbar. Es besteht jedoch eine erhöhte Gefahr, wenn in der Familie bereits schwere Erkrankungen vorgekommen sind. Diese Angst haben sie nun aber abgelegt. Nele freut sich schon sehr und besteht auf einem besonderen Namen. Ihr Bruder soll Andreas heißen. Die Eltern verstehen den Wunsch vollkommen, sind sie doch selbst außerordentlich dankbar für das, was Andreas für Nele getan hat. Sie erinnern Nele jedoch daran, dass der Name ihrem Bruder über viele Jahre gefallen muss. Sie lehnen den Namen nicht ab, möchten es aber noch einmal zusammen überdenken.

Nele und Lara waren inzwischen mit Andreas in Rom. Er hat ihnen im Cockpit erklärt, wofür die unendlich vielen Instrumente und Schalter notwendig sind. Die staunenden Teenager überraschte er dann noch mit der Feststellung, dass das Flugzeug auch selbstständig fliegen und sogar selbst landen kann, wenn der Flughafen entsprechend ausgestattet ist. Andreas ist nicht nur Flieger, sondern nach Meinung von Nele und Lara auch ein Überflieger. Nele ist fasziniert von seinem Wissen zu allen möglichen Themen und der leichten Art, mit der er es weitergibt. Seine Einstellung, auf alles vorbereitet zu sein, ist sicher ein Grund, warum Probleme ihn nicht beunruhigen, sondern herausfordern.

Der Aufenthalt in Rom hat sie noch einmal an die Plätze geführt, die sie schon von den Möwenflügen kannten. Andreas hatte noch eine besondere Überraschung parat. Damit sie noch mal das Gefühl aufleben lassen konnten, welches sie als Möwe erlebt hatten, lud er sie zu einem Hubschrauberrundflug ein. War jetzt die Realität schöner als die Erinnerung an die wunderbaren Geschichten? Sie wissen es nicht.

Andreas und Julia haben sich ineinander verliebt und sind ein Paar geworden. Julia ist zu Andreas nach Heusenstamm gezogen. Sie ist im vierten Monat schwanger.

Sandra und Nele sind noch immer dicke Freundinnen. Sandra musste viel von dem über sich ergehen lassen, was diese schreckliche Krankheit auch schon Nele angetan hatte. Das verbindet. Sie ist jetzt ebenfalls geheilt und hat eine neue schicke Kurzhaarfrisur, noch im Naturfarbton. Sandra hat Nele erzählt, dass sie wieder Single ist.

Dann war da noch Max. Der schüchterne suizidgefährdete Junge, von dem Nele ihren ersten richtigen Kuss erhalten hat. Es war nur eine unbedeutende Schwärmerei zweier unerfahrener Jugendlicher, Liebe wurde es nicht.

Max hat seine Suizidgedanken überwunden und auch sonst zu einem regulären Leben zurückgefunden. Er wird bald volljährig und nach Leipzig ziehen. Dort wird er eine Lehrstelle als Karosseriebauer antreten.

***

Warum wurde dieses Buch geschrieben? Der Tod steht am Ende des Lebens. Das ist eine unumstößliche Gewissheit. Wenn er uns von langen Leiden erlöst, können wir ihn willkommen heißen. Wie schrecklich aber ist es, wenn er uns die Kinder entreißt. Trotz bahnbrechender Entwicklungen in der Medizin, wie der Organtransplantation, Operationstechniken, die an Science-Fiction erinnern, und einer unüberschaubaren Zahl an Medikamenten müssen wir immer wieder hilflos zusehen, wie uns Kinder entgleiten.

Uns Menschen wohnen immense Kräfte inne, die unter bestimmten Umständen aktiviert werden. Dafür gibt es viele Beweise. Der kranke Körper ist keine abstrakte Besonderheit, sondern bildet eine Einheit mit der Vernunft, dem Willen und der Seele. Dieses Team entscheidet über Leben oder Tod.

Nicht nur der Tod, auch das Leben erfordert oft viel Mut. Den Mut zum Leben wie zum Sterben zu stärken, ist die Zielsetzung dieses Buches.

Alles schien aussichtslos. Nach mehreren erfolglosen Therapien hat Nele nicht mehr an eine Heilung geglaubt. Andreas konnte ihr die Mutlosigkeit nehmen. Sie lebte durch die Flüge als Möwe wieder auf und vergaß, wie es um sie stand. Auch für Nele hat sich gezeigt, dass es immer eine, wenn auch noch so kleine Chance gibt. Die sollte man nicht verspielen. Was, wenn es keine Chance gibt? Dann müssen wir den Tod akzeptieren. Wenn wir verstehen, dass unser Leben trotzdem nicht vergeblich war und einen tieferen Sinn hatte, fällt uns der Abschied vermutlich leichter. Nicht die Länge eines Lebens ist maßgeblich, sondern sein Inhalt.

Anmerkung: Das Medikament Zytoplasmin ist ein Fantasiename. Es existiert nicht. Wohl aber erzielen die Mediziner schon große Erfolge bei der Immuntherapie, zum Beispiel bei einer bestimmten Form von Lungenkrebs.

»Am Ende wird alles gut.
Wenn es nicht gut wird,
ist es noch nicht das Ende.«

Oscar Wilde

DANKSAGUNG

Hiermit möchte ich das detaillierte Lektorat würdigen, das Frau Luise Deckert mit großem Engagement, Feinfühligkeit und vor allem großer Kompetenz durchgeführt hat. Obwohl es in meinem Roman nicht gerade um alltägliche Probleme geht, hat sie immer wieder unter Beweis gestellt, dass sie Aussagen nicht einfach hinnimmt, sondern dazu recherchiert und auf Übereinstimmung mit ihren Ergebnissen prüft. Sie hat kleine handwerkliche Fehler aufgedeckt, die mir entweder entgangen sind oder gar nicht erst bewusst waren. Eine solche Hilfe ist für einen guten Roman unverzichtbar, weil sie objektiv ist. Es soll auch nicht unerwähnt bleiben, dass die Zusammenarbeit mit Frau Deckert sehr angenehm war. Ich bedanke mich dafür auf das Herzlichste.

DER AUTOR

Der Autor Rolf Freiberger wurde 1948 in Essen geboren und lebt heute in Schermbeck. Seine Liebe um Schreiben entdeckte er bereits als Jugendlicher. Zu dieser eit entstanden erste Gedichte. Eine ausgeprägte Freude am ormulieren, der Reiz ungewöhnlicher Themen und die Fasination für emotionale Zusammenhänge sind die Motivation ir seine Werke.

Homepage: www.rolf-freiberger.de